Ongenade

Van Escober verscheen bij uitgeverij Anthos

Onrust (eerste deel trilogie Sil Maier)
Onder druk (tweede deel trilogie Sil Maier)
Ongenade (derde deel trilogie Sil Maier)
Chaos

Escober

Ongenade

Anthos|Amsterdam

ISBN 978 90 414 1222 5
© 2008 Esther en Berry Verhoef
Omslagontwerp Roald Triebels, Amsterdam
Omslagillustratie © Cover fotografie
© Edwin Bronckers / Exposure Buffalo Photography
Foto auteurs Yvette Wolterinck / Eyescream

Verspreiding voor België:
Veen Bosch & Keuning uitgevers n.v., Wommelgem

Everything zen?
I don't think so

Gavin Rossdale

Een jaar eerder

'Rustig aan,' riep Vadim naar Yuri. Zijn blik was strak gericht op de achterzijde van een voortrazende Land Cruiser, die nog steeds honderden meters op hen voorlag. 'Hij kan nergens heen. Er is geen andere weg. We onderscheppen hem altijd.'

Yuri reageerde niet. Hij zat voorovergebogen. Zijn handen lagen zo strak om het stuur van de Peugeot 206 dat zijn knokkels wit waren.

Aan de overkant van de vallei tekenden rode rotsen zich af tegen een roze hemel. Als ze niet beter hadden geweten zouden ze net zo goed op Mars kunnen zijn, maar de twee broers reden in de Gorges du Verdon, waar rond deze periode de toeristenstroom grotendeels was opgedroogd.

Gisteren hadden ze hun doelwit gespot bij een internetcafé in Saint Tropez en hem geen moment meer uit het oog verloren. Ze hadden om beurten geslapen, waren steeds alert geweest en hadden al hun verworven kennis en ervaring aangeboord om onzichtbaar te blijven, vastbesloten deze klus te klaren. Het was hun werk, en ze waren er goed in.

Nog geen uur geleden hadden ze hem kunnen overmeesteren. Hij had moederziel alleen in een schemerig kerkje voor zich uit zitten staren: Sil Maier, een meter vijfentachtig lang, gemillimeterd donker haar, een dertiger in uitzonderlijk goede lichamelijke conditie. Van zijn fysiek waren ze niet onder de indruk. Wel waren ze op hun hoede. Maier was een harde. Onvoorspelbaar en sluw.

In de koele kerk hadden ze een pistool tegen zijn achterhoofd gedrukt en hem mee naar buiten genomen. Ze geloofden niets van het verhaal dat hij na enig aandringen had opgedist: dat de 120.000 euro die hij de Organisatie afhandig had gemaakt – waarbij hij een paar lijken had achtergelaten – ergens in Nederland in een kluis lag. Geen woord ervan.

Ze wilden hem eerst daar weghalen, levend en wel, weg uit die kerk met haar vierhonderd uitgesleten treden ernaartoe, weg uit dat toeristische bergdorpje aan het stuwmeer, en hem meenemen naar een schuilplaats diep in de bergen, waar ze de waarheid in alle privacy uit hem konden persen.

Het leek eenvoudig genoeg. Maar het liep anders. Ondanks de verwondingen die ze hem hadden toegebracht, wist hij te ontkomen. Later, toen ze zijn auto langs een verlaten bergweg aantroffen, met hun zender nog onbeschadigd onder het chassis, dachten ze hun inschattingsfout recht te kunnen zetten.

Ook dat was een misrekening.

Vadims ogen schoten van de kronkelende weg voor hen naar de verfrommelde, gedetailleerde kaart van het berggebied. Zijn wijsvinger schokte heen en weer over het papier. De motor gierde. Yuri nam een bocht, twee wielen kwamen kort los van de grond.

'Verdomme, rustig aan nu, rustig zeg ik je!'

'Die klootzak zal ons niet weer ontglippen,' merkte Yuri grimmig op. Zijn grijs-groene irissen vernauwden zich en pezen tekenden zich af in zijn hals.

'Dat gebeurt niet. Hij kan nergens heen.'

Terwijl de wielen als waanzinnigen over het smalle wegdek raasden, zag Vadim een zoveelste scherpe bocht angstwekkend snel dichterbij komen. 'Remmen, remmen, verdomme!' schreeuwde hij naar zijn broer.

'Dat doe ik! Dat doe ik!'

De auto reed zonder vaart te verminderen op de haarspeldbocht en de metalen vangrail af.

Yuri ramde met zijn linkervoet op het rempedaal, en nog een keer, met pompende bewegingen alsof hij de bodem eruit wilde trappen. 'Geen druk!' schreeuwde hij, en hij trok instinctief aan de handrem. 'Er is geklooid met de remmen!'

De auto zwiepte om en kwam dwars op de weg te staan. Rubber schraapte zijwaarts over het asfalt, de banden kregen weer grip. De Peugeot schoot naar voren, schampte de rotswand, stuiterde door de vaart naar de overzijde van de weg en kwam met een doffe klap tot stilstand.

Vadim moest even buiten kennis zijn geweest. In de tijd die hij nodig had om te begrijpen wat er was gebeurd en waar hij was, registreerde hij een gebarsten en met vers bloed besmeurde voorruit, de stank van benzine en smeulend rubber, en een zwaargewonde Yuri, die roerloos over het stuur hing.

Versuft trok hij zijn been onder het verwrongen dashboard vandaan en rukte zijn tweelingbroer aan zijn schouders naar achteren, zodat hij rechtop kwam te zitten.

Yuri's hoofd viel in een knik opzij. Er zat een misselijkmakende deuk in zijn gezicht; één oogkas was gebroken en zijn jukbeen was door de klap naar binnen geslagen. Yuri's neus was gezwollen, en donkerrood van het bloed, zijn onderlip diep ingescheurd. De wond legde een beschadigde rij tanden bloot. Yuri ademde oppervlakkig en zwak.

Pas daarna constateerde Vadim de zachte, deinende bewegingen die de auto maakte. Het gekraak, de schurende geluiden die resoneerden in de beperkte ruimte van de cabine.

Hij verplaatste zijn blik naar buiten.

Een gehavend stuk vangrail hield de achterwielen van de Franse auto nog in contact met de berm. Het metaal boog gevaarlijk ver door en protesteerde hevig krakend tegen het gewicht. Het was een kwestie van minuten voor de vangrail het zou begeven.

Werktuiglijk klapte Vadim de passagiersstoel plat, duwde het achterportier open en sleurde zijn broer onhandig aan de schouders naar buiten. Hij sleepte hem achterwaarts strompelend de smalle weg over, de beschutting van de struiken in.

Hij stond te tollen op zijn benen, en besefte pas toen hij hijgend naast het lichaam van Yuri neerviel dat ook hijzelf niet onbeschadigd was. Zijn hele lichaam trilde nog na van de klap. Langzaam begonnen zijn borstkas, been en nek gemene pijnsignalen uit te zenden die tot diep in zijn ruggenmerg doorschoten. Zijn been bloedde hevig en door de scheuren van de jeans zag hij wittig bot schemeren. Er was een flink stuk vel van zijn scheenbeen gestroopt.

Hij probeerde de pijn te verbijten en trok zijn broer nog verder de struiken in, zo ver mogelijk uit het zicht.

Maier kon terugkomen. Daar moest hij rekening mee houden. Alleen lag Vadims wapen nog in de Peugeot. Vadim wist dat hij niet terug kon lopen naar de auto om zijn vuurwapen veilig te stellen. Door de onmenselijke pijn zou hij opnieuw buiten bewustzijn kunnen raken, en dat zou zijn dood betekenen. Zijn dood, en die van zijn broer.

Als Maier terugkwam, hoopte Vadim dat hij dicht genoeg bij hem kon komen om hem uit te schakelen. Het mes dat hij om zijn onderbeen had gebonden, was door het ongeval gaan schuiven en had zijn scheenbeen gefileerd. Vadim stroopte zijn gehavende broekspijp omhoog, haalde het mes uit de reep klittenband en legde het naast zich neer. Als het moest, als het alsnog tot een gevecht kwam, dan kon hij Maier ermee uitschakelen.

Hij richtte zijn volle aandacht nu op Yuri, die nog niet bij zijn positieven was. Al het andere verdween voor even naar de achtergrond.

Zijn broer was alles wat hij had. Ze waren veertig jaar oud en al die tijd waren ze nog geen dag zonder elkaar geweest. Yuri mocht niet sterven. Het kón niet. Ze hadden samen al zoveel klappen opgevangen; vroeger, toen ze nog in militaire training waren, later bij de Spetsnaz, de Russische elitetroepen. En al zeker in de afgelopen jaren, waarin ze zoveel meer geld verdienden met het opknappen van duistere klussen voor de Organisatie. Ze waren wel vaker gewond geraakt. En ze waren er nog altijd bovenop gekomen.

Altijd.

Yuri ademde zwak, en bij elke ademstoot welde er vers bloed over het rauwe vlees dat eens zijn lippen waren geweest. Vadim had vaak genoeg oog in oog gestaan met stervende mannen om te weten dat Yuri er een was. Het was niet alleen een wéten uit ervaring – hij *voelde* het in heel zijn lichaam, tot in het diepst van zijn ziel. Een intense pijn die zijn fysieke verwondingen overschreeuwde.

Het was alsof hij zelf stierf.

Hij trok Yuri half bij zich op schoot, begon hem te wiegen en streelde het bebloede hoofd van zijn broer, liet zijn gehavende vingertoppen over de breuk gaan die over de oogkas liep, en fluisterde zacht Russische woorden die alleen Yuri kon begrijpen. Vadims benen trilden onophoudelijk, net als zijn onderkaak, die onwillekeurig bleef klapperen. Hij beet net zolang op zijn lip tot hij het bloed op zijn tong proefde. Zijn blik werd wazig.

Het aanzwellende geronk van een zware dieselmotor drong

nauwelijks tot zijn door verdriet en pijn versufte brein door. Vanuit de schuilplaats keek hij toe hoe de Land Cruiser kwam teruggereden. Hij greep automatisch naar zijn mes en bleef doodstil zitten.

Het doelwit keerde zijn terreinwagen en zette hem met de bullbar tegen de achterzijde van de Peugeot. Duwde de huurauto centimeter voor centimeter verder naar de afgrond.

De klootzak is teruggekomen om het af te maken.

Het gescheurde metaal van de vangrail kraakte vervaarlijk en boog uiteindelijk opzij. De Peugeot maakte een vrije val, de diepte in.

De seconden tikten traag weg. Vadim hoorde lange tijd niets anders dan het gonzen van zijn eigen bloedsomloop en het stationaire ronken van de Land Cruiser. Daarna raakte de auto de rotsen, honderden meters lager. Het geluid van brekend glas en rondstuiterend plastic echode door de rode vallei.

Trillend van pijn, onmacht en woede zag hij Maier ongedeerd uit zijn terreinwagen stappen en over de rand van de afgrond naar beneden kijken. Daarna verdween hij onder de Toyota, sneed de zender los en wierp hem met een boog in het ravijn.

Vadim zat daar maar, bevend en versuft, met het plakkerige hoofd van zijn broer in zijn armen, in de verlammende wetenschap dat hij niet in staat was om iets voor hem te doen. Donker keek hij toe hoe Maier in de Land Cruiser stapte, de motor startte en rustig wegreed. Op dat moment besefte hij dat hij nooit eerder iemand zo had gehaat als deze man.

Vadim klampte zich vast aan zijn broer alsof hij hem daarmee bij zich kon houden, kon verhinderen dat hij van hem weggleed, de eeuwige duisternis in. Hij streelde zijn gezicht en haar, bracht zijn hoofd dicht bij dat van een stervende Yuri, en lispelde een belofte.

1

Op het eerste gezicht leek er niets veranderd.

In Susans krappe stadsappartement lagen nog steeds grenen vloerdelen en het blauwe kleed voor de vertrouwde tweezitsbank. Naast de deur bij het halletje hing dezelfde reproductie van koikarpers en een uitvergroting van een strandfoto, genomen in Hurghada, Egypte. De pannen die ze twee weken geleden snel voor haar vertrek naar Illinois had afgewassen, lagen onopgeruimd in het droogrek.

Reno had tijdens haar afwezigheid de planten water gegeven. In elk geval zat er nog leven in de geteisterde ficus bij de openslaande deuren naar het dakterras. Een berg peuken van Reno's joints markeerden de plaats waar een asbak op de salontafel moest staan. Ernaast lag een stapel post en reclamedrukwerk. Daarover zou ze zich later deze week wel buigen.

Ze leegde de asbak in de afvalemmer, liep naar de deuren en zette ze open. Het was een betrekkelijk warme dag voor eind oktober, met een wolkeloze hemel. Vaag hoorde ze mensen praten op het terras van het café in de hoofdstraat. De atmosfeer was vriendelijk, zacht. Een groter contrast met hoe ze zich voelde was niet denkbaar. Ze sloot haar ogen, haalde diep adem en sloeg haar armen om zich heen.

Er waren wel degelijk dingen veranderd. Cruciale dingen.

Om te beginnen was er geen vrolijke, licht naïeve buurman meer die haar aan het lachen maakte met zijn verhalen. Svens appartement stond leeg en het zou binnenkort waarschijnlijk te koop komen.

Er slingerden ook geen Asics meer in de hal. Geen halters in de woonkamer. Er stond geen scheerapparaat meer in de houder op de plank in de badkamer. En er lagen ook geen weekendtassen met contant geld, bivakmutsen en munitie meer onder in haar kledingkast.

De eigenaar van die spullen was ruim twee weken geleden vertrokken, kort voordat hij met Susan en haar moeder naar Springfield, Illinois, zou vliegen. Ze wist niet waar hij nu was. Wat hij deed. Of hij een andere vriendin had. Zich alleen voelde.

Of hij überhaupt nog leefde.

'O... je bent er al.'

Geschrokken draaide ze zich om.

Reno stond schaapachtig te grinniken. Hij droeg een slobberige onderbroek en een T-shirt met opdruk. I WAS NOT THINKING. Zijn sliertige haargordijn was recentelijk geblondeerd door een weinig accurate kapper.

Hij deed een paar stappen naar voren en kuste haar op de wang. Zijn stoppels schuurden haar huid.

'Je haar is geel,' merkte ze op.

Reno haalde zijn benige vingers over zijn schedel en trok strepen in de vettige lokken. Grijnsde nog eens. 'Tja... geel...'

'Heb je vannacht hier geslapen?'

'Ja.' Hij kuchte en wreef over zijn bovenarm. 'Ik, en eh...'

Een meisje dat niet ouder kon zijn dan zeventien verscheen in de deuropening van de slaapkamer. Ze had weerbarstig piekhaar dat zwart en paars was geverfd en haar jonge gezicht werd ontsierd door zware piercings.

'Zij,' vervolgde Reno met een onduidelijk armgebaar. 'Ehm, dinges.'

'Jolanda,' zei het meisje zacht. Ze had haar zwarte sweatshirt achterstevoren aan. Haar stompe nagels waren zwart gelakt. Ze geneerde zich overduidelijk.

'Jolanda,' herhaalde Reno schuldbewust, en hij snoof. 'Die dus.'

'Nou. Dan ga ik maar weer.' Het meisje ontweek Susans blik, keek nog eens steels naar Reno en sloop door de voordeur naar buiten.

'Optreden gehad gisteren?' Susan wist niet of ze in lachen moest uitbarsten of kwaad op hem moest zijn.

Reno had een aantal problemen. Het meest urgente daarvan was een hardnekkig gebrek aan realiteitszin. Daardoor was hij regelmatig dakloos; het systeem 'huur betalen' was hem onbekend. Ze vond het prima als hij hier sliep. Het beviel haar alleen niet dat hij onbekenden binnenliet. Ze had weinig vertrouwen in Reno's mensenkennis.

'Optreden?' Reno wreef slaapdronken over zijn ogen. 'Ja, in de W2... geloof ik. Sorry. Ik trek even wat aan. Ik had je niet zo vroeg verwacht. Je zou toch pas vanmiddag thuiskomen?'

'Het is drie uur.'

'O,' zei hij, en hij keek verstoord om zich heen. 'Geen idee van.'

Uiteindelijk brak er een voorzichtige glimlach op haar gezicht door. Tijdens de lange vlucht van de Verenigde Staten naar Nederland had ze zich druk gemaakt over de vraag hoe ze zich zou voelen als ze zou thuiskomen in een leeg huis. Nou, leeg was het niet bepaald. Ze kon Reno er alleen maar dankbaar voor zijn.

Hij was er tenminste nog wel.

Ze liep door naar de computerkamer om haar pc aan te zetten. Het eenpersoonsbed dat aan de linkerzijde van de krappe ruimte tegen de muur stond, was onberispelijk opgemaakt. Hier sliep haar moeder. De weinige spullen die ze bij zich had gehad toen ze bij Susan introk, waren in plastic dozen op wieltjes geordend en onder het bed geschoven.

De telefoon rinkelde. Ze haastte zich naar de handset die naast de computer stond. 'Hallo, met Susan?'

'Je moeder hier. Is de vlucht goed verlopen?'

Die vrouw had een griezelige timing. 'Ja, prima zelfs. Ik kom echt nét thuis. Hoe is het met Sabine?'

'Goed. Je zus en ik zijn nadat we je hadden weggebracht nog even naar het winkelcentrum gegaan, maar ze kan niet zo lang meer lopen. Het is voor haar te hopen dat het snel begint.'

'Dat hoop ik ook.'

'Hoe voel je je?'

'Gaat wel.'

Even bleef het stil aan de andere kant van de lijn. Aarzelend klonk het: 'Had ik niet toch beter met je mee kunnen gaan?'

'Nee, mam. Maak je alsjeblieft geen zorgen. Sabine heeft je nu harder nodig dan ik... Het komt en gaat, het slijt wel.'

'Ga dingen ondernemen, zoals ik je gisteren zei. Blijf bezig. Als je daar maar in je eentje –'

'Mam, het is goed. Echt. En ik ben niet alleen, Reno is hier ook. Maak je niet druk. Ik zie je volgende maand.'

'Pas je goed op jezelf?'

'Pas jij maar op jezelf,' zei Susan. 'Je zit verdorie midden in de nacht te bellen.'

'Ochtend. En ik kon toch niet slapen... Als er iets is, bel je. Spreken we dat af?'

'Tuurlijk. En jij laat het me meteen weten als ik tante ben geworden, hè? Ik pak een vliegtuig terug naar Springfield zodra ik hier alles op de rails heb.'

'Beloofd.'

Ze drukte de verbinding weg en logde in op haar computer. Morgenvroeg stond er een fotografieopdracht op het schema en de dag erna weer een. Nu Sil er niet meer was, moest ze serieus aan het werk om de huur te kunnen betalen.

Zoals verwacht had de redactie van het tijdschrift de locaties en routebeschrijvingen doorgemaild. Ze printte ze uit en legde de A4'tjes naast het toetsenbord. De e-mail waar ze tegen beter weten in op hoopte, zat er niet bij. Ze logde uit en ging naar de keuken om koffie te zetten.

Reno kwam uit de slaapkamer gelopen. Hij droeg hetzelfde T-shirt, dat als een laken over zijn schonkige lichaam hing, en een vale spijkerbroek met vlekken.

'Was dat je nieuwe vriendin?'

'Misschien.' Reno werkte zijn haar in een rommelige paardenstaart. 'Ze kende alle nummers uit haar hoofd.'

Reno was zanger en gitarist van een chronisch onbekende rockband, maar dat weerhield een bepaald type vrouwen – meisjes vooral – er niet van hem te verafgoden alsof hij Chester Bennington zelf was. Lange tijd had Reno's wereld alleen om zijn muziek gedraaid. De talloze groupies had hij als lastig bijeffect ervaren. Blijkbaar had hij zijn aandacht onlangs verlegd. Dat was goed, dacht Susan, een gezond teken. Toen ze hem had leren kennen was hij volstrekt in zichzelf gekeerd geweest.

'Geweldig,' reageerde ze, zonder enthousiasme. 'Is er nog iets gebeurd?'

'Wat bedoel je?'

'Nou, in de afgelopen twee weken bijvoorbeeld?'

Hij draaide zijn ogen naar boven, alsof hij nadacht. 'Niet dat ik weet. Geen idee, eigenlijk.' Vervolgens plofte hij neer op de bank en begon een joint te bouwen. 'Hoe is het met die zus van je?'

'Goed. Ze is gelukkig, denk ik. Maar we zullen wel nooit echt close worden, ben ik bang.' Zacht vervolgde ze: 'Ik zal het haar nooit vergeven dat ze me vroeger heeft laten stikken met mijn vader in dat klotehuis. En nu kan ze alleen nog maar denken aan baby's, babykleertjes, babynamen...'

Reno trok een gezicht. 'Vermoeiend.'

'Nogal. Hier, koffie.' Ze gaf hem een mok zwarte koffie en ging tegenover hem in de fauteuil zitten.

Reno inhaleerde diep, hield de rook lang in zijn longen en blies daarna langzaam uit. Hij legde zijn hoofd tegen de rugleuning van de bank en begon zacht voor zich uit te zingen. 'Jolanda... Jo-lan-da, Jolanda...'

'Daar wil ik het even met je over hebben,' zei ze scherp. 'Ik vind het best als je hier slaapt, maar minder dat je Jan en alleman meesjouwt.' *En mijn bed als je persoonlijke sportzaal gebruikt*, voegde ze er in gedachten aan toe.

'Sorry. Ik wist niet eens dat...' Hij krabde aan zijn slaap. 'Ik weet niet eens meer precies wat er —'

'Maakt niet uit,' onderbrak ze hem, al minder vinnig. 'Ik wil niet vervelend doen, maar... Nou ja. Je weet wat ik bedoel.'

Hij nam een paar grote slokken koffie en keek haar schuldbewust aan. 'Oké, San. Sorry.'

Susan schudde bijna onzichtbaar haar hoofd. Hij zou het morgen alweer vergeten zijn.

Het was elf uur in de avond. Reno had een slaapplaats geregeld bij een kennis uit het circuit.

Susan ritste haar rugzak open en duwde de was in de wasmachine. Ze klapte hem dicht, goot wasmiddel in het bakje en draaide aan de knop. Terwijl het apparaat luidruchtig water begon te slurpen, dwaalde haar blik door de kleine badkamer.

De afgelopen twee weken in de Verenigde Staten was ze voldoende afgeleid geweest om er niet aan te hoeven denken. Nu ze alleen was, geconfronteerd werd met de leegte in haar appartement, kon ze er niet meer omheen.

Ik mis hem.

Sil had gezegd dat hij met zichzelf in het reine wilde komen. Dat zij hem vele malen te dierbaar was om haar te veroordelen tot een leven zoals hij dat leidde. Hij wist het zeker. Ze kon ertegen inbrengen wat ze wilde, hij had zijn beslissing genomen. Dat had hij haar verteld terwijl ze samen op de stadskade naar de grazende koeien in de polder hadden zitten staren, en hij haar handen bijna fijnkneep. Ze had in zijn gepijnigde ogen gekeken en gezien hoe hij vocht tegen de tegenstrijdige emoties die in hem raasden.

Ze kende hem zo goed. Woorden waren overbodig om te weten wat er in hem omging.

Hij kende zichzelf een stuk minder.

De onrust die in hem woedde, zijn ziekelijke hang naar kicks, was sterker dan hijzelf. Hij wist niet of hij kon veranderen en of hij dat überhaupt wel wilde.

Susan had een sterk gevoel dat het afscheid definitief was. Dat de drang die hem dreef het altijd zou winnen. Van alles en iedereen, inclusief de liefde die hij voor haar had opgepakt. Ook al was dat het beste dat hun beiden was overkomen.

Ze liep naar de woonkamer, zette de vuile vaat in de gootsteen en deed de gordijnen dicht. In het halletje schoof ze de sloten voor de deur en zocht daarna haar bed op.

Het beddengoed stonk naar zweet, bier en goedkope parfum, maar ze voelde zich te gammel om het bed te verschonen. Ze begroef haar gezicht in het kussen en meende dwars door de mierzoete parfumlucht heen heel licht Sils geur op te vangen.

2

München. Hoofdstad van Beieren, bierhoofdstad van de wereld. Geroemd om zijn gastvrijheid, overvloedige keuken en oude tradities waar de tijd geen vat op leek te hebben. Het was tevens de stad die aan de wieg had gestaan van het nazisme. Deze merkwaardige combinatie trok het hele jaar door massa's toeristen vanuit de hele wereld naar het diepe zuiden van Duitsland.

Sil Maier las het allemaal in een Engelstalige folder, die hij eerder vandaag door een gids op de overvolle Marienplatz, recht tegenover het raadhuis, in zijn handen gedrukt had gekregen.

Het voelde vreemd om voor toerist te worden aangezien in zijn eigen geboortestad.

Hij nam een flinke slok bier en bladerde door de folder. Om hem heen, in een afgeladen vol Weisses Brauhaus, waren de gasten in de loop van de avond steeds luidruchtiger geworden. Opgewonden stemmen, afkomstig van busladingen Britten en Italianen, resoneerden door de zalen met hun witte, gewelfde plafonds en bruin houten meubilair. Verspreid tussen de bezoekers zaten traditioneel geklede mannen uit de regio in een noodtempo halveliterglazen bier weg te werken.

Er was een 'Third Reich-Tour' samengesteld, las hij. En

voor mensen die maar geen genoeg konden krijgen van Dachau en architectuur uit een van de zwartste bladzijden van de geschiedenis, behoorde een 'Extended Third Reich-Tour' tot de mogelijkheden. Geweldig: twee dagen bedenkelijk amusement onder leiding van een kundige gids. Maier had die gids vanmiddag gesproken. Die was zo jong dat hij zijn kennis als ieder ander uit geschiedenisboeken zou moeten halen.

Maar wat wist hijzelf eigenlijk van München? Verrekte weinig. Alles wat met zijn geboortestad te maken had, zat al decennialang diep weggestopt achter een dik, ondoordringbaar schild van desinteresse en cynisme. Er waren dan ook weinig mooie of warme herinneringen om op terug te kijken.

Maier was hier geboren en opgevoed door zijn moeder. Zijn vader was nooit komen opdagen. Zijn jeugd was eenzaam geweest, maar dat was hij pas achteraf gaan beseffen. Hij herinnerde zich een kale kamer, met een skai bank en een mosgroene vloerbedekking, waar hij met een driewieler in het rond fietste als zijn moeder sliep. Ze sliep veel. Ze sloot zich soms hele dagen op in haar slaapkamer, met de gordijnen dicht.

Op een ochtend werd ze niet meer wakker. Ze reageerde niet toen hij aan haar schouders trok en uit pure angst begon te schreeuwen en te huilen. Ze lag daar maar, haar mond opengezakt, ogen half gesloten, in die verduisterde kamer, haar gezicht vreemd bleek, met een blauwige schijn. Hij kon zich de geur nog sterk herinneren. De geur die bij zijn moeder hoorde. De geur van sterkedrank.

Hij was pas acht jaar geweest en de autoriteiten wilden hem in een weeshuis plaatsen. Maar voor het zover kwam eiste zijn moeders moeder hem op en nam hem mee naar Utrecht, Nederland.

Het was de laatste keer geweest dat hij voet op Beiers grondgebied had gezet. Later was hij voor zaken nog weleens in

Duitsland geweest, maar de reis naar het zuiden was hem een brug te ver. Te confronterend.

'*Heimat*,' mompelde hij cynisch voor zich uit, zijn donkere oogopslag gericht op een kleine groep Müncheners aan de tafel naast hem. Ze brulden van de lach en sloegen elkaar op de schouders. Een leven kan vreemd lopen, besefte hij. Als zijn moeder was blijven leven, dan had hij nu misschien bij hen gezeten, met zo'n *Janker* aan, of zo'n vilten jagershoedje op zijn kop. Niet waarschijnlijk, maar het kon.

In elk geval sprak hij de taal vloeiend, ook het dialect kon hij nog steeds zonder moeite verstaan. Dat wel. Maar goed bezien was hij een vreemdeling in zijn eigen land.

Hij hoorde nergens thuis.

Hij goot het laatste restje bier in zijn keelgat. Het was zijn vierde glas, de alcohol was begonnen aan zijn verdovende werking. Hij zette het lege glas met een klap op tafel en wenkte een in klederdracht gestoken serveerster voor de rekening. Hij betaalde contant.

Terwijl hij tussen de tafels door naar de uitgang liep, miste de twee liter Schneider Weisse zijn uitwerking niet. In een rechte lijn lopen ging moeizaam. De klap kwam buiten, waar de oktoberwind door de donkere, lege straten joeg en de regen diepe plassen op de bestrating achterliet. Sinds vanmiddag was de temperatuur met minstens tien graden gezakt. Hij rilde en ritste zijn jack dicht.

Vlak bij het restaurant was een taxistandplaats. Zeven crèmekleurige auto's stonden achter elkaar geparkeerd. Hun chauffeurs zaten in het zachte dashboardlicht te wachten op klandizie. Sommigen lezend, anderen druk telefonerend. De auto's leken heen en weer te wiegen. Naar links, naar rechts, onscherp.

Misschien moest hij nog even wat rondlopen voor hij zich

terug naar zijn hotel liet rijden. Zoals hij zich nu voelde, zou er van slapen niets komen.

Hij kuierde in de richting van het raadhuis. Het negentiende-eeuwse gebouw maakte de indruk van een gotische kerk en rees somber op uit de glinsterende straten. Regendruppels gleden langs de kraag van zijn jack over zijn rug. Hij voelde ze niet.

De metershoge, dubbele poort stond open. Onder de diepe toog die naar het binnenplein leidde, bleef hij staan, zijn handen in zijn zakken gepropt. Hij bekeek de talloze spreuken, gedenktekens en inscripties die aan weerszijden op de natuurstenen muren waren aangebracht. In de schemer waren ze amper leesbaar. De zwarte letters schoven heen en weer over zijn troebele blikveld.

ÜBER ALLES DAS DEUTSCHE VATERLAND. DER STADT MÜNCHEN ZUR ERINNERUNG AN DEN 3. DEUTSCHEN REICHSKRIEGERTAG IM JAHRE 1929.

Hij staarde somber naar het binnenplein, waar het regenwater in dunne stralen uit de bekken van monsterlijke waterspugers kletterde. Als kind was hij hier geweest, aan de veilige hand van zijn moeder. Hij was het bijna vergeten. Haar serieuze, strakke gezicht, die bleke gelaatskleur, dat dunne haar dat naar achteren was gekamd. De kleren die ze droeg, een geruite rok met een soort vilten jas. Groen. Het waren slechts flarden van herinneringen die bij hem bovenkwamen. Dit gebouw had op hem als jochie een onuitwisbare indruk gemaakt, maar vaak kon hij hier niet zijn geweest. Hij haalde zijn neus op en sloot zijn ogen, opende ze meteen weer, verschrikt, omdat hij sterk het gevoel had dat hij achterover zou vallen.

In de afgelopen weken had hij doelloos rondgezworven in

Nederland en België, van het ene naar het andere hotel en van de ene naar de andere bar. Via de Ardennen was hij in de Franse Elzas terechtgekomen en was vervolgens, als een jachthond die ineens het juiste spoor te pakken kreeg, in een rechte lijn over de A8 naar Beieren gereden.

Gisteravond laat was hij in München aangekomen en had een hotel aan de rand van de stad gevonden. Een oude watermolen, met een handvol kamers en een kleine parkeerplaats langs een snelstromende beek. Het witgeschilderde hotel werd gerund door een zestiger met een grijze baard. Andere gasten had hij niet gezien, er was geen hotelbar en geen restaurant, uitsluitend kamers en een ruimte die dienstdeed als ontbijtzaal.

Vannacht, in zijn doorgezakte bed, had hij voor het eerst in jaren gedroomd. Over zijn moeder. Haar gezicht was haarscherp, de ogen stonden droevig en de mondhoeken trokken nerveus terwijl ze hem alleen maar zwijgend, bijna verwijtend aankeek vanuit haar stille, donkere wereld.

Als zijn moeder nog had geleefd, zou ze inderdaad geen reden hebben gehad om trots te zijn op haar enige zoon. Geen enkele. Mogelijk enkele jaren geleden nog wel, maar nu niet meer. Daarvoor was er te veel gebeurd.

Hij liep onder de toog door naar het midden van het plein. De wind wakkerde aan, buitelde en draaide langs de hoge muren met hun smalle, sombere toogramen, en veroorzaakte een laag, fluitend geluid. Tientallen afzichtelijke monsters met vleermuisvleugels keken naar hem, hun gezichten uitdrukkingsloos in steen uitgehakt. Angstige, broodmagere honden klampten zich vast aan de gevels, met uitpuilende oogbollen, alsof ze elk moment konden worden afgeranseld. Menselijke figuren, hun monden wijd open alsof ze schreeuwden, maar hun ogen doods en blind voor zich uit starend, hingen op elke etage voor eeuwig aan de muren van het gebouw.

De wind trok aan zijn jack en leek hem te wenken, hem mee te sleuren, dichter naar het midden toe, waar hij wankelend bleef staan. Hij schudde zijn hoofd en streek met beide handen de nattigheid van zijn kortgeschoren schedel. Proefde de regendruppels op zijn lippen. Hij hield de drank verantwoordelijk, maar kon zich niet aan de indruk onttrekken dat de muren hem toespraken. Ze leken zich over hem heen te buigen, hem in te sluiten. Een zwaar, laag gejank steeg klaaglijk op uit de opengesperde bekken.

Even voelde hij weer de angst die hij als jongen had gevoeld. Hier, op dit plein. Thuis, bij zijn moeder. Daarna ebde die weer weg.

Dit zijn stenen, Maier. Alleen maar stenen. Gargouilles, honderden jaren geleden uitgehakt om regenwater van kostbare gebouwen af te voeren. En om boze geesten te weren.

Boze geesten.

Gingen ze daarom zo tekeer? Trok de wind daarom zo hardnekkig aan zijn jack, en voelde hij zich daarom rechtstreeks door hen aangesproken?

Roerloos bleef hij staan, gefascineerd door de geluiden die weerkaatsten tussen de hoge muren. Het was alsof de versteende demonen contact maakten, in hem een zielsverwant herkenden, hem wenkten zich bij hen te voegen. Of huilden en schreeuwden ze om het hardst om hem weg te jagen? Weg van deze plaats, weg uit München?

De laatste keer dat hij in de spiegel had gekeken had hij er minder angstaanjagend uitgezien dan de beelden die hem omringden, maar schijn bedroog. Hij wist waartoe hij in staat was. En zij wisten het ook.

Er was een periode in zijn leven geweest dat hij goed bezig was. Een goedlopend bedrijf had opgebouwd. Respect ontving. Een lieve, mooie vrouw had, een bungalow in Zeist. Trots op zichzelf was.

Hij had het willens en wetens verworpen, alles. Uit alle keuzes die hij in zijn betrekkelijke luxe had kunnen maken, had hij gekozen voor de glijbaan van zelfdestructie, en op zijn razende, door adrenaline gedreven tocht mensen met zich meegetrokken, de diepte in. Waarom?

De regen daalde gestaag neer uit de inktzwarte hemel boven de binnenplaats. Hij huiverde en draaide om zijn as, nam de beelden in zich op, de donkere, hoge ramen. Klemde zijn kiezen op elkaar. Haalde nog eens zijn neus op en veegde de nattigheid uit zijn gezicht.

Hij wilde uitzoeken wat hem had gedreven, het waaróm, en op een of andere manier had zijn onderbewuste hem naar München geleid. Zijn geboortestad. De stad die hij bijna drie decennia had gemeden, zorgvuldig had weggestopt, beschouwd als een niet-bestaand oord waar hij niet mee geassocieerd wilde worden. Een administratief gegeven was het, een plaatsnaam in zijn paspoort, meer niet.

Er moest een reden voor zijn dat hij hier nu was. Hij had het lang genoeg genegeerd. Als hij nog iets van zijn leven wilde maken, dan moest hij eerst de fundamenten ervan vinden. Anders viel er niets op te bouwen.

Morgen. Morgen ging hij de confrontatie aan.

3

Slapen lukte niet. Stoppen met denken nog minder. De gesprekken die ze had gehad met haar moeder en zus in Illinois bleven door haar hoofd zwerven. Het deed zeer om vast te moeten stellen dat ze elkaar niet veel te zeggen hadden. Niets wezenlijks, tenminste. Ze dacht ook aan Sven, haar voormalige buurman, die nooit meer zou komen vragen of ze zin had om bij hem een film te kijken. Lieve, naïeve, humorvolle, chaotische Sven. Ze was hem gaan beschouwen als een broer, en ze miste hem.

En door alles heen was ze zich nog het meest bewust van Sils afwezigheid. Samen met hem en zijn spullen was zoveel meer verdwenen. Dingen die niet tastbaar waren, maar wel onmisbaar: warmte, vriendschap, liefde.

Verdomme.

Ze draaide zich geërgerd om en trok het dekbed om haar schouders. Staarde naar het raam, een grijze rechthoek in een verder zwarte kamer. Luisterde naar de geluiden uit de stad, die op dit uur van de nacht stil was. Vredig bijna.

Zo zou ze zich ook moeten voelen: vredig. Opgelucht zelfs. Er lagen geen vuurwapens meer in huis.

Er was geen angst meer, en geen stress. Ze had zelfs geen nachtmerries meer.

Na Sils vertrek was er alleen nog maar een holle leegte overgebleven.

Ze was vastbesloten die vol te proppen met werk. En wel zo fanatiek dat ze niet meer zou toekomen aan het luisteren naar die innerlijke stem, die maar bleef dreinen en stoken en sarren. Een gemeen, sadistisch stemmetje was het, dat daar diep vanbinnen aan haar ziel sleurde en fluisterde dat ze Sil Maier was kwijtgeraakt. Ze had gevochten en verloren.

Je bent weer alleen.

Morgen ging ze fotograferen, haar eerste opdracht sinds lange tijd. Ze was vastbesloten er iets bijzonders van te maken en zichzelf opnieuw onder de aandacht te brengen. Allerlei grote reisreportages die ze in de afgelopen waanzinnige periode had geweigerd, waren vergeven aan collega-freelancers. Het contact met opdrachtgevers verwaterde snel, was haar ervaring. Een paar keer weigeren en je naam kwam onder aan de lijst te staan. Maar ze kon nog steeds een camera bedienen. De tijdschriften kenden haar naam nog. En ze bleken bovendien nog steeds bereid te zijn om haar goedbetaalde opdrachten te geven. Ook al waren het in dit stadium nog geen grote reportages, het was een begin.

'Het komt goed,' fluisterde ze in het donker voor zich uit. Vierendertig jaar van haar leven waren voorbij, maar de rest lag aan haar voeten. Ze hoefde het alleen maar op te rapen en er zuiniger mee om te springen dan voorheen.

Ze draaide zich nog eens om en propte het kussen onder haar hoofd. Keek naar de wekker op het nachtkastje. Halfdrie. De parfumlucht van Reno's vriendin bleef opdringerig aanwezig. Sils geur rook ze niet meer. Misschien had ze zich die slechts ingebeeld.

Abrupt ging ze rechtop zitten en sloeg het dekbed opzij. Zette haar voeten op de planken vloer en begon de kussenslopen en het overtrek los te halen. Ze nam het beddengoed in beide armen en liep ermee naar de badkamer, waar ze het naast de machine op de grond gooide.

Vermoeid wreef ze over haar gezicht en ging naar de keuken om thee te zetten. Earl grey met een scheut melk en twee suiker. Al roerende liep ze terug naar de woonkamer en ging op de bank zitten. Het licht bleef uit, zodat ze werd omringd door grofkorrelige schaduwen in alle schakeringen grijs.

Het was echt noodzakelijk, dacht ze, om zo snel mogelijk de slaap te vatten, om die malende gedachten stop te zetten. Ze kon het zich niet veroorloven om de opdracht morgen te verknallen door te laat te komen, of omdat ze te moe was.

Misschien had ik Sils geld toch moeten aannemen, schoot het door haar heen. Slechts een beetje van het geld dat hij had verdiend aan de verkoop van zijn softwarebedrijf. Niet dat andere. Ze had niets willen aannemen van die honderdduizenden euro's die in weekendtassen onder in haar kast hadden gestaan en in kluisjes door heel Nederland verborgen hadden gelegen. Ontelbaar veel biljetten, doordrenkt met het bloed van hun vorige eigenaars.

Hoe had ze dat kunnen accepteren? Hoe had ze Sil Maier als totaalpakket kunnen aanvaarden, omarmen zelfs, in haar hart kunnen toelaten, in de wetenschap dat er een inktzwarte kant school achter dat krachtige, stille gezicht met die diepblauwe ogen? Hoe kon juist zo'n kerel, van alle mannen die ze had ontmoet, de enige zijn geweest die meteen tot haar diepste wezen was doorgedrongen, die haar begreep zonder woorden? Ze hadden zo'n intense band gehad dat ze een kogel voor hem had willen opvangen – en hij voor haar.

Met de mok in beide handen geklemd liep ze naar de openslaande deuren en vlijde haar schouder tegen de deurstijl. Ze liet haar blik over de stille stadstuinen dwalen, de oude muren, de platte daken met brandtrappen en verder weg, hoog boven de daken en kerktorens, een donkerblauwe lucht met een halvemaan, die de stad toedekte in een zacht, blauwig licht. Ze hield van de nachtelijke stad. Het was er stil rond dit uur, maar nooit helemaal stil. Er reed altijd wel verkeer, je hoorde mensen lallend uit een café komen. Er was altijd leven.

Vannacht was het extreem rustig. Boomtakken wiegden heen en weer en maakten zwarte, grillige schimmen op de oude stadsmuren. Ze deden haar denken aan het schaduwspel van wajangpoppen, mysterieus en geruststellend tegelijkertijd. Ze nam een slok van de thee en drukte haar voorhoofd tegen het glas. Het voelde koud en hard.

Er bewoog iets daar beneden. Een schaduw, net iets donkerder dan alle andere. Niet rommelig en vlekkerig, maar massief. De schim, zo groot als een mens, bewoog niet mee in de richting van de wind.

Ze concentreerde zich op de plaats waar ze de schaduw had gezien.

Hij was weg. Ineens.

Was er wel een schaduw geweest?

Minutenlang bleef ze kijken, in stilte. Ze verroerde zich niet en hield haar adem in. Niets. Helemaal niets.

'Dat heb je met me gedaan, Sil Maier,' mompelde ze zacht. 'Ik ben al net zo fucking paranoïde geworden als jij.'

4

Hasenbergl, München-Noord. Een vlak stuk land met ritselende bomen en speelvelden van platgetreden gras, waartussen talloze betonnen bunkers waren neergestrooid. Vier, vijf verdiepingen hoog, wit en grijs, maar vooral grijs, met zo nu en dan een handjevol slecht onderhouden winkelcentra en kleine markten waar textiel uit openstaande kofferbakken werd verkocht. In de haastig opgetrokken wijk waren na de Tweede Wereldoorlog alle probleemgevallen gehuisvest, mensen die voorheen nog in door de gemeente verstrekte barakken hadden gewoond. Zigeunerfamilies, daklozen, eenoudergezinnen zonder geld en zonder horizon.

Home sweet home.

Het was zevenentwintig jaar geleden dat Sil Maier in dit stadsdeel was geweest, dat maar liefst elf kilometer uit het centrum lag. Er was over nagedacht, vermoedde hij. Ver weg van de warme binnenstad met zijn overvloed aan restaurants en cafés, historische gebouwen die de bombardementen hadden weerstaan en de talloze nieuwe, met de spreekwoordelijke Duitse precisie nauwgezet gereconstrueerde musea en koninklijke panden. Hier, in de afvoerput van Beieren, was geen roemrijke historie. Het was de etterende wond van München, een smet op het keurig gladgestreken imago.

Het ongewenste kind.

Zijn auto baarde opzien. De Carrera 4S was simpelweg zijn vervoer, het ding bracht hem waar hij wilde zijn. En vooral snel. Maar hier draaiden hoofden onwillekeurig om. Keken getinte jongens hem na, hun capuchons ver over hun hoofd getrokken. Misschien, dacht Maier, was dat alleen maar omdat ze hem niet kenden en het nummerbord buitenlands was.

De gebouwen leken op elkaar. Blok na blok. Grijs, wit, grijs, in het midden een portaal met draadglas en daarachter betonnen trappenhuizen. Vierkante ramen met dichtgetrokken vitrages en balkons in hetzelfde grijs gestuukt.

Bij een gebouw met donkere aanslag onder de balkons zette hij de auto stil. Hij stapte uit en trok zijn jack aan. De wind nam herfstbladeren mee en joeg ze de weg over. Ergens had iemand erg hard een radio aanstaan.

De bomen waren destijds nog niet zo groot geweest als nu, maar de speelplaats was in zijn herinnering juist stukken groter. Als een voetbalveld, een wereld op zich.

De toestellen waren vervangen. Hij liep op een klimrek af en liet zijn handen over de buizen gaan.

Drie kinderen van een jaar of negen die verderop bij een schommel rondhingen, keken hem zwijgend aan. Een oudere jongen loerde langs hem heen naar zijn auto. Hij droeg een vest van witte sweatstof met drukke rode letters en er stak een zakmesje tussen zijn vingers waarmee hij nogal opzichtig speelde.

Maier bleef bij het rek staan, keek omhoog langs de raamloze muur van het vier verdiepingen tellende gebouw. Hij propte zijn handen in zijn zakken en liep door de openstaande draadglasdeuren het trappenhuis in. Het was er schemerig en het geluid van zijn voetstappen weerkaatste tegen de muren.

In zijn herinnering rook het er naar urine. Urinelucht was

er niet meer, wel de geur van vermoeid, vochtig beton en verse verf.

Hij liep de trap op, langzaam, alsof zijn voeten tien kilo per stuk wogen. Liet zijn vingers over de muur gaan. Die was pas geschilderd. Strak in de verf, matwit.

Vroeger was het hoogglans geweest die makkelijk losliet. De verfblaren had hij met zijn vingertoppen stuk geduwd, zodat er kraters ontstonden. Hij ving de schilfers op en legde er buiten in het zand mozaïeken van, of deed ze in het ondiepe gat van het stuur van zijn oude skelter, bij wijze van brandstof. Als hij maar vaak en hard genoeg door de bocht scheurde, vielen de schilfers eruit. Als het gat leeg was, ging hij te voet terug naar het trappenhuis om te 'tanken'. Zijn skelter trok hij met zich mee, anders was hij hem kwijt.

Zoveel meer herinneringen kwamen boven. Tientallen, honderden. Allerlei flarden die zich aaneenregen tot scènes en onsamenhangende stukken film. Er was veel dat hij had verdrongen en dat nu in volle hevigheid op hem afstormde.

Het was een betrekkelijk windstille ochtend, in een onbekend jaargetijde. Er zaten geen bladeren meer aan de bomen en het was koud, dus moest het herfst, winter of vroeg in de lente zijn geweest. Zijn oma stond achter hem, haar handen om zijn schouders geklemd, als koude haken. Hij was acht. Te groot om op te tillen, om als een baby gewiegd en getroost te worden, al had hij daar het meest van alles naar verlangd.

Boven het langwerpige gat in de grond balanceerde op een paar metalen leggers een eenvoudige kist van eikenfineer. Ernaast stond een pastoor, of in elk geval een geestelijke, die met een verveelde blik onverstaanbare woorden prevelde en met een toiletborstel water over zijn moeders kist smeet.

Hij wilde dat die man daarmee ophield, maar niemand zei er wat van.

Achter zijn oma, die hij toen amper kende, stonden mensen uit de buurt. Buurvrouw Janny, die hij tante Janny noemde, haar polsen vol goudkleurige kettinkjes en haar nagels felrood gelakt. Tussen haar vingers stak een niet-aangestoken sigaret. Wallen hingen als verfrommelde theezakjes onder haar ogen, die waren volgesmeerd met mascara en blauwe oogschaduw. Janny had de sleutel, ze was naar binnen gegaan toen hij het op een schreeuwen had gezet, en ze had hem uit het huis gehaald. Zich over hem ontfermd, hem op schoot getrokken en tegen haar enorme borsten aangeperst. Ze had ook de politie gebeld.

Links, een beetje achteraf, stonden twee mannen die in hetzelfde blok woonden. Een met donkerblond haar tot over zijn oren en een gouden schakelketting, de ander had een buikje en was kalend. Het waren twee van de tientallen kerels die weleens bij zijn moeder langskwamen en die aan hem werden voorgesteld als ooms. Oom Heinrich, oom Johann, oom Dieter. Ze gingen soms mee naar haar kamer en hij kreeg dan een Mars of een knuffelbeer en de instructie honderd rondjes te fietsen en een liedje te zingen. Honderd, hij kon tot honderd tellen. Tot tweehonderd nog wel, als het moest. Hij kon goed leren. Pas later, maar nog voor hij zeven jaar werd, had hij doorgekregen dat het geen ooms waren. Zijn moeder huilde altijd als ze weer waren vertrokken. Toch stonden ze nu bij haar graf en keken triest.

Verder waren er nog wat mensen die hij oppervlakkig kende. Moeders van vriendjes, enkele maar.

Het was geen drukbezochte begrafenis. Een simpele steen zou later worden geplaatst. De gemeente had alles betaald, had zijn oma later gezegd. Die zou verder alles regelen.

De kist zakte langzaam het graf in. De metalen haken die zijn schouders omklemden, grepen nog harder in zijn botten en er vielen tranen in zijn nek. Zijn oma huilde, besefte hij.

Hij huilde. Iedereen huilde.

Zijn moeder was dood. Dood en begraven.

De deuren in het slecht verlichte portaal op de tweede verdieping hadden een lichtblauwe tint. Hij kon zich niet herinneren welke kleur ze oorspronkelijk waren geweest. In elk geval niet blauw. Er hing geen naambordje naast zijn oude voordeur. Er was wel iemand thuis, hij hoorde daarbinnen een televisie spelen.

De stap om aan te bellen was te groot. Dit was zijn oude huis, hier had hij gewoond, maar dat was eeuwen geleden. Wie zou een kerel van een meter vijfentachtig met gemillimeterd haar, afgetrapte jeans en een oud vliegeniersjack binnenlaten, alleen maar omdat hij een beetje wilde rondneuzen, zei jeugdherinneringen op te willen halen? Het zou niets uitmaken wat hij zei en hoe vriendelijk hij ook glimlachte: de deur zou op de ketting blijven. En terecht.

Maier draaide zich om naar een van de andere deuren. Tante Janny had daar gewoond. Misschien woonde ze er nog steeds.

In een opwelling belde hij aan.

5

Vraag aan willekeurige voorbijgangers waar ze waren, exact driehonderdnegenenzestig dagen geleden. Wat ze die dag deden en hoe ze zich voelden. Noem geen datum, slechts het aantal dagen: driehonderdnegenenzestig. Automatisch zal vrijwel iedereen de wenkbrauwen fronsen, gaan rekenen, en het antwoord vervolgens schuldig moeten blijven.

Vadim niet.

Vadim was niets vergeten.

Vadim wist precies waar hij was geweest, driehonderdnegenenzestig dagen geleden. Hij had de dagen geteld vanaf de dag dat zijn broer was gestorven.

Nadat Vadim van zijn lichamelijke verwondingen was genezen, had hij zich gestort op klussen voor de Organisatie. Voor liquidaties waarbij twee mensen nodig waren, werd hij gekoppeld aan een tijdelijke partner. Die leerde hij doorgaans pas een week voor de klus kennen en erna zagen ze elkaar nooit meer. Het was hem opgevallen dat de meesten van hen een professionele achtergrond hadden, evenals hij en Yuri. Er waren er opvallend veel afkomstig uit de Spetsnaz, speciale Russische troepen die zowel in het leger als bij de politie en voor veiligheidsdiensten werden ingezet.

Nu had hij even geen opdrachten meer. Hij had zijn handen en hoofd vrij.

Naar dit moment had hij toegeleefd, driehonderdnegenenzestig dagen lang. Hij had zich in het zweet getraind, gerend, geklommen, zijn reflexen gescherpt en zijn magazijn keer op keer leeggeschoten, tot hij kneuzingen op zijn schouder en eelt op zijn handen had. Op het zwarte, kartonnen silhouet van een menselijk lichaam of de gebutste, met stenen verzwaarde blikken had hij steeds weer datzelfde beeld geprojecteerd; datzelfde gezicht, diezelfde rotkop met die klotegrijns op zijn smoel, van wie de schedel openbarstte bij elke voltreffer. *Bam bam. Bam bam.*

Vadim was in absolute topvorm. Zijn fysieke wonden waren geheeld, zijn spieren gehard als mahoniehout, zijn wangen ingevallen van het trainen.

Vanbinnen was hij kapot. Verscheurd. Incompleet. Elk moment van de dag en de nacht voelde hij die ondraaglijke pijn, alsof een reuzenhand zijn hart eruit had gerukt, alle botten in zijn lijf had vermorzeld. Het was alsof er een deel van zijn ziel was afgestorven.

Slechts één ding had hem ervan weerhouden om een 9mm door zijn eigen slaap te jagen en een einde te maken aan het ondraaglijke. Slechts één absolute drive: vergelding.

Elke stap die hij zette, elke ademteug die hij in zijn longen zoog, alles wat hij nu nog deed, deed hij voor Yuri. Hij had een missie en hij zou pas stoppen als Sil Maier aan zijn voeten lag, opengesneden, creperend, stuiptrekkend, smekend om zijn leven en dat van iedereen die hem lief was.

Vadim zou pissen in zijn open wonden. Alle tweehonderdzes botten en botjes in Maiers lichaam kapottrappen, een voor een. En dan nog eens. Hij zou dansen in zijn bloed.

Voor Yuri.

Met terugwerkende kracht.

6

De bel deed het niet. Maier drukte een paar keer op de stroeve, bakelieten knop naast de deur, maar hoorde geen geluid uit het binnenste van de flat komen. Met zijn knokkels roffelde hij op het hout, hard genoeg om gehoord te worden, niet zo luid dat hij de bewoner af zou schrikken.

De deur werd vrijwel prompt van het slot gedaan. De ketting bleef erop. Door de kier kreeg hij zicht op het gangetje erachter. Bruin geschilderde plinten, druk behang in beige en grijs. Hij wist dat de gang uitkwam in de vierkante woonkamer, en hij kon zich herinneren waar de twee slaapkamers zich bevonden. Het badkamertje met een douche. Het balkon met de waslijnen. In deze flat kon hij de weg blindelings vinden.

Maar voor de bewoonster – metalen krulspelden in haar grijzende, vochtige haren en een argwanende blik – was hij een vreemdeling.

'*Entschuldigung*,' begon hij, en hij knikte haar zo vriendelijk toe als het ging. 'Ik zoek *Frau* Janny.' De achternaam van de oude buurvrouw kon hij zich niet herinneren.

'Die woont hier niet meer.'

'Weet u misschien waar ze naartoe is?'

Naast de vrouw verscheen een oudere man. Grijze broek, wit overhemd waarvan een pand loshing onder een appelronde buik. 'Vraagt wie?' klonk het afgemeten.

'Maier. Silvester Maier.' Hij maakte een hoofdbeweging in de richting van de voordeur van zijn ouderlijk huis. 'Ik ben hiernaast geboren.'

Twee paar ogen staarden naar hem door de smalle opening. Hij kon niet goed inschatten of ze hem geloofden.

'Nordfriedhof,' zei de man uiteindelijk. 'Daar kun je haar vinden.'

'Nordfriedhof?'

'Janny Wittelsbach is dood,' legde de man uit. 'Kanker.'

'Wanneer is ze gestorven?'

'Zes jaar geleden. We krijgen nog steeds post voor haar. Het maakt niet uit hoe vaak je belt naar die bedrijven, als je eenmaal in het systeem zit, ben je er nog niet uit.'

'Heeft u mijn moeder gekend?'

'Uw moeder?'

'Maria Maier.' God. Hoe lang was het geleden dat hij die naam hardop had uitgesproken?

De man ging er eens goed voor staan, sloeg zijn armen over elkaar. Niemand maakte aanstalten de deur verder te openen. 'Maier... Maier... Wacht even. Maier met een i?'

Maier knikte.

'Ze woonde alleen, toch? Met een zoontje?'

'Klopt. Kende u haar?'

'Alleen van zien,' reageerde de man. 'We woonden toen nog op de Heinrich-Braun-Weg.'

'Hier drie straten verderop,' verduidelijkte zijn vrouw. Ze hield haar hoofd scheef en keek hem onderzoekend aan. 'Maria Maier... Ja, dat is even geleden. Die had zich toch doodgedronken?'

Maier reageerde niet.

'Zo ging het verhaal,' ging de vrouw door. Ze kneep haar ogen tot spleetjes. 'Eind jaren zeventig, toch? Of een paar jaar eerder... Ze liet een kind na, staat me bij. Een zoontje. Dat joch heeft haar dood aangetroffen. Tragisch.' Het klonk niet alsof ze het erg had gevonden. Ze kon haar toegenomen interesse – of was het sensatielust? – niet verbergen toen ze eraan toevoegde: 'O, wat dom van me. Dat moet ú natuurlijk zijn geweest. Dat kind.'

'Weet u wie er nu hiernaast woont?'

'Een Turks echtpaar,' mompelde de man. De afkeuring droop van zijn gezicht. 'Jong stel, in de twintig. Ze spreken geen woord Duits. Vroeger had je hier alleen zigeuners, nu zigeuners en Turken. En weet ik veel waar ze allemaal vandaan komen, die lui.'

'De man spreekt wel Duits,' zei de vrouw snel. 'Maar zijn vrouw niet. Ze kijkt je nooit recht aan. Een bang vogeltje is het. Was je van plan hiernaast aan te bellen? Bespaar je de moeite. Ze doet niet open, doet ze nooit. Niet als haar man niet thuis is. Je kunt beter vanavond terugkomen. Het is hier niet meer zoals vroeger.'

Ze waren Maier ineens gaan tutoyeren. Een zoon van een alleenstaand alcoholiste hoefde niet met respect te worden behandeld.

'Vorige week is er een lijk gevonden,' zei de man. 'Hier twee blokken verderop. Die kerel woonde alleen. Zijn buren wisten niet eens hoe hij heette, niemand heeft hem gemist. Joost mag weten hoe lang...'

Maier luisterde al niet meer. Hier werd hij niets wijzer. 'Dank u,' mompelde hij, draaide zich om en liep de trap af. Boven hem viel na een korte stilte de deur in het slot.

Het regende zacht. Bij zijn auto stond een groepje jongens. Eén duwde met de punt van zijn sneakers tegen een voorband aan en keek geschrokken op toen Maier het slot op afstand activeerde en de lichten begonnen te knipperen.

Hij hield zijn tred niet in, hij zag ze niet eens. De jongens weken uiteen om plaats te maken. Maier stapte in en startte de motor.

Wat had hij hier gedacht te vinden? Zevenentwintig jaar was een lange tijd.

Ze had zich doodgedronken, had de vrouw gezegd. Waarom? Het leven was voor niemand makkelijk geweest, niet hier in Hasenbergl. Zijn moeder had een zoon gehad, een jongen voor wie zij het middelpunt van de wereld was. Had dat zo weinig voor haar betekend, zo weinig toegevoegd aan haar leven? Of was het juist andersom, en was hij de *reden* dat ze niet meer verder had willen leven? Belichaamde haar zoon haar mislukking? Was de schande te groot geweest?

Zijn oma had het geweten, maar er nooit over willen praten. Ook niet toen hij ouder werd en zijn vragen scherper werden, dwingender.

'Soms is geschiedenis alleen maar ballast,' had ze gezegd, een paar maanden voor haar dood. 'Denk daar maar niet over na. Het is niet belangrijk. Jij bent er, dat telt. Zorg dat je het beter doet dan ik en je moeder. Ga studeren, zoek een goede baan.' Die raad had hij ter harte genomen.

Maar al die tijd had het pad van zelfdestructie vlakbij gelegen. Hij hoefde steeds maar een klein stapje opzij te doen. Het bleef aan hem trekken, zoals een roker naar nicotine verlangt – *een alcoholist naar alcohol*: het gevaar, de adrenaline. Dat hij nog leefde, was meer geluk dan wijsheid.

Was het erfelijk? Was hij erfelijk belast met de zelfdestructiegenen van zijn moeder? En hoe zat het dan met de andere helft? Er moest ergens een vader rondlopen, als die tenminste nog leefde. Wie was dat? Wie had zijn moeder zwanger gemaakt en haar vervolgens laten stikken? Een van zijn zogenaamde *ooms* misschien? Hij hoopte van niet. De gedachte alleen al dat zo'n kerel zijn vader zou kunnen zijn, maakte hem misselijk.

Soms is geschiedenis alleen maar ballast...

In gedachten verzonken reed hij via een doorgaande weg Hasenbergl uit. Hij had geen idee waar hij heen wilde en volgde uiteindelijk de borden richting Nordfriedhof.

Als je er niet bij stilstond dat er dode mensen lagen, duizenden, zo niet tienduizenden, op die immens grote begraafplaats, was het gewoon een goed onderhouden park met oude bomen, mooie gebouwen en beelden waar rozen tegenaan groeiden. Hier en daar stonden bankjes. De zon scheen bleek en de grafstenen wierpen lange, rechthoekige schaduwen over de grindpaden. De enige geluiden kwamen van de talloze vogels, die tussen de takken door schoten en naar elkaar kwetterden, en van kleine tractoren en busjes met aanhangers die stapvoets tussen de graven door reden. Hoveniers die de graven en tuintjes verzorgden. Her en der lagen hopen afval. Verlepte potchrysanten, viooltjes, brokken met witte wortels dooraderde grond, scherven aardewerk.

Hij kon geen logica ontdekken in de volgorde van de graven. In lange rijen lag alles en iedereen door elkaar. Mannen, vrouwen, kinderen. Veel familiegraven. Stenen die volgens de inscripties in de negentiende eeuw waren uitgehakt, stonden bealgd en met bijna weggesleten schrift naast nieuw, strak en glanzend graniet met verse bloemen.

Hij liep naar een plattegrond. Er waren meer dan tweehonderd secties. Joost mocht weten hoeveel graven per sectie. Veel in elk geval. Heel veel.

Wat deed hij hier eigenlijk? Wat had het voor zin om naar Janny's graf te gaan kijken? Hij kon toch niet meer met haar praten. Dat had hij eerder moeten doen.

Het was al net zo zinloos om naar het graf van zijn moeder te gaan zoeken. Dat zou er niet meer zijn. Zijn oma had de grafrechten niet betaald, hij evenmin. Zijn moeder was gestorven in '77. Een graf werd na een bepaalde periode geruimd, na tien jaar, of twintig, zoiets.

Het zou zinniger zijn om terug naar het centrum te rijden en uit te zoeken waar het Münchense bevolkingsregister was. Kijken of hij iemand bereid kon vinden om zijn geboorteakte uit de archieven op te diepen. De kans dat de naam van zijn vader daarop zou staan, was erg klein, maar hij wilde het toch proberen.

Langs de rand van de begraafplaats, die minstens vier voetbalvelden groot moest zijn, stond een lang, opvallend, geel gestuukt gebouwencomplex met oranje daken, lichtgekleurde togen en zuilen en muurschilderingen in pasteltinten. Hij kende dat gebouw. Weer een herinnering die terugkwam. Ergens in dat mediterraan aandoende complex had hij naast zijn oma gezeten, gestaard naar de gewelfde plafonds terwijl hij een pastoor dingen hoorde zeggen over zijn moeder die hij niet had begrepen. Vanuit dit gebouw was de kist naar de begraafplaats gedragen. De geur van parfum – eau de cologne –, gezichtspoeder, snikkende mensen.

Maier begon sneller te lopen. Dit pad moest het zijn geweest. Een schaduwrijke spar, dan links. Verdomme. Zijn hart begon onregelmatig te kloppen en zijn gezicht verstrakte. Verdomme, verdomme. Daar rechts. Ja, precies daar. Een graftombe met een enorme adelaar. Dan weer rechtdoor. Langs een monsterlijk graf met treurende engelen met enorme vleugels. Daarachter, daar ergens was het geweest. Hij versnelde zijn pas, wist niet waarom. Hij haalde zijn neus op, wreef met zijn vuist het vocht weg.

Nog een keer links. Of was het rechts? Nee, links. Een jonge vent in een rode tuinbroek met reclame erop zat op zijn knieën bij een graf en rukte er plantjes uit. Hij keek niet op of om toen Maier hem passeerde.

Hij liep steeds sneller, gejaagd.

Het was hier. Precies hier.

Hij bleef stilstaan. Als verlamd, ongelovig, verbijsterd. Zijn armen hingen slap langs zijn lichaam, het bloed gonsde in zijn hoofd.

Er stonden rozenstruikjes voor de zerk, die keurig waren bijgehouden. De inscriptie in de eenvoudige steen was uitstekend leesbaar.

MARIA MAIER
1948 – 1977

7

Maier dwong zich om de inscriptie nog eens te lezen, maar nu goed, letter voor letter. Het maakte niet uit hoe langzaam hij las en hoe geconcentreerd hij dat deed: de letters bleven onveranderlijk zijn moeders naam vormen, met daaronder haar geboortejaar, een verbindingsstreepje en het jaar waarin ze was gestorven.

Misschien had hij zich vergist. Het kon zijn dat de gemeente pas na dertig jaar tot ruimen overging. Niet na tien of twintig. Het zou zomaar standaard dertig jaar kunnen zijn in Duitsland, in deze deelstaat of specifiek op deze begraafplaats, wat wist hij ervan?

Hij draaide zich om naar de kerel in de rode tuinbroek, die op een paar meter afstand aan het werk was in een vierkant graftuintje. De man rukte verlepte potplanten uit de aarde en wierp ze, zonder te kijken waar ze neerkwamen, trefzeker in een kruiwagen die op het grindpad stond.

'*Bitte?*' zei Maier.

De kerel keek verstoord op, zijn ogen licht samengeknepen tegen de zon.

'Kunt u mij vertellen wanneer een graf hier normaal gesproken wordt geruimd?'

De man keek hem even aan, trok een handschoen uit en

veegde met twee gestrekte vingers wat vuil onder zijn oog weg.

'Als niemand de grafrechten betaalt, bedoelt u?'

Maier knikte bevestigend.

'Tien jaar.'

'Zeker weten? Altijd?'

'Zo zeker als ik hier zit.'

Maier keek om naar het graf van zijn moeder. Mysterieus en onaangetast, de steen deels verscholen in de schaduw. 'Dus als een graf hier langer dan vijfentwintig jaar ligt...'

'Dan zijn de grafrechten betaald. Simpel.' De tuinman werkte zich omhoog op zijn hurken, zette zijn handen in zijn zij en rechtte zijn rug. Vertrok zijn gezicht pijnlijk. 'Zeg, over welk graf hebben we het eigenlijk? Ik ken ze hier in deze hoek allemaal.'

Maier wees in de richting van de grijze steen. 'Om dat daar.'

'Familie van u?'

Maier zweeg. 'Mijn moeder,' zei hij, uiteindelijk, zacht.

Hij zag de man naar de steen kijken en de inscriptie in zich opnemen, zijn blik zwierf heen en weer tussen de steen en Maier. Uiteindelijk knikte hij begrijpend. 'Moet moeilijk geweest zijn. U was nog jong.'

'Het is altijd moeilijk,' antwoordde hij, en zijn gedachten dwaalden af naar een veel recentere begrafenis dan die van Maria Maier. Vorig jaar had hij afscheid moeten nemen van Alice, na zijn moeder en oma de derde belangrijke vrouw in zijn leven. Hij wist nog goed dat hij die dienst alleen maar had kunnen uitzitten door zichzelf voor te houden dat er geen mens meer lag in die hoogglans witte kist, bedolven onder de peperdure rozen.

Ook hier op het Nordfriedhof lagen alleen maar omhulsels. Opgebruikte menselijke verpakkingen. Gestorven vlees, zielloos, *wesenlos*. Je ziel, je geest of hoe dat deel dat je mens maakte en waarmee je droomde, kon nadenken, pijn, mededogen en liefde kon voelen, dat ontastbare en onbegrijpelijke wezen dat je lijf in bruikleen had en het aanstuurde ook werd genoemd: áls het al bleef voortbestaan, dan zou het zeker niet blijven rondhangen op een plaats als deze.

'… en het went nooit,' voegde Maier eraan toe. Hij graaide naar een pakje sigaretten in zijn binnenzak en stak de tuinman de halfgeopende verpakking toe.

'Ik rook niet. Toch bedankt.'

Maier duwde het pakje dicht en stopte het weg.

'U woont niet in München, of wel?' De tuinman nam hem met toegenomen interesse op. '*Sie sind von hier und nicht von hier.* Het accent… Ik kan er geen vinger op leggen, maar –'

'Hoe kom ik erachter wie het graf onderhoudt?' onderbrak Maier hem.

'Da's niet zo moeilijk. Die graven hier doen wij in principe allemaal, op een paar na. Dat is in de loop van de tijd toevallig zo ont–'

'Wie betaalt er voor het onderhoud van het graf van mijn moeder?'

De man haalde zijn schouders op. 'Daarvoor moet u bij mijn baas zijn. Daar hou ik me niet mee bezig.'

'Waar kan ik je baas vinden?'

De man wees met zijn kin naar het begin van het pad. In de schaduw van een groep bomen stond een roodgeschilderde aanhanger met witte belettering op de zijkanten.

'Daarop staat het adres en het telefoonnummer. U kunt het beste vragen naar *Herr* Rainer Hesselbach. Mocht het nou niet lukken, dan kunt u misschien beter naar het *Kreisverwaltungsreferat* gaan.'

'Kreis-wat?'

'Kreisverwaltungsreferat, in de *Altstadt*.'

'Wat is daar te doen?'

'Wat is er niet te doen? De administratie van het Nordfriedhof, bevolkingsregister. Voor verlenging van grafrechten bijvoorbeeld, moet je bij hen wezen. Ik denk dat u daar meer kans maakt dan bij mijn baas.' Hij hield zijn hoofd schuin. 'Ik weet niet of hij die informatie doorgeeft. Je weet natuurlijk nooit wat iemand met zulke adresgegevens gaat doen.'

8

Susan Staal woonde in de oude binnenstad, op de eerste etage van een gerenoveerd, eeuwenoud huizenblok. Er liep een stenen trap naar boven, waar ze een portiek deelde met de buren. Het appartement lag in een verkeersluwe straat, die leunde tegen een indrukwekkende basiliek. In de directe omgeving stonden bomen waarvan de knoestige, groen uitgeslagen wortels de trottoirtegels uit hun voegen duwden.

Afgelopen week had Vadim regelmatig een lange, magere gast dat stadsappartement in en uit zien lopen. Een junk met lang, oranjegeel geverfd haar en naar voren gebogen schouders. Zo nu en dan was er een griet bij geweest. Niet Susan Staal.

Ze leek te zijn verhuisd, net als Maier. En dat was lastig.

Ruim een jaar terug had hij de adressen en foto's van Maier en zijn vriendin gekregen, tegelijkertijd met de opdracht om Maier op te sporen, het geld dat hij van de Organisatie had gestolen zeker te stellen en hem vervolgens te liquideren. Meer informatie had hij niet gehad.

Vadim had een lange, frustrerende zoektocht met een onzekere uitkomst voorvoeld, maar gisteravond stond er op Susans anders lege vergunninghoudersplek ineens een auto geparkeerd. Een kleine, zwarte terreinwagen.

Met hernieuwde energie had Vadim zijn positie ingenomen. De hele nacht had hij gepost aan de achterzijde van het huizenblok. Onbeweeglijk. Onzichtbaar. Precies zoals hij had geleerd en later honderden keren foutloos in de praktijk had gebracht.

Om kwart voor drie was er een schim bij de openslaande deuren verschenen. Vadim had de infrarode lichtbundel van zijn nachtkijker ingeschakeld en prompt helder, scherp beeld gekregen.

De vrouw die daar op de eerste verdieping met haar voorhoofd tegen het glas leunde, was Susan Staal.

Vanochtend, toen ze naar haar auto liep, had hij haar bij daglicht kunnen bekijken. Halflang bruin haar, dik en glanzend. Donkere, relatief grote ogen. Wat grof van bouw, maar alles bij elkaar geen onsmakelijk totaalplaatje in die strakke spijkerbroek. Ze sjouwde allerlei apparatuur en statieven haar auto in en reed daarna de straat uit. Ze keek niet al te vrolijk.

Vadim had zich niet verroerd. Hij had zijn koele, grijs-groene ogen over de gevels van de huizen laten glijden. Er kwamen slechts een paar ramen uit op deze eenrichtingsstraat en overdag stonden er weinig auto's geparkeerd. Een forenzenstraatje dat was uitgestorven tijdens kantoortijden.

Er ontstond een lichte rimpeling in Vadims gezicht. Een begin van een glimlach, die meteen weer plaatsmaakte voor een uitdrukkingsloos masker.

9

'Een moment, *bitte*. Wacht u hier.' De blonde vrouw liep weg van de balie en verdween door een deur in de houten wand.

Maier haakte zijn duimen in de zakken van zijn jeans. Het interieur zag er ongeveer uit zoals hij had verwacht: glimmende grafstenen, kransen, linten, porseleinen potten en bloemstukken. Veel rozen en lelies. Het was er schemerig, ondanks de forse glazen pui die langs de hele showroom liep. De tombesfeer werd versterkt door het donkere plafond en muren met houten schroten. Het hoveniersbedrijf annex steenhouwerij annex grafbloemenwinkeltje had er werkelijk alles aan gedaan om de schijn van een vrolijke ambiance te vermijden.

De dood was een serieuze aangelegenheid.

Hij keek op zijn horloge. Acht minuten. Moest die griet haar baas eerst nog opgraven of zo?

Maier begon te ijsberen langs de balie en liet zijn hand over het gladde, koele natuursteen gaan. Ook al stemmig bruin, maar met drukke patronen die hem deden denken aan weerkaarten vol actieve depressies. Buiten reden stromen auto's af en aan in een gelige atmosfeer, veroorzaakt door de rooktint van de pui. Geluiden van de straat drongen amper door tot in de showroom.

Negen minuten.

Hij kon zich voorstellen dat ze hem niet zonder meer naam en adres van een van hun klanten zouden geven. Sec gezien waren ze hem natuurlijk niets verschuldigd. Het was hier een winkel, geen humanitaire instelling.

Maar het ging wel om het graf van zijn moeder.

Hesselbachs komst ging gepaard met een heleboel gekuch en gesnuif. Hij bleek een conservatief ogende, slank gebouwde vijftiger. Grijs haar, jeans met een vouw en een blauw overhemd. De blikvanger was een zuurstokroze stropdas.

De man liep met uitgestoken hand op Maier af, maar zijn gezichtsuitdrukking was allesbehalve uitnodigend. 'Frau Wittenberg vertelde dat u op zoek bent naar een van onze contractanten.'

'Daar komt het op neer,' zei Maier kalm en hij drukte hem de hand. 'Onder andere.'

'Ik ben bang dat we u daarmee niet kunnen helpen.'

'Pardon?'

'Zoals Frau Wittenberg u ongetwijfeld al heeft verteld, kunnen we geen adressen van onze klanten doorspelen aan derden.'

Maier trok een wenkbrauw op. 'Het gaat om het graf van mijn moeder. Ik heb verder geen familie. Zij evenmin, naar mijn weten. Dus –'

Hesselbach luisterde amper. 'U zult zich moeten wenden tot de officiële instanties. Het spijt me.' Zijn ogen glinsterden koud. Het speet hem voor geen meter.

Misschien, dacht Maier, zou Hesselbach wat toeschietelijker worden als hij hem een worst voorhield. 'Met alle respect voor de huidige contractant en jullie werk; ik heb het graf zojuist voor het eerst bezocht en ik vond het nogal eenvoudig. Ik wil het bestaande contract overnemen en het upgraden. Ik neem aan dat ik daarvoor hier moet zijn.'

'Voor een nieuw contract, inderdaad. Maar daar is nog geen sprake van. Ik moet –'

'Iemand heeft langer dan vijfentwintig jaar voor het graf van mijn moeder gezorgd,' ging Maier door. 'De grafrechten betaald, het onderhoud. Voor ik het contract overneem, zou ik diegene daarvoor willen bedanken, misschien overleg plegen... Dat lijkt me de normale gang van zaken, toch? Maar dan moet ik wel contact met die persoon kunnen opnemen.' Maier liet met opzet een korte stilte vallen. 'Het lijkt me nogal omslachtig om die persoon of personen via een of andere instantie te moeten opsporen, terwijl u de gegevens in het klantenbestand heeft zitten.'

'Meneer, wat u nu probeert is zinloos. Gaat u naar het Kreisverwaltungsreferat. Daar kunnen ze u verder helpen. Meer kan ik momenteel niet voor u doen.'

'U bedoelt: meer wílt u niet doen.'

Hesselbach haalde geërgerd zijn schouders op. 'Wat u wilt.'

Een hoek vol op de kin, dacht Maier, en die eikel kan voorlopig zijn eigen naam niet meer uitspreken, laat staan iemand op een dergelijke toon afzeiken. Hij begon zich af te vragen of de man hier onlangs pas was komen werken, na een jarenlange loopbaan bij de rijksoverheid. Hesselbach wekte tenminste sterk die indruk. Een ambtenaar in optima forma. Eentje die zich afrukte op het huishoudelijk reglement.

Maier balde zijn vuisten in de zakken van zijn jack en telde in stilte tot tien. Toen zei hij, afgemeten: 'Ik ben maar kort in München. Ik heb geen tijd voor dit soort gezeik. Oké?' Hij keek Hesselbach strak aan en liet er geen enkele twijfel over bestaan dat er een grens was bereikt, dat dit uit de hand ging lopen als de man zijn houding niet aanpaste.

Hesselbach rechtte zijn rug. 'Ook al zou ik een uitzondering willen maken, dan nog gaat dat vandaag niet.'

'Luister, als –'

'U laat me niet uitpraten. U hebt de verkeerde dag uitgekozen. Ons computersysteem ligt plat.'

'Er worden hier geen uitdraaien bewaard?'

Achter Hesselbach verscheen de blondine. Uit haar houding werd duidelijk dat ze de hele tijd op de gang achter de houten wand had staan luisteren. Ze schudde nadrukkelijk haar hoofd. 'We wachten op iemand die de boel aan de gang komt helpen,' zei ze, zacht.

Maier keek van de een naar de ander. Twijfelde. Haalde daarna diep adem en zei: 'Oké. En wanneer –'

'Maandag,' zei Hesselbach opgelucht. 'Als het goed is komen ze maandagochtend. Als u in de namiddag wilt komen, dan zal ik kijken wat ik voor u kan doen.'

10

Het was bijna donker toen Susan de Vitara op haar vergunninghoudersplaats wegzette. Ze pakte haar tas, hing die over een schouder en liep, gebukt tegen de regen, om de auto heen naar de achterzijde om de statieven en fototassen eruit te tillen.

De hele weg naar huis was één grote file geweest, een vijftig kilometer lange, geasfalteerde forenzenhel. Bijna drie uur had ze erover gedaan, terwijl de regen onophoudelijk op de hardtop roffelde en de ruitenwissers irritant piepende geluiden maakten die moeiteloos de radio hadden overstemd.

De dag was veelbelovend begonnen. Een dunne wolkenlaag die meer dan voldoende licht doorliet, modellen die zich naturel gedroegen, apparatuur die deed waarvoor ze was gemaakt. Ze zou de foto's zo meteen gaan uploaden, zodra ze gegeten en gedoucht had. De fotoredactie zou ze morgenvroeg van de beveiligde site kunnen plukken en Susan wist zeker dat ze tevreden zouden zijn.

Susan Staal was *back in business*.

De hengsels van de koffers en tassen sneden in haar schouders. Onhandig klemde ze de statieven in één arm tegen zich aan, duwde de achterklep dicht en sloot de auto af. Keek omhoog, naar de hemel. Nog steeds grijs. Het zag er niet naar uit dat het dit weekend beter weer ging worden.

Terwijl ze naar de overzijde van de weg liep en zocht naar de huisdeursleutel, bedacht ze dat ze de eerste de beste buitenlandopdracht die ze kon krijgen met beide handen zou aannemen. Afrika, Australië, zelfs het Midden-Oosten was prima. Het maakte niet uit, zolang het maar ver weg was. Het was hoog tijd om nieuwe mensen te ontmoeten, nieuwe plaatsen aan te doen.

Maar op korte termijn zou ze al tevreden zijn met een warme douche, een pizza en een blik bier.

Ze nam de trap naar haar appartement, zette de statieven tegen de muur en stak de sleutel in het slot. Het was donker in het portiek, en stil. Het speet haar dat achter de andere deur geen Sven Nielsen meer woonde.

Ze duwde de deur open, griste de statieven mee en zette ze binnen tegen de gestukadoorde witte muur, die vol met krassen en sporen zat van alle voorgaande keren dat ze exact deze handeling had uitgevoerd. Ze zette de koffers en tassen op en naast elkaar naast de deur, en nam zich voor om haar spullen later op te bergen en de batterijen op te laden. Nu eerst wat eten en een douche.

Het volgende moment omsloot een ruwe hand haar neus en mond. Een metalen voorwerp werd hard tegen haar slaap gedrukt.

11

'Herr Hesselbach is vandaag niet op kantoor. Het spijt me verschrikkelijk.' De ogen van de blondine schoten onzeker over Maiers gezicht.

Hij was er vrijwel zeker van dat ze loog. Haar houding en gezichtsuitdrukking wezen daarop. Bovendien stonden op het omsloten parkeerterrein achter het bedrijf exact dezelfde auto's als afgelopen vrijdag. In een ervan – een smetteloze Volkswagen Passat met een verchroomd ichthusteken op de achterklep – had Maier een pakket van een postorderbedrijf zien liggen. Gericht aan R. Hesselbach.

Natuurlijk, het kon toeval zijn. Hesselbach kon een broer hebben die hier werkte, terwijl hijzelf de gewoonte had om op de fiets naar zijn werk te gaan. Of lopend. Of hij had de auto aan de blondine uitgeleend, of iemand had een pakketje voor hem opgehaald.

De vrouw bleef weifelend staan, haar slanke vingers rustten op het natuurstenen blad van de balie. Ze trilden licht, zag Maier.

'Ga hem halen.'

'Maar –'

Maier boog naar voren. 'Nu.'

Haar gezicht trok bleek weg. Gehaast duwde ze de deur in de

houten wand open en verdween.

Hesselbach was er een stuk sneller dan de vorige keer, bijna onmiddellijk verscheen hij in de deuropening. Zichtbaar geirriteerd bleef hij achter de balie staan, zijn armen over elkaar. 'Herr Maier,' klonk het verwijt. 'Wat u –'

'Ik wil dat adres.' Maier plaatste zijn handen aan weerszijden van zijn lichaam op het marmer en boog licht over de balie. 'En een naam. Meer niet. Dan ben ik weer weg.'

'Die kan ik u niet geven. Het is tegen de regels. Ik heb liever dat u –'

'Welke regels? Uw eigen regels, misschien?'

In de gang achter Hesselbach was beweging. De blondine hield hen op veilige afstand in de gaten, zag Maier, met een mobiele telefoon in haar hand. Ze had blijkbaar de instructie gekregen om de politie te bellen als het uit de hand zou lopen.

'Onze bedrijfs-*policy*, meneer. We kunnen niet zomaar met adressen gaan strooien. Dan zou Jan en alleman –'

Maier sloeg met platte hand op de balie. 'Begint dit gesodemieter nu weer? U zei me vrijdag dat er een probleem was met de computers.'

Hesselbach hief strijdbaar zijn kin. 'Die doen het ook nog steeds niet.'

Maier telde in gedachten tot tien. Hij telde tot twintig. Dertig. Veertig. 'Is er zicht op dat het systeem snel weer draait?'

'Wie zal het zeggen.'

Hij bleef Hesselbach strak aankijken. Waarschijnlijk loog hij. Maar mócht deze man de waarheid spreken, dan was er een tamelijk grote kans dat Maier het systeem aan de praat kon krijgen. Het was al even geleden dat hij de computerbranche vaarwel had gezegd, en er zou sindsdien vast en zeker onnoemelijk veel zijn veranderd, maar hij was ervan overtuigd dat hij de informatie die hij nodig had uit elk systeem kon persen, hoe verrot en corrupt het ook was.

Dat kon hij alsnog doen. Vannacht. Het idee fladderde even door hem heen. Heel even maar, voor hij het verwierp.

De afgelopen nachten had hij peinzend doorgebracht, klaarwakker, starend naar het plafond in dat merkwaardige hotel, zich afvragend wat hij over het hoofd zag. Er waren heel veel herinneringen teruggekomen. Dingen die hij al zo lang had weggestopt. De armoede. De kou. De mannen die zijn moeder bezochten, de blikken die ze hem hadden toegeworpen, de manier waarop ze haar hadden aangeraakt. Vanochtend was hij buitengewoon prikkelbaar uit bed gestapt. Hij wilde het nú weten. Niet vannacht, niet morgen. Nu. Hij was het meer dan beu om door deze lul-de-behanger gekoeioneerd te worden.

Maier observeerde Hesselbachs gezicht, het was strak vertrokken van ergernis, en besefte toen pas goed dat deze kerel maar één taal zou begrijpen.

'Misschien ben ik niet duidelijk genoeg geweest.' Maier greep Hesselbachs stropdas beet, draaide die een slag om zijn vuist en trok hem met kracht naar zich toe. De Duitser lag nu half over het marmer van de balie heen, zijn hoofd gedraaid. Eén hand klauwde in zijn hals naar de strop, in een poging de druk te verminderen, met de andere hield hij zich vast aan het blad. Zijn voeten spartelden in het luchtledige.

In de schemerige gang achter Hesselbach klonken haastige voetstappen, die zich snel verwijderden. Maier schatte dat hij nog een minuut of zes, zeven had om achter het adres te komen en te maken dat hij hier wegkwam.

Hij werkte zich langs de balie en greep de vent bij zijn haar. Het geluid dat gepaard ging met het breken van het neusbeentje werd overstemd door de bonk waarmee Hesselbachs gezicht op het marmer terechtkwam, en de brul die uit zijn longen ontsnapte.

Hij trok Hesselbachs hoofd naar achteren, in zijn nek. Er was meer gebroken dan alleen een neusbeen. Om te beginnen ontbrak een van de voortanden. Zuurstofrijk, helderrood bloed stroomde uit zijn neus en mond. Het vond rap zijn weg over zijn kin en spetterde op zijn overhemd en broek en op de vloer.

'Ga verdomme staan!' Maier trok de kerel op zijn voeten. 'Lopen, naar achteren!'

Hij hoorde de blondine paniekerig de locatie doorgeven. Nog vijf minuten, zes hooguit, voor er hier een politiewagen zou stoppen. Eén ding was zeker: hij kon het nu wel vergeten om alsnog als brave burger naar het Kreisverwaltungsreferat te gaan om een officiële aanvraag in te dienen.

Hij trok Hesselbachs rechterarm naar achteren en omhoog. Zijn andere hand bleef de grijze haardos omvatten. 'Lopen, nu!'

Hesselbach kwam in beweging. Hij maakte proestende geluiden en zwalkte alsof hij dronken was.

'Voortmaken!' schreeuwde Maier.

Vijf minuten.

De gang bleek een tussenhalletje te zijn en de deur naar het kantoor stond open. Het zag er nog treuriger uit dan de showroom. Vloerbedekking van bruine vloertegels en grijze, metalen bureaus die elk een kwart van de ruimte in beslag namen. Het kantoor was verlaten. Geen spoor van de blondine.

Maier telde vier pc's. Hun platte monitoren flikkerden zacht en toonden screensavers van uiteenlopende aard. De kasten stonden zacht te zoemen. Een volstrekt gezond, mechanisch geluid van kleine ventilatoren. Vier aparte computers. Geen netwerk.

'Welke?' schreeuwde Maier. 'Verdomme, welke computer?'

'Nee, geen computer. Map... Kast.'

Maier hield Hesselbachs pols stevig tussen zijn schouderbladen gedrukt en verstevigde de greep op diens haardos. 'Waar?'

De man bleef maar jammeren en hijgen en spuugde bloed in het rond.

Vier minuten.

'Daar, daar bij... bij het raam.'

Er was een metalen archiefkast. Drie laden boven elkaar.

Maier liet Hesselbachs arm en hoofd los. De man kon nu makkelijk naar hem uitvallen, maar op een of andere manier had Maier het gevoel dat hij dat niet zou doen.

De Duitser trok met bevende handen de tweede lade open. Die zat vol met hangmappen waar doorzichtige, plastic houdertjes op waren bevestigd.

'Hier is het,' zei Hesselbach. 'Deze moet je hebben.' Hij haalde een map eruit en legde hem op een van de grijze bureaus. Klapte hem open en bladerde er haastig doorheen. Vers bloed druppelde op de witte pagina's.

Het waren contracten.

'Dit,' zei Hesselbach, en hij wees met een bevende vinger naar het papier. 'Hier. Deze. Maria Maier.'

Twee minuten.

Maier boog zich voorover. Liet zijn ogen over de tekst gaan. Kwam uiteindelijk uit bij de naam van de contractant. Er stond een handtekening onder. Hij las hem nogmaals.

S.H. FLINT, DOMAINE CAPITAINE DANJOU, 13114 PUYLOUBIER, FRANKREICH.

Hesselbach verwijderde zich zijdelings van hem, als een schuwe krab. Hij probeerde het zo geruisloos mogelijk te doen.

Maier registreerde het, maar werd te veel in beslag genomen door wat hij las om er acht op te slaan.

Kende hij iemand die Flint heette? Die in Frankrijk woonde, op een domein nog wel?

Zijn ogen schoten over het formulier. Alles klopte verder. Zijn moeders naam. De plaats van het graf. Hij herkauwde de naam. Flint. Hij kon er niets mee. Noch met de naam, noch met het adres.

Sirenes. Hij hoorde ze nu duidelijk. En ze kwamen in rap tempo dichterbij.

Tijd om te gaan.

Met moeite maakte hij zijn blik los van het formulier, rende naar buiten, ontgrendelde de portieren van de Carrera en liet zich in het met leer beklede binnenste glijden.

Terwijl hij de auto startte en hem de weg op stuurde, kwam een politiewagen de hoek om gereden. In de achteruitkijkspiegel zag hij hoe de wit met groene auto schuin op het trottoir tot stilstand kwam, net voor de winkel. Twee agenten gooiden de portieren open, een van hen legde demonstratief een hand op zijn holster. Vrijwel tegelijkertijd kwam bij het pand een tweede auto met gillende sirene tot stilstand.

De politie van München nam haar taak serieus.

Het leek hem een goed plan om meteen door te rijden naar het hotel en zijn spullen bij elkaar te zoeken.

12

Dorst. Verschrikkelijke dorst.

Haar tong voelde aan als een dikke prop watten die tegen haar verhemelte plakte. Een dreinende pijn drukte achter haar oogkassen. Ze kneep haar ogen dicht en sperde ze weer open, in de hoop dat die beweging de pijn wat zou verzachten, of misschien heel even zou laten ophouden, maar het was zinloos. De zinderende hoofdpijn was niet alleen het gevolg van vochtgebrek. Haar gezwollen oogleden kwamen slechts met moeite van elkaar, haar wimpers schuurden tegen het zwarte katoen. Dat was zo dik dat ze alleen licht en donker kon onderscheiden.

Ze had geschreeuwd. Gehuild. Gescholden. Gesnotterd. Geroepen. Gesmeekt. Vervolgens nog meer gehuild, steeds zwakker, tot de snikken bijna niet meer te onderscheiden waren van haar ademhaling. Uren waren er verstreken, het kon zomaar een dag zijn geweest. Twee?

Ze was stil geworden en daarna had de angst het volledig overgenomen. Het besef was tot haar doorgedrongen dat wat ze had meegemaakt pas een begin was. Die gedachte had haar verlamd. Er zat een knoop in haar onderbuik die alsmaar vaster leek te draaien, alsof haar ingewanden werden uitgewrongen. Ze kreeg de neiging om over te geven, kokhalsde, maar haar maag was leeg en er kwam niets dan wat gal dat achter in haar keel bleef steken.

De grond was koud, hard en glad. Misschien geschilderd beton, of linoleum van het soort waarmee vloeren van scholen en ziekenhuizen werden bekleed. Er brandde continu licht, het moest kunstlicht zijn, want de intensiteit bleef steeds gelijk. En ze hoorde zacht gezoem boven haar hoofd. Tl-buizen.

Door de beperkte akoestiek wist ze dat het geen grote ruimte was, maar evenmin benauwd klein. Ze stelde zich voor dat het vertrek zo groot was als een flinke slaapkamer. Het was geen kelder. Althans, ze dacht van niet. In kelders was het vochtig en vaak hing er een schimmellucht. Hier rook het naar sigaretten en drank, schoonmaakmiddel. Zweet. Bovendien ving ze geluiden op die van beneden kwamen.

Susan probeerde een houding te vinden waarin ze het minste hinder ondervond van de harde vloer en haar pijnlijke schedel. Vruchteloos. Ze kon slechts een beetje naar voren schuiven door zich van de vloer af te duwen, afwisselend met haar heup en schouder. Ze had misschien tien centimeter speling, niet meer. Haar knieën waren strak aan elkaar gebonden, evenals haar enkels. Die waren op hun beurt achter haar rug verbonden met haar polsen. Het was niet met touw of tape gedaan, maar met dunne plastic reepjes waarmee bedradingen op hun plaats werden gesjord. *Tie-ribs* – Sil had er steeds een bundel van in zijn rugzak gehad. Ze waren vastgemaakt aan een verticale holle buis, die langs een ruwe muur liep. Als ze haar handen uitstrekte zo ver als ze kon, voelde ze de afgeronde onderkant van een radiator. Ze had aan de buis getrokken om te kijken of die meegaf. Het deed alleen maar pijn. Bij elke beweging sneed het plastic dieper in haar vlees.

Ze kon met zekerheid zeggen dat ze de man die haar had overvallen nooit eerder had gezien. Hij was niet veel groter dan zijzelf en had een onbestemde haarkleur, tussen asblond en grijs in, heel kort geschoren zodat zijn hoofdhuid overal zichtbaar was. Er zaten ondiepe rimpels in zijn verder harde, strakke gezicht, waardoor je zijn leeftijd niet goed kon inschatten. Hij kon dertig zijn, maar evengoed vijftig. Hij had maar een paar woorden gesproken, in het Engels en in gebrekkig Nederlands, met eerder een Turks of Russisch accent. Ze had die twee talen nooit van elkaar kunnen onderscheiden.

Hij had haar gedwongen vanuit haar appartement terug naar buiten te gaan en achter het stuur van een Opel Astra plaats te nemen, was naast haar geschoven en had haar de stad uit laten rijden, via de A2 naar Eindhoven, daarna in de richting van de Duitse grens, waarna hij haar had gedwongen om af te buigen en een bos in te rijden.

Daar was het gebeurd.

Ze had geprobeerd om weg te kruipen, hem gesmeekt haar te laten gaan, geschreeuwd dat ze hem niet kende, gevraagd wat er aan de hand was – hij had niets gezegd. Hij had haar uitdrukkingsloos aangekeken en haar geslagen, net zolang totdat ze buiten bewustzijn was geraakt.

Ze was bij kennis gekomen in duisternis, terwijl haar lichaam heen en weer hotste en de geur van olie, uitlaatgassen en benzine haar neusgaten vulde. Een kofferbak. De zak zat toen al over haar hoofd, vastgesnoerd in haar nek en vastgeplakt met tape. Zo voelde het tenminste als ze haar nek uitstrekte en haar onderkaak zo ver mogelijk naar voren bewoog. Het plakte. Het kon niets anders zijn dan tape.

Tegen beter weten in hoopte ze dat er iemand zou binnenkomen die haar zou lossnijden en weghalen. Een rechercheteam, het leger. Een schoonmaker, een glazenwasser. Het A-team, Superman. Haar aanwezigheid hier was geen toeval, die had een reden.

Haar ontvoerder had een plan. Hij had tenminste sterk die indruk gewekt. Dit was geen doorgeslagen gek, maar iemand die precies wist waar hij mee bezig was.

Dat maakte het nog vele malen griezeliger.

Susan was niet alleen in dit gebouw. Ze had voetstappen gehoord en gedempte stemmen in aangrenzende ruimtes. Ze had mannenstemmen onderscheiden en ook vrouwen horen praten, door elkaar heen: jonge en oude stemmen, hoge en lage, boze en bange.

Heel af en toe dreunde de vloer onder haar. Het was steeds dezelfde cd, Britney Spears, en het geluid kwam van beneden.

Zouden al die mensen die ze had horen praten van haar af weten? Hadden ze haar horen schreeuwen? Zouden ze weten dat er bij hen in het gebouw een vrouw op een kale vloer lag vastgebonden aan een verwarmingsbuis? Of had de ontvoerder haar naar een leegstaande flatwoning gebracht in een anonieme wijk, met naamloze gezinnen die zich niet van haar bewust waren?

Nee.

Ze had hard genoeg geschreeuwd.

Ze moesten het hebben gehoord.

Het interesseerde hen niet.

Ze spitste haar oren. Gemompel, onduidelijk, zo ver weg dat ze niet kon horen wat er werd gezegd en zelfs niet in welke taal er werd gesproken. Het geroezemoes werd steeds sterker, mannenstemmen, dacht ze, en daarna werd er met geen woord meer gesproken, bleef alleen nog het geluid over van voetstappen die dichterbij kwamen.

Het was meer dan één persoon. Twee, drie?

Ze hoorde dat er een slot werd omgedraaid en een deur geopend. Ze verstijfde van angst. De knoop in haar onderbuik werd nog strakker aangetrokken, haar zenuwen gierden.

Drie. Drie mensen. Ze hoorde hun schoenen over de vloer schuiven, hun jassen ritselen en hun gesnuif en ademhaling terwijl ze op haar afliepen en om haar heen kwamen staan.

Daarna was er alleen nog maar hun zwijgende aanwezigheid, die drukte op de atmosfeer.

13

Ten zuiden van München slingerde de snelweg zich door steeds ruiger wordend landschap. Aan weerszijden van het asfalt stegen massieve bergruggen op, hun toppen aan het zicht onttrokken door een dikke laag bewolking.

Zo nu en dan passeerde Maier een vrachtwagen die de helling op kroop en net als hij op weg was naar de Oostenrijkse grens. Heel af en toe werd hij ingehaald door een BMW of een Mercedes.

Hij bleef doorrijden met een rustig gangetje van honderddertig kilometer per uur. Hij had geen haast. Wat er ook op hem wachtte aan het einde van de rit, het wachtte daar al zevenentwintig jaar. Een paar dagen meer of minder maakte nu geen verschil meer.

Alter Bridge's voorman Myles Kennedy zong door de luidsprekers dat hij voor de rest van zijn leven antwoorden zou vinden, die er altijd al waren geweest. Maier neuriede mee, genoot van de muziek, het uitzicht en de rit; de soepele machine die hem omsloot als een goed passend kledingstuk en gretig reageerde op elke minieme aansturing. Hij vond het prettig te weten dat hij nog steeds in staat was te neuriën, te genieten van een autorit.

Hij miste Susan. Vroeg zich af wat ze nu aan het doen was, of ze ook aan hem dacht, maar drukte die gedachte meteen weer weg. Susan bij zich houden was een volstrekt egoïstische daad geweest. Die fout had hij rechtgezet door bij haar weg te gaan. Het zou goed zijn als ze zo snel mogelijk een leuke vent tegenkwam die haar onvoorwaardelijke liefde waard was. Een gewone, stabiele kerel zonder dodelijke bagage, zo een die haar ontbijt op bed bracht. Dat zou het beste zijn. Het zou het *juiste* zijn.

Een leuke vent.

Susan en een leuke vent.

Samen.

In bed.

Hij trok zijn gezicht in een ongemakkelijke grimas en tikte het volume van de geluidsinstallatie hoger. Haalde een sigaret uit een pakje en stak hem weer terug. Legde het pakje naast zich op de stoel.

Het navigatiesysteem gaf aan dat er nog bijna duizend kilometer af te leggen was. De route leidde dwars door Oostenrijk, door het noorden van Italië – Lombardije en Ligurië – en ging ten slotte in westelijke richting verder, een flink eind Frankrijk in, parallel aan de Middellandse Zee.

Puyloubier lag ten noordoosten van Marseille.

De plaats zelf zei hem niets, maar hij was wel regelmatig in de Provence geweest. In een vorig leven zelfs bijna jaarlijks, omdat het Alice' favoriete vakantiebestemming was. Hij herinnerde zich glooiende heuvels vol perfect bijgehouden olijf- en wijngaarden, grote vrijstaande huizen met flauw aflopende, terracottakleurige pannendaken. Opritten van knersend grind dat een spoor van geel stof opwierp als je eroverheen reed. Palmen, lavendelvelden, oleanderstruiken zo groot als pruimenbomen. Een ruisende zee en het onafgebroken tsjirpen van krekels. Zinderende zomeravonden.

Iemand die in die streek een domein bewoonde, moest wel onbeschoft rijk zijn. Maier kon zich niet voorstellen dat zijn moeder iemand had gekend die bemiddeld was. Desondanks had ene S.H. Flint haar grafrechten betaald, in elk geval de laatste zeventien jaar. Dat impliceerde een combinatie van twee dingen: voldoende financiële middelen, en liefde – of in elk geval toch genegenheid – voor zijn moeder.

Of schuldgevoel? Wroeging? Verantwoordelijkheidsbesef?

Allerlei mogelijkheden schoten door zijn hoofd. Een van die kerels die zich door hem voor de grap weleens 'papa' wilde laten noemen, en die dan een sneer van zijn moeder kregen? Of had hij een onbekende suikeroom? Een halfbroer of halfzus, die dan ouder moest zijn dan hij? Nee. Zijn moeder was al behoorlijk jong toen ze hem kreeg.

Zo snel als de mogelijkheden bij hem opkwamen verwierp hij ze weer. In de achttien jaar waarin hij eerst bij zijn moeder en vervolgens bij zijn oma had gewoond, was er geen enkele aanwijzing geweest voor het bestaan van meer familieleden dan die twee vrouwen. Hij had geen tantes gehad, geen ooms, neefjes of nichtjes. Nadat zijn oma was gestorven, was hij alleen overgebleven. Dat had hij ook keihard zo gevoeld. Die verdomde eenzaamheid.

Misschien was hij daarom al op achttienjarige leeftijd aan Alice blijven hangen. En misschien was hij daarom een relatie aangegaan met Susan, terwijl hij die met Alice nog niet had afgesloten. Bang om alleen te zijn. Hij had zich vaak genoeg alleen gevoeld, maar hij was het fysiek nooit eerder geweest. Dat was nu pas voor het eerst.

Noodgedwongen.

S.H. Flint.

Natuurlijk lag een vader voor de hand. Dat besef spookte al vanaf het begin door zijn hoofd. Een *vader*. Hij wilde het zo graag dat hij het niet eens toestond als serieuze optie. Het zou alleen maar kunnen uitdraaien op een grote teleurstelling. Want als zijn vader het graf van zijn moeder in München had kunnen vinden, dan zou het maar een kleine stap verder zijn geweest om zijn zoon op te sporen. Dus áls het zijn vader was, die dat Provençaalse domein bewoonde, dan had hij blijkbaar geen interesse in zijn zoon.

Maier had nu nog minder haast gekregen om in Frankrijk te komen.

Impulsief gaf hij een ruk aan zijn stuur om de afslag naar Oberaudorf te nemen. Het laatste Duitse dorp voor de grens met Oostenrijk.

Aan het einde van de afrit sloeg hij links af naar het dorp. Het wemelde van de reclameborden voor hotels en restaurants. Op de duizelingwekkend hoge bergflank voor hem lagen verticale lichtgroene wegen – skiliften – tussen donkerder groen van naaldbomen te wachten op het winterseizoen. En overal waar hij keek stonden grote vrijstaande huizen met balkons van houtsnijwerk en overdadige bloembakken vol rode geraniums. Alles wat je in reisgidsen over Tirol werd wijsgemaakt, leek gewoonweg waar te zijn.

Hij reed het dorp in, parkeerde zijn Carrera voor het eerste etablissement dat er uitnodigend uitzag, en stapte uit.

Vandaag ging hij nergens meer naartoe.

14

Drie mannen. Een keek alleen maar toe met zijn armen over elkaar, leunend tegen de deur. Een breedgebouwde dertiger met dik zwart haar en een zweem van een baard. Hij bekeek haar alsof ze een creperend insect was. Onderkoelde belangstelling van iemand bij wie de empathische vermogens niet al te sterk waren ontwikkeld.

Haar ontvoerder had de zak van haar hoofd weggetrokken en stond nu over haar heen gebogen, met in zijn handen een eenvoudige digitale camera.

Ze hield haar gezicht van hem afgewend en staarde glazig naar het linoleum. Het ouderwetse motief van zeshoekige rode tegeltjes en grijze voegen glom in het harde tl-licht. Ze wilde zich daarop blijven concentreren: de glans, het licht. De mannen buitensluiten. Doen alsof ze er niet waren.

Doen alsof zíj hier niet was.

Het was zinloos. De adrenaline spoot door haar lichaam, ze ademde oppervlakkig door haar mond.

'*Look here.*' De opdracht klonk zacht, bijna vriendelijk, maar de man porde ongeduldig met de zijkant van zijn voet tegen haar onbeschermde buik.

Van schrik veerde ze even op, voelde het harde plastic aan haar polsen rukken en vertrok haar gezicht in een grimas. De tranen schoten in haar ogen.

Weer een por, dwingender nu. Ze hief haar gezicht, keek de man aan, probeerde onverschillig te lijken, onkwetsbaar, alsof het haar allemaal niets kon schelen, maar ze wist dat de camera een realistischer beeld liet zien: dat van een angstige vrouw, vastgebonden als een dier, hongerig en dorstig en ten dode opgeschreven als er geen hulp zou komen.

'*So ja.*' Nu sprak hij weer Nederlands, of Duits. Hij schoot het ene na het andere plaatje, zo snel als de ingebouwde flitser het toestond.

De derde man had zich afzijdig gehouden. Hij stond schuin achter haar ontvoerder. Evenals de gast bij de deur een kleerkast, die de indruk wekte veel tijd in de sportschool door te brengen. Hij had een hoog voorhoofd en kleine, priemende ogen en zijn volle aandacht ging uit naar zijn mobieltje, dat hij met halfgestrekte arm van zich afhield. Het was niet duidelijk of hij stond te sms'en of foto's van haar maakte.

De ontvoerder zakte op zijn hurken en keek haar onderzoekend aan. Hij had grijs-groene ogen met korte, vlaskleurige wimpers. Een wat grauwe huidskleur met restjes van sproeten en kleine, onopvallende littekens in een hard belijnd gezicht. '*My name is Vadim.*'

Ze durfde amper oogcontact te maken. Vadim. Dat klonk Pools of Russisch.

'Dorst?'

Ze knikte.

Hij maakte een handgebaar naar de donkere kerel bij de deur. Die veerde op van de muur, verdween de kamer uit en sloot de deur achter zich. De derde man nam zijn plaats in, en begon een sigaret te roken.

De ontvoerder ging staan, liet het cameraatje in de zijzak van zijn broek glijden en keek op haar neer. 'Zo, Susan Staal...'

Ze bewoog zich niet. Voelde haar hart kloppen in haar keel.

'Je vriend, Sil Maier. Waar is hij?'

Sil. De godvergeten klootzak.

'Ik...' ze slikte. Haar keel voelde droog en haar stem was schor. '... heb geen vriend. *No friend.*'

'Sil Maier is jouw vriend.'

'Niet meer.'

Hij keek spottend op haar neer, zei niets.

'Echt niet. We zijn uit elkaar,' zei ze snel. 'Hij is weg. Hij heeft niet gezegd...' ze begon te hoesten, '... waarheen.'

Vadim bleef enkele seconden lang zwijgend op haar neerkijken en wenkte vervolgens zijn kameraad om een sigaret. Kreeg er een toegestoken. Hij inhaleerde niet, maar blies de rook meteen door zijn neusgaten naar buiten, als een briesende stier. 'Ik heb alle tijd van de wereld, Susan. En jij?'

Ze sloot haar ogen en probeerde te slikken. Het taaie slijm in haar keel liet zich niet wegwerken. Ze had al dorst gehad toen ze bij thuiskomst was overvallen. Wanneer was dat geweest? Het kon gisteren zijn, maar net zo goed eergisteren. Ze was alle besef van tijd kwijt.

Vadim liet zich weer op zijn hurken zakken. Het viel haar op hoe soepel dat ging. Hij keek haar nu niet meer aan en speelde met zijn sigaret. Achter hem stond de kleerkast met het hoge voorhoofd te roken. Hij was nog steeds bezig met zijn mobieltje. Zijn donkerblonde haar zat op zijn achterhoofd in een staart, zag ze nu.

Vadim zweeg. Hij keek naar een plek op de muur en leek na te denken. De seconden tikten voorbij zonder dat er iets werd gezegd.

Op de gang klonken voetstappen. De deur zwaaide open en werd meteen weer gesloten. De donkere kerel was terug.

Hij wierp Vadim een halveliterfles water toe. Die ving hem op en zette hem achter zich op de grond.

Gebiologeerd staarde ze ernaar. Die fles, dacht ze, die was voor haar bedoeld. Het was een onderdeel van de onderhandeling die hij met haar ging voeren. Informatie in ruil voor water. Maar ze wist niets.

Vadim maakte een korte hoofdbeweging en beide mannen liepen de kamer uit.

De deur was nog niet achter hen gesloten of hij trok een pistool achter zijn broekband vandaan, greep haar kaak vast en wrong zijn duim en vingers zo hard tussen haar kiezen dat ze haar mond wel moest openen. Prompt ramde hij de metalen loop achter in haar keel. 'Waar is hij?'

Susan kokhalsde. Haar maag trok opnieuw samen, krachtiger nu. Er kwam gal naar boven. Ze sidderde over haar hele lichaam.

'Waar?' herhaalde hij, volslagen onbewogen.

Ze hoorde niet meer wat hij zei. Begon te hoesten, de tranen schoten in haar ogen en gal en slijm liepen langs haar mondhoek naar buiten. Haar lippen trilden ongecontroleerd tegen het harde staal.

Hij greep haar haren beet en bracht zijn gezicht zo dichtbij dat zijn neus haar wang raakte. 'Ik heb dit vaker gedaan,' fluisterde hij in haar oor. 'Mannen, vrouwen, kinderen... het maakt me geen zak uit. Wil je dood? Nou?'

Ze probeerde haar hoofd te schudden, maar hij had haar haren nog steeds vast en hield haar tegen de grond gedrukt.

'Eén kans.' Hij haalde de loop uit haar mond, trok haar hoofd in haar nek en zette de vuurmond tegen haar jukbeen, vlak onder haar rechteroog. 'Ik tel tot drie. Eén...'

'Ik weet het niet!'

'Twee.'

Door de kracht waarmee Vadim het pistool tegen haar gezicht drukte, schoot de vuurmond over haar jukbeen en bleef rusten op een huidplooi bij haar oogkas.

Rauw stootte ze uit: 'Geloof me! Ik weet niet waar die klootzak is! *Ik weet het godverdomme niet!*'

'Drie.'

15

Ze zag er niet slecht uit, de hoogblonde vrouw die in een nis van het restaurant een tijdschrift zat door te nemen. Ze had een blouse aan die voldoende duidelijkheid schiep over de inhoud ervan. Haar sluike haar glansde en viel tot op haar schouders. Op het rood met wit geblokte tafelkleed voor haar stond een glas witte wijn, waar ze met kleine slokken uit dronk.

Het was bijna acht uur en de zon was ondergegaan. De mensen die in het hotelrestaurant zaten waren stamgasten uit het dorp of hotelgasten die, net zoals hij, nog wat wilden drinken voor ze hun kamer opzochten. De vrouw behoorde tot de laatste categorie, vermoedde Maier. Ze gedroeg zich niet als een stamgast en had over steelse aandacht niet te klagen.

Hij hield haar al even in de gaten, simpelweg omdat ze de enige mooie vrouw was in deze lawaaierige, met grenenhout en geblokt textiel beklede ruimte. In haar cocon van zacht lamplicht had ze zijn blik net iets langer vastgehouden dan een vrouw zou doen die gewoon vriendelijk wilde zijn.

Die blik zei twee dingen: ze was hier alleen, en ze had interesse.

Maier nam een slok van zijn bier en keek voor de vorm in de plaatselijke krant.

De vraag was of hij dit wilde. Of hij er al aan toe was. Een puur op geilheid en gelegenheid gebaseerde onenightstand.

Opnieuw ving hij haar blik. Nu glimlachte ze openlijk en sloeg daarna verlegen haar ogen neer. Ze had een mooie glimlach.

Zijn lichaam begon op haar uitnodiging te reageren. Hij trok een scheve grijns en ging verder met het scannen van de krant.

Het Zuid-Beierse nieuws boeide hem niet. Hij dacht na. Het maakte op zich niet zoveel uit wat hij deed vannacht, of morgennacht, of de rest van zijn leven. Al zat ze nog in elke vezel van zijn systeem; Susan was een gepasseerd station.

Hij moest verder. Zo eenvoudig was het. Hij had geen vastomlijnde plannen en hoefde aan niemand verantwoording af te leggen. Hij was vrij en daar kon hij maar beter aan gaan wennen.

Opnieuw keek hij op. De vrouw hield haar hoofd een beetje scheef. Haar mond vormde het woord 'hallo'.

Hij grinnikte, schoof zijdelings uit de houten bank, nam zijn bierglas mee en kuierde naar haar tafel.

16

Maiers mobiele nummer stond niet in haar gsm. Vadim had de telefoonlijst van Susans Samsung twee keer doorgenomen, maar er was geen spoor van een 'Sil', een 'Maier', zijn initialen of een soort van koosnaampje dat afgeleid kon zijn van die voor- of achternaam. Tevens had hij alle sms'jes gelezen en de uitgaande en ontvangen oproepen nagekeken. Niets duidde op contact met Sil Maier.

Hij had de gsm voor de zekerheid nog eens door Robby laten controleren. Want hoewel Vadim naast Russisch, Arabisch, Spaans, Engels en Duits ook een beetje Nederlands sprak en kon lezen, was de kans aanwezig dat hij wat over het hoofd zag in een taal en een cultuur die niet de zijne waren. Robby was geboren en getogen Hollander. Ook Robby vond niets.

Vadim had de batterij uit de Samsung geklikt, de simkaart en geheugenkaart verwijderd en de losse spullen in de binnenzak van zijn jack gestopt. Hij zou ze later wel lozen.

Liever had hij het toestel heel gelaten en het bij zich gehouden, voor het geval dat Maier zijn vriendin zou bellen. Maar die luxe kon hij zich niet veroorloven. Het was veiliger om ervoor te zorgen dat het ding vandaag nog verdween.

Die lange gast die hij bij Susan Staal naar binnen en naar buiten had zien lopen, zou haar kunnen gaan missen en op het idee komen om de politie te bellen. Waarschijnlijk raakte die niet direct gealarmeerd. Bij eventuele huiszoeking zou blijken dat ze haar jas bij zich had, dat haar fotografiespullen in huis stonden en haar auto op haar vergunninghoudersplek was geparkeerd. Geen sporen van braak – daar had hij wel voor gezorgd – en ook niet van geweld.

Vadim kon altijd dingen over het hoofd hebben gezien – hij had zich niet bepaald overmatig beziggehouden met haar dagroutines. Desondanks was het niet aannemelijk dat de politie binnen een of twee weken iets zou ondernemen. Maar áls ze eenmaal wakker schoten, dan was er een gerede kans dat ze haar mobiele telefoon gingen uitpeilen.

En dan was hij die liever kwijt dan rijk.

Big Brother was allang geen inktzwart toekomstbeeld meer. Het tijdperk waarin burgers door hun overheden werden gecontroleerd en bespied was allang aangebroken, en het was zo geruisloos gegaan, en zo slinks gebracht, dat niemand ertegen had geprotesteerd. In alle steden en langs snelwegen hingen camera's die alles en iedereen registreerden en de locatie waar je je bevond kon griezelig nauwkeurig worden vastgesteld aan de hand van je telefoon.

Het was de reden dat Vadim standaard werkte met gestolen gsm's en anonieme belkaarten. Dat waren oplossingen die hij en zijn broer niet hadden geleerd op hun uitgebreide opleiding – gsm's waren er in die dagen nog geeneens – maar in een snel veranderende wereld overleefde je in dit vak alleen als je vlot mee kon veranderen, je denkwijze kon aanpassen en de nieuwe technologie leerde misleiden.

Dat hadden Vadim en Yuri nooit onderschat. Daarom waren ze zo'n ongenadig goed team geweest, en zo vaak ingezet op lastige klussen.

Nu was hij alleen.

Er was geen moment dat hij zich daarvan niet bewust was. De rusteloosheid zou pas verdwijnen als Sil Maier snikkend aan zijn voeten zou liggen. Vadim zou alles doen wat ervoor nodig was om dat te bereiken.

Alles.

Susans computer startte braaf op. Binnen enkele minuten had hij het wachtwoord omzeild. Uit haar mails bleek dat ze professioneel fotografe was – wat hij al had vermoed. Ze had e-mails verstuurd naar ene Sabine in de Verenigde Staten, hoogstwaarschijnlijk haar zus. Uit de correspondentie bleek dat Susan daar de afgelopen weken op visite was geweest.

Een nieuwe mail die met een bescheiden 'plong' binnenkwam tijdens zijn sessie, was van een klant die vroeg of de foto's waren gelukt en het adres gaf van een server waar Susan ze naartoe kon uploaden.

Vadim zette zijn vingertoppen tegen elkaar en legde zijn wijsvingers tegen zijn lippen. Nee. Hij durfde het niet aan. Hij kon wel wat zinnen in elkaar flansen aan de hand van haar eerdere mails naar opdrachtgevers, maar zijn Nederlands was onvoldoende om een geloofwaardige autochtone e-mail te kunnen schrijven. Beter geen reactie dan een verdachte reactie.

In haar adressenboek stond niemand met de achternaam Maier. 'Sil' leverde hetzelfde resultaat op. Vadim liet het programma de inhoud van alle berichten in 'Postvak in' doorzoeken op die voor- en achternaam. Maier gaf geen hits, 'Sil' wel.

Hij sorteerde de gevonden berichten op datum en begon te lezen bij de jongste. Af en toe keek hij op zijn horloge of spitste zijn oren omdat hij buiten iets hoorde. Als er iemand naar binnen zou komen, gaf dat complicaties. Omdat het van het grootste belang was dat het appartement schoon bleef, zou hij met een eventuele bezoeker hetzelfde moeten doen als hij met

Susan had gedaan. Een wapen tegen het hoofd zetten, veel verbaal geweld gebruiken om te overdonderen, hem naar een rustig natuurgebied laten rijden. Hoop geven, zodat de betrokkene niet te veel in paniek zou raken.

Alleen zou deze ongelukkige het bos niet meer verlaten.

Zijn hand gleed naar zijn enkel, waar een revolver met klittenband was vastgemaakt. Hij krabde onder het klittenband. De stof irriteerde het litteken, dat over de hele lengte van zijn scheenbeen liep.

Al snel liet hij het lezen achterwege en scrolde bij elk bericht meteen door naar de naam van de afzender.

Uiteindelijk had hij beet. Verschillende e-mails die vanaf hetzelfde mailadres waren verstuurd en consequent ondertekend door Sil. Vadim las er een paar van en raakte er steeds meer van overtuigd dat het e-mailadres dat begon met 'sagittarius' eigendom was van Sil Maier. Om honderd procent zeker te zijn controleerde hij Susans antwoorden in 'Verzonden items'.

Het klopte allemaal. Maier had dit e-mailadres al een poos, hij zou nog steeds hetzelfde kunnen hebben, aangezien het niet provider-gebonden was.

Vadim haalde zijn usb-stick uit zijn zak en sloot die aan op een van de poorten aan de voorzijde van Susans pc. Een paar handelingen later waren er twee foto's toegevoegd aan een e-mail, verzonden door Susan Staal, gericht aan Maier.

Susan, vastgebonden en opkijkend met wijd open ogen. Het zag er op het kille beeldscherm erger uit dan het in werkelijkheid was.

Vadim liet het daarbij en verzond het bericht. Een foto zei immers meer dan duizend woorden.

Het was begonnen.

17

Wat hem nog het meest van alles opwond was dat hij in bed lag met een onbekende vrouw, een lichaam kon aanraken dat vreemd voor hem was. De hele situatie had iets heimelijks over zich, alsof hij iets deed wat niet mocht. Hij had zichzelf er in stilte van moeten overtuigen dat het absoluut gerechtvaardigd was.

Wenselijk zelfs.

Ze was Zwitserse, eenendertig jaar en commercieel directeur. Dat deel van de conversatie had hij onthouden. Gedetailleerde uitleg over haar werk en wat ze precies kwam doen in Duitsland en specifiek in dit hotel, was volstrekt aan hem voorbijgegaan omdat hij te druk bezig was geweest om haar in gedachten de kleren van het lijf te rukken.

Hij wilde haar, die drang was met de seconde sterker geworden. Hij had zijn uiterste best moeten doen om dat er niet al te dik op te leggen.

Het had nog tot halfeen geduurd voor ze zich kirrend naar zijn kamer liet begeleiden. Haar lengte verraste hem, of beter gezegd het gebrek daaraan. Ze kon niet veel langer zijn dan een meter zestig, haar hoofd reikte tot aan zijn schouders.

Terwijl ze hem had meegetrokken naar het bed en ongeduldig zijn jeans had opengeritst, had hij heel even teruggedacht aan de eerste en meteen ook laatste onbekende met wie hij seks had gehad. Hij was zestien geweest, bloednerveus, alles ging mis.

Nu, bijna twintig jaar later, was hij tevreden over zijn progressie.

Ze duwde haar warme, volle lichaam tegen hem aan en leek totaal geen gêne te kennen. Hij kuste haar mond, die smaakte naar een onbekende, heerlijke wereld. Gleed met zijn vingers in haar vochtige binnenste, speelde met haar borsten, die groot en vol en zacht waren en begroef zijn gezicht ertussen.

Verdomd, hij zou hieraan kunnen wennen.

18

Joyce waste haar handen, deed het licht in de toiletten uit en liep terug naar haar werkplek. Acht uur 's avonds, de afdeling lag er verlaten bij. Alleen op haar bureau stond een beeldscherm te flikkeren. Het witte politielogo zwierf rusteloos over het blauwe scherm.

In de hoek van de ruimte stond een automaat die op commando oploskoffie, slappe thee, chocolademelk en poedersoep uitspuwde. Er hing een grijze houder naast voor plastic bekertjes, maar in het kader van milieubescherming was die al een poos niet meer in gebruik. Onlangs was er een onderzoek geweest waaruit bleek dat plastic bekertjes uiteindelijk toch minder milieubelastend waren dan mokken of koppen. De uitslag van dat onderzoek had de korpsleiding nog niet bereikt: iedereen op het hoofdbureau had een persoonlijke mok met zijn voornaam of initialen erop. Ze greep de dichtstbijzijnde, keek erin om te controleren of hij schoon was, zette hem onder het apparaat en koos voor 'koffie'. De machine kwam sputterend en proestend tot leven en vulde de mok tot bijna aan de rand met donker gemarmerd vocht.

Al roerend liep ze naar haar bureau, dat leek te pulseren in het felle tl-licht. Ze ging zitten en trok een stapel verbalen, uitgetypte verhoren en fotoprints naar zich toe. De laatste verzameling ellende van vandaag.

Ze sorteerde de prints van foto's die door informanten en undercoveragenten in de regio waren gemaakt. Foto's van ontmoetingen tussen criminelen. Pasfoto's van foute types. Foto's van gebouwen en straten. Nummerborden van auto's. Plaatsen delict. Vuurwapens met een meegefotografeerd velletje papier waar de serienummers op stonden.

Bij alle stukken hoorde een formulier met codes die aangaven wat ermee moest gebeuren. De ergste waren de dubbel-nul-coderingen: informatie waarmee niemand iets kon, wilde of mocht doen, om diverse redenen. Achtergrondinformatie, die bijzonder waardevol zou kunnen zijn maar niet gebruikt mocht worden. De frustratie-*files*.

Joyce werkte sinds twee maanden bij de CIE – Criminele Inlichtingen Eenheid, in een administratieve functie. De korpsleiding had haar op een zijspoor gezet.

En dat was haar eigen stomme schuld.

Binnenkort zou er worden beslist over haar toekomst. Ze keek er niet naar uit. Er was een serieuze kans dat ze nooit meer terug mocht naar de executieve dienst. Dat ze tot het einde der dagen AT-werk moest blijven doen: administratief-technisch klotewerk.

De afgelopen maanden had een psychiater van het korps zich in haar gedachtegang vastgebeten, om tot de conclusie te komen dat het een compleet doolhof betrof. Hij was er teleurstellend snel de weg kwijtgeraakt.

Het lag niet alleen aan zijn beperkte empathische vermogens. Ze had hem braaf verteld over het 'incident', zoals de korpsleiding het consequent noemde. Hij had bijvoorbeeld willen weten wat ze die dag had gedaan voordat de ondervraging plaatsvond. Wat ze had gegeten en gedronken en naar welke tv-programma's ze had gekeken. Hoe ze zich voelde. Hoe ze zich samen met haar collega op de confrontatie had voorbereid. Of ze misschien kwaad was geweest, op iets of iemand, die dag.

Daarover was ze helder geweest, en haar antwoorden waarheidsgetrouw.

Pas toen hij vragen begon te stellen over het moment waarop ze de beslissing had genomen, was ze glashard gaan liegen. Want hoe langer ze erover nadacht, hoe meer ze ervan overtuigd was geraakt dat het geen beslissing was geweest. Ze had niet nagedacht. Het was een reactie geweest. Niet meer dan dat.

Dus vertelde ze een heel ander verhaal. Een acceptabeler toedracht, die door iedereen begrepen en geaccepteerd zou worden. Hoopte ze. Een uitleg die ervoor zorgde dat ze haar oude baan terug zou krijgen, zodat ze weer in het wild boeven kon gaan pesten in plaats van hun dossiertjes op te bergen.

Het was overigens niet het enige waarover ze had gelogen. Er was meer in het doolhof te vinden dat de korpsleiding niet zou waarderen. Dingen waar ze zich pas echt goed voor schaamde.

Als iemand binnen het korps lucht kreeg van waar ze de afgelopen anderhalf jaar mee bezig was geweest, in hoeverre ze haar positie had misbruikt voor haar eigen doeleinden, en met welke gedachten en ideeën ze al een hele poos speelde, dan zou ze subiet op straat worden gelazerd om de rest van haar leven parkeerbonnen uit te delen. Of waarschijnlijker nog: overgeleverd aan een uitkerende instantie.

Zonder gouden handdruk.

Ze keek naar de klok die aan de wand hing. Tien over acht. Jim had haar Subaru geleend. Hij zou haar rond halfnegen komen ophalen, als zijn dienst in het ziekenhuis erop zat. Wilde ze de stapel voor die tijd hebben weggewerkt, dan moest ze nu voortmaken.

Ze sorteerde foto's van vrouwen, allemaal dubbel-nul-gecodeerd. De beelden waren grofkorrelig. Op een ervan zat een jonge vrouw angstig in de lens te kijken. Ze droeg een sexy bedoelde bh. Op haar voorhoofd plakten strengen verward haar, en haar gezicht zat vol vlekken. Het konden rode plekken van de stress zijn, of blauwe van de klappen. Het was moeilijk te zeggen met deze lage resolutie en afwezigheid van kleur. Het maakte eigenlijk ook niet uit, dacht ze, terwijl ze de foto opborg. Blauw, rood of paars: gaf die beesten nog een paar dagen, hooguit een week, en er bleef toch alleen maar een slaafs wrak van haar over, schichtig en voor het leven beschadigd.

De vrouw was erg jong. Ze waren altijd jong. Te jong voor wat hun werd aangedaan. Maar was er een leeftijd waarop je deze gruwelijke mishandelingen, het afnemen van je trots, je menselijkheid, je eer, alles wat je lief was, en gedegradeerd worden tot handelswaar wél kon dragen?

Deze meisjes werden niet zelden door de eigen familie in Rusland of Roemenië aan een vrouwenhandelaar verkocht. Vrouwen als dossiernummer KE03.4693 hadden geen thuis, geen hoop en geen toekomst. Ze waren de onzichtbare slaven van de eenentwintigste eeuw, van wie niemand zich het lot aantrok. Doodsbang voor hun eigenaars, en met recht.

NDR NF VLGT stond eronder – nadere info volgt. De foto en boodschap kwamen van 'Dennis', een van de vaste informanten. Later deze week zou hij waarschijnlijk een bericht sturen met details in telegramstijl: datum van aankomst, land van herkomst, leeftijd, en soms een naam.

Dan kon Joyce dat allemaal keurig bij de foto in het dossier stoppen.

De volgende was weer een vrouw, half ontkleed, wazige oogopslag. Hoe vaak Joyce zulke foto's ook te zien kreeg, ze zou er nooit aan wennen of er cynische, harde grappen over gaan maken, zoals haar collega's van de recherche. Het had eerder het tegenovergestelde effect.

Bij elke nieuwe inkijk in wat er achter gesloten deuren aan rotzooi plaatsvond, werd ze strijdbaarder en kwader, omdat ze wist dat achter elke foto een hoeveelheid leed en pijn school die ieders inlevingsvermogen te boven ging. En niemand kon iets wezenlijks voor deze vrouwen doen.

Waarom ze zich specifiek hun lot zo aantrok, wist Joyce niet precies. Ze had een prima jeugd gehad in een vrolijke, warme familie, ze was nooit mishandeld of ergens toe gedwongen en haar beide ouders leefden nog. Waarschijnlijk kwam het door haar achtergrond, dacht ze, het feit dat haar Surinaamse voorouders evenals deze meisjes uit hun land waren weggehaald en elders tot slavernij gedwongen. Hoewel er vroeger thuis weinig over werd gesproken, droeg Joyce dat besef in haar genen mee. En in haar achternaam, Landveld. Na hun invrijheidsstelling in 1863 kregen slaven hun familienamen namelijk toegekend door de blanke onderdrukker. Die verzonnen ze niet zelf.

Ze joeg een nietje door het papier, ramde er twee gaten in en stopte het in een van de mappen.

Morgen hadden Jim en zij allebei een vrije dag. Hij had gezegd dat hij direct na het werk met haar de stad in wilde om een kroeg in te duiken en het onverantwoord laat te maken. Jim draaide in het ziekenhuis al net zulke onregelmatige diensten als zij. Ze zagen elkaar veel te weinig. Bovendien was er iets bijzonders te vieren: hun relatie die alweer zes maanden standhield. Het was de eerste keer dat een man het zo lang bij haar had uitgehouden. Jim kon dan ook bogen op een engelengeduld, ze had hem zelden uit zijn pan zien gaan. God wist hoe vaak ze dat had uitgelokt.

Maar na het zien van de foto's voelde ze niet veel meer voor een stapavond. Nu wilde ze alleen nog maar naar huis, om de gordijnen dicht te trekken en te doen alsof de buitenwereld er niet was.

Alsof er geen slachtoffers bestonden en geen beulen.

Dat was van alle reacties die in haar opkwamen de meest verstandige.

19

Hij verbleef in een hotelkamer. Een betrekkelijk kleine ruimte met paarse vloerbedekking, paars met lila en blauw gestreepte gordijnen en een modern bed met een sprei in dezelfde kleuren. Hoog aan de wand hing een tv, die stond afgestemd op een Nederlandse zender. Een soort quiz; deelnemers moesten woorden vormen van zes letters.

Vadim volgde de uitzending met interesse. Bij de Spetsnaz had hij onder meer Duits geleerd. Nederlands leek er sterk op, maar had toch zijn eigen klanken en grammaticaregels.

Hij liet zich op de grond zakken in zittende houding, trok zijn T-shirt over zijn hoofd uit en wierp het opzij. Hij legde zijn benen plat op de grond en haakte zijn tenen achter de metalen onderkant van het bed. Begon vervolgens te trainen.

Zijn e-mail was niet onbestelbaar retour gekomen, dus de eerste de beste keer dat Sil Maier zijn berichten binnenhaalde zou hij een stel onaangename foto's van zijn vriendin te zien krijgen. Vadim ging ervan uit dat Maier er prompt op zou reageren.

Maar voor het zover was, restte hem niets dan wachten. Het was alweer drie dagen geleden dat hij de mail had verzonden.

K-O-R-T-O-M werd er op tv gespeld. 'Kortom,' herhaalde Vadim hardop. Hij rolde zich op zijn buik voor een serie push-ups. Vanavond zou hij het niet overdrijven. Spierpijn was onoverkomelijk bij de opbouw van spieren, maar zou hem in dit stadium van de missie alleen maar hinderen. De oefeningen die hij uitvoerde waren net voldoende om de spiertonus op peil te houden en soepel te blijven.

De verveling te verjagen.

De onrust die door zijn aderen kolkte even niet te hoeven voelen.

z-u-s-j-e-s klonk het op tv. 'Zusjes,' mompelde Vadim.

Wachten was een essentieel onderdeel van zijn leven, besefte hij. Het was begonnen in de desolate barak waarin Yuri en hij waren opgegroeid, een boerderij in het noorden van Rusland, een blinde vlek op de kaart, verstoken van alle moderne voorzieningen. Jarenlang had hun enige tractor op het erf staan wegrotten. Zijn vader had een bestelling lopen voor onderdelen. Telkens als beweging aan de horizon de mogelijke komst van een postbode of koerier aankondigde, hadden zijn ouders reikhalzend in het veld staan kijken, en waren hij en zijn broer de bezoeker tegemoet gerend. Altijd tevergeefs.

Hoop maakte kwetsbaar. Het was beter om geen hoop te koesteren. Daar werd je sterker van.

g-i-t-a-a-r. 'Gitaar.'

Na de dood van zijn ouders was hij met Yuri zuidwaarts getrokken. Ze waren bijna zeventien, niets had hen nog gebonden aan de plek die thuis was geweest. In het leger vonden ze onderdak en een inkomen, tot hun soldij door de in crisis verkerende USSR vaker niet dan wel werd uitbetaald. Om hen heen begonnen soldaten gestolen legerwapens te verhandelen om in hun onderhoud te voorzien, of ze lieten zich overhalen tot criminele carrières in westelijk Europa. Yuri en hij besloten tot de laatste optie.

'Zinvol.'

Vadims spieren reageerden snel en soepel op de aansturingen, maar in zijn hoofd woedde een storm. Hij had geen idee hoe lang hij in dit land zou moeten blijven rondhangen. Het kon weken zijn, of maanden. Het was niet te voorspellen. De bal lag bij Maier.

'Direct.'

De telefoon ging. Vadim sprong op, duwde een handdoek tegen zijn voorhoofd en hing hem daarna om zijn nek. Hij zette het geluid van de tv af en klapte zijn mobiel open.

'*Da?*'

'Vadim, ben jij dat?'

Hij had er een hekel aan als ze zijn naam door de telefoon noemden, dus reageerde hij met een geërgerd: 'Hm-hm.'

'*Zdraste*. Hoe lang moeten we die *bl'ad* nog vasthouden?'

Vadim zweeg even. 'Zo lang als het nodig is.'

'Eh... dat wordt moeilijk. Ze neemt ruimte in die we nodig hebben. En ze maakt te veel herrie. De klanten beginnen vragen te stellen. Het lijkt me het beste als —'

'Hoor wat ik zeg: je doet niets. Ik kom morgen wel even langs,' onderbrak hij de man kortaf, en hij klapte zijn mobieltje dicht.

'G-E-W-E-L-D,' spelde een kandidaat op tv.

Vadim grijnsde vreugdeloos.

20

Susan had een kampeermatrasje gekregen, zodat haar geteisterde heupbot en schouder niet meer in direct contact stonden met de harde ondergrond. Er waren meer verbeteringen: na de ondervraging was de zak van haar hoofd gebleven en ze kreeg dagelijks te drinken en te eten. Een reep chocolade, een eierkoek of een broodje.

De kleerkast met zijn priemende ogen en het hoge voorhoofd was met de catering opgezadeld. Hij wierp het voedsel vanuit de deuropening naar haar matras, steeds aan de rand van haar bereik. Vervolgens bleef hij staan kijken hoe ze het met moeite naar zich toe haalde – soms met haar tanden, soms door haar tong te gebruiken – en het van de grond begon op te eten, als een kat die op een groot stuk vlees kauwt. Hij volgde haar vorderingen met ziekelijke interesse, had er duidelijk plezier in haar te zien klunzen. Soms lag het voedsel te ver weg en kreeg ze er ook na minutenlange inspanningen geen grip op. Dan kwam hij spottend op haar af geslenterd en schoof het met zijn schoen dichterbij.

De eerste dagen had ze het toegeworpen eten genegeerd. Haar cipier had steeds een poos staan wachten zonder iets te zeggen, maar hij had wel regelmatig op zijn horloge gekeken, alsof de tijd belangrijk was. Op een gegeven moment had hij zwijgend het broodje weggehaald en een kleine fles water tegen haar lippen gezet. Gulzig had ze alles opgedronken wat ze naar binnen kon krijgen. Een groot deel was langs haar gezicht en lippen op het matras terechtgekomen.

Het had nog enkele dagen langer geduurd voor haar om brandstof smekende lijf de trots en gêne ruimschoots overschreeuwde. Het kon haar nu niet meer schelen of die klootzak er een kick van kreeg om naar haar gestuntel te kijken. Hij deed maar. Ze at gewoonweg op wat hij haar aanbood en wat ze in de gegeven tijd naar binnen gewerkt kon krijgen, twee keer per dag. En dat niet alleen. Ze liet ook haar plas lopen onder zijn toeziend oog, elke avond opnieuw nadat hij de boeien die haar enkels en polsen aan elkaar verbonden had losgesneden en haar als een pakketje op het toilet had gezet. Hurkend voor haar, ziekelijk geïnteresseerd in elke druppel die ze in de pot liet vallen.

Susan had eens over een onderzoek met ratten gelezen. Een groep wetenschappers had proefdieren in een waterbak gedaan. Ze moesten zwemmen voor hun leven. Na verloop van tijd raakten de arme dieren uitgeput, maar de randen van het bassin waren loodrecht en glad en boden geen houvast. Een voor een gaven ze het op, zakten naar de bodem en verdronken. Een paar ratten werden van de bodem gevist en zij overleefden het experiment. Later werden ze opnieuw in het bassin gelaten, samen met ratten waarvoor het de eerste keer was. Het bleek dat de ratten die al eens gered waren het de tweede keer langer volhielden. Als ze het zich goed herinnerde, was hiermee wetenschappelijk bewezen dat hoop deed leven.

Susan voelde zich als een rat in een laboratorium met sadistische wetenschappers. Elke vezel in haar lichaam wilde blijven leven, omdat er altijd een mogelijkheid was dat er hulp kwam. Hoop was het enige waaraan ze zich kon vastklampen, want haar situatie zag er voor de rest niet goed uit.

Ze had dagenlang liggen luisteren naar het ritmische kraken van bedden, op alle mogelijke tijdstippen van de dag en nacht, en soms kreten van pijn die volgden op zelfs door de muur heen nog hoorbare klappen. Het leed geen twijfel of vrouwenmisbruik was de corebusiness binnen de muren van deze hel.

Susan had zich afgevraagd waarom zij met rust werd gelaten. Wat die overmatig gespierde griezel die haar eten en drinken gaf en op het toilet zette, weerhield om zich aan haar te vergrijpen. Want dat hij dat wilde, was zo duidelijk als wat.

Hij deed haar denken aan een hyena die rond een prooi cirkelde. De koortsachtige blik in zijn ogen joeg haar angst aan, er hing een aura van verdorvenheid en donkere afgronden om die kerel heen. Toch had hij haar met geen vinger aangeraakt. Nóg niet. Het kon alleen maar een kwestie van tijd zijn.

Vanochtend dacht ze dat dat onontkoombare moment was aangebroken. Twee kerels waren naar haar kamer gekomen: haar cipier en een blonde kerel met een gedrongen bouw. Ze plakten haar mond stevig af met zwarte tape, sneden haar boeien door, trokken haar ruw van het matras en dirigeerden haar de gang op. Ze kon amper op haar benen staan en struikelde om de paar passen. De mannen spraken niet, duwden haar slechts voor zich uit. Ze werd een lange, smalle trap af geleid.

Het was de eerste keer dat ze buiten haar kamer kwam en iets zag van het gebouw. Ze had elk detail in zich opgeslagen. Een oud herenhuis met hoge plafonds en smalle gangen, voor het laatst opgefrist in de jaren zestig of zeventig. Aan de plafonds hingen ouderwetse lampen die een gelig licht verspreidden, en het behang was van een bedaagde kleur groen. De inrichting in de voormalige woonkamer op de begane grond was totaal anders. Die bestond uit kitscherige leren meubels – zalmroze – en een barretje van spiegelglas en hoogglans-mdf. Ervoor stonden goudkleurige barkrukken met roze velourszittingen.

Susan was nooit in een bordeel geweest, maar dit was er onmiskenbaar een.

Ze had nog iets ontdekt. Haar persoonlijke cipier heette Robby. Zo werd hij althans aangesproken door die blonde gedrongen kerel, die zich gedroeg alsof hij eraan gewend was dat iedereen voor hem vloog. Ze had hem niet eerder gezien. Hij was er niet bij geweest toen haar ontvoerder foto's van haar nam.

Toen de deurbel ging, liet hij haar alleen met Robby en verdween naar de gang. Ze was doodstil op de bank blijven zitten, in angstige afwachting. Al snel hoorde ze mannen lachen en voetstappen op de trap en besefte ze dat de bezoekers niet voor haar kwamen.

Susan had haar ogen goed de kost gegeven. De ramen waren zowel aan de straat- als aan de tuinzijde geblindeerd met houten schotten, daar kwam ze niet doorheen. Maar als ze het voor elkaar kreeg om in de gang te komen, was het maar een paar meter naar de voordeur.

Alleen was de kans nihil dat ze het zou redden tot de gang.

Robby had het zich gemakkelijk gemaakt in een fauteuil die dicht bij de deur stond. Zijn voeten lagen op een rookglazen salontafel. Zwijgend had hij zijn onderzoekende hyenaogen geen moment van haar afgehouden – een pistool lag op zijn schoot.

21

Een op te bergen dubbel-nul. Van een informant met de schuilnaam 'Charlie'. Hoe Charlie precies was gerekruteerd kon ze niet achterhalen, wel dat hij zo nu en dan met sappige informatie uit zijn criminele habitat op de proppen kwam. Hij was blijkbaar redelijk goed ingevoerd in enkele criminele milieus in de stad, wat hem als informant waardevol maakte.

En nu kwam hij met deze foto. Afgelopen week genomen in een privéhuis in Eindhoven. Een gezicht van heel dichtbij gefotografeerd, zodat er van de omgeving vrijwel niets zichtbaar was. Het betrof een blanke vrouw, met dik, steil bruin haar. Normale beenderstructuur, rechte neus, volle lippen. Amandelvormige, bruine ogen die zich op iets anders dan de lens fixeerden en een alarmerende mengeling toonden van angst, kwaadheid, vermoeidheid en kwetsbaarheid. 'Intern' stond erbij gekrabbeld, en daarmee werd gedoeld op de status van de afgebeelde vrouw.

Het beeld, overduidelijk gemaakt met een gsm, benam Joyce de adem. Ze begon ineens te rillen, een prikkende kou verspreidde zich over haar huid. Bang dat haar collega's haar plotselinge onrust zouden oppikken, schermde ze de zijkanten van haar gezicht af met haar handen, zodat het leek alsof ze zich concentreerde op haar werk. Haar ellebogen trilden op het bureaublad.

Dit was helemaal fout.

Ze kon het amper geloven.

Deze vrouw hoorde ze niet tijdens haar werk tegen te komen, in de vorm van een frustratiefile. Ze mocht niet zijn gefotografeerd door een foute informant in een fout bordeel. Ze hoorde thuis in de onderste la van de kast in haar woonkamer, veilig weggestopt in het dossier dat ze anderhalf jaar geleden was begonnen aan te leggen en waarin ze alle puzzelstukjes van hem bewaarde – alles wat ze was tegengekomen, alles wat ze clandestien had weten te achterhalen.

Susan Staal hoorde thuis bij Silvester Maier.

Joyce staarde naar de foto. Privéhuis of niet: dit was Susan Staal. Ze wist het zeker. Het kon alleen maar betekenen dat er problemen waren. Grote problemen.

Ze schoof de print langzaam heen en weer. Vergiste ze zich? Lag het niet veel meer voor de hand dat het iemand was die sterk *leek* op Susan Staal? Of was de foto abusievelijk aan deze informant toegeschreven, en klopte de locatie dus niet? Die dingen gebeurden. Er werden wel vaker fouten gemaakt.

Ze drukte de foto tegen zich aan, liep ermee langs haar werkende collega's die niet opkeken van hun beeldschermen en aan de telefoon gefabriceerde droedels, legde hem op de kopieermachine en drukte op 'kleur'. Vouwde de kopie op en frommelde hem weg in de kontzak van haar jeans. Niemand schonk er aandacht aan. Ze haastte zich terug naar haar bureau, borg de originele foto weg in het dossier, sloeg het dicht en legde het op een van de kleurige stapels die in de loop van de ochtend langs de rand van haar bureau waren ontstaan.

Daarna trok ze het toetsenbord naar zich toe. Haar vingers vlogen over de toetsen terwijl haar ogen onafgebroken heen en weer flitsten over het scherm.

Het privéhuis lag in een oud gedeelte van Eindhoven. Het

was sinds 2001 in handen van Maksim Kaloyev, geboren en getogen in Odessa. Er waren sterke vermoedens dat er gedwongen prostitutie plaatsvond en dat Kaloyev onderdeel vormde van de Russische onderwereld.

Naar aanleiding van diverse tips – onder meer van diezelfde informant, Charlie – had er in de lente van dit jaar een inval plaatsgevonden. Maksim en twee Russen die op dat moment in het pand aanwezig waren, werden meegenomen voor verhoor, evenals zes jonge vrouwen. De mannen spraken geen woord, ze omringden zich met een leger dure advocaten die het ene dreigement na het andere hadden geuit in de richting van de korpsleiding. Hun protegés waren keurige, fatsoenlijke, hardwerkende immigranten, die bovendien belasting betaalden.

Bij sommige vrouwen waren blauwe plekken vastgesteld, bij twee van hen brandwonden. Er moesten een Russische en een Roemeense tolk aan te pas komen om met hen te communiceren. De vrouwen hadden de verwondingen gebagatelliseerd. Zeiden uit vrije wil te werken. Vrijwel allemaal herriepen ze steeds wat ze de dag ervoor hadden verklaard. Hun verklaringen waren zo tegenstrijdig en warrig dat het team er gillend gek van was geworden. Uiteindelijk had geen enkel verhaal standgehouden.

Er was te weinig bewijs en de vrouwen peinsden er niet over om aangifte te doen. Zonder aangifte was er geen zaak. Dossier gesloten.

Joyce logde uit en klikte door naar een andere informatiebron. Logde in met haar wachtwoorden. Krabbelde snel een mobiel nummer en een adres op een blocnote.

'Wat ben je aan het doen?'

Het was te laat om het scherm weg te klikken. Ze schoof haar arm onopvallend over de blocnote heen. 'Euh...'

'Je zit zo geconcentreerd te werken… Heb je het druk?'

'Een beetje wel.'

'Wij gaan zo naar De Stoep. Ik vroeg me af of je zin had om mee te gaan, of blijf je hier?'

'Ik weet niet, ik…'

José keek met een schuin oog naar het beeldscherm. 'Zoek je de adresgegevens van een informant?'

'Euh, ja. Maar die lopen niet weg.' Haastig sloot Joyce de computer af en pakte demonstratief haar tas van de vloer. 'De Stoep, zei je?'

22

Vadim had zijn auto op het stationsterrein gezet en liep in een rustig tempo door de oude stadswijk. Zijn capuchon zat ver over zijn hoofd getrokken. Hij probeerde kalm te blijven, want als hij zijn emoties de vrije loop liet, zou hij fouten gaan maken. Desondanks knarsetandde hij aan één stuk door en balden zijn vuisten zich om beurten in de zakken van zijn jack.

In een onhandelbare Susan Staal geloofde hij niet. Die griet was bang – getrainde commando's zouden nog bang zijn in haar situatie. En bange mensen deden geen dingen die hen in nog groter gevaar konden brengen. Hij hield zich voor dat het Maksim uiteindelijk om geld te doen was, wat hij hem ook op de mouw wilde spelden. Geld was de reden dat je deze business in ging, je de grenzen van je moraal tot barstens toe oprekte en je ziel in bewaring gaf aan de hoogste bieder.

Daar wist Vadim alles van, al hield daarmee wat hem betrof elke vergelijking met de tweeënveertigjarige Oekraïner op. Je kon mensen mollen voor je beroep en nog steeds respect voor hen hebben. Het was een eervol beroep, of dat kon het tenminste zijn als je het goed deed. Wat Maksim Kaloyev echter uitspookte, had weinig met eer en respect te maken.

De enige reden dat Vadim van alle adressen waartoe hij zich had kunnen wenden juist voor het bedrijf van Maksim had gekozen, was van strategische aard. De locatie, bijvoorbeeld. Het oude herenhuis lag in een vergeten hoek van de stad, vlak bij het centrum. Er was geen sprake van sociale controle. Veel huizen stonden leeg, met dichtgetimmerde ramen en deuren, of ze werden gebruikt als opslagruimte of verhuurd aan mensen die tijdelijk woonruimte zochten. Een anonieme wijk, met anonieme bewoners.

Het pand zelf was overzichtelijk, het had prima vluchtroutes en was uitstekend te beveiligen. Bovendien was er altijd volk aanwezig, dag en nacht, en werd er niet gehandeld in drugs. Maksim had pas nog een inval gehad, had hij hem een dag voor de ontvoering verteld, dus voorlopig verwachtte hij geen mannen in het blauw. Een betere locatie voor dit doel was op korte termijn niet denkbaar.

Nummer 83 lag halverwege de smalle straat. Hij belde aan en keek de weg af, uit gewoonte. Eerst naar links, daarna naar rechts. Er viel hem niets vreemds op.

Achter de blauwgeschilderde voordeur klonk gedempt gestommel. Voeten die op een houten trap roffelden. De deur werd opengetrokken door Pavel Radostin. Een jongen van in de twintig met een ongezond bleke huid en een opvallende tatoeage van een slang op de binnenzijde van zijn arm. Maksims loopjongen.

Vadim negeerde Pavel volledig en stapte de gang in, die lang was en smal, met nog originele terrazzo op de vloer; licht langs de randen, donker in het midden. Helemaal achterin was een keuken, met aansluitend een bestrate en ommuurde achtertuin. De deur in de rechtermuur kwam uit op de voormalige voor- en achterkamer, nu één groot vertrek dat in gebruik was als ontvangstruimte en woonkamer. Alle slaapkamers annex afwerkruimtes waren boven. Daar bevond zich ook Susan Staal, vastgeklonken aan de verwarming, in de enige ruimte zonder dik tapijt en kingsize bed.

Terwijl de deur achter hem werd gesloten, trok hij de capuchon van zijn hoofd en wreef met beide handen over de stoppels op zijn schedel. Liep de woonkamer in.

Maksim stond op van de bank en stak onwennig zijn hand uit. Hij grijnsde breed, bijna als een idioot. 'Fijn dat je zo snel kon komen.'

Vadim liet de hand voor wat hij was. Met mensen zoals Maksim zou hij nooit op vriendschappelijke voet willen komen. Ze kwamen uit twee verschillende werelden en in de hiërarchie binnen de Organisatie bungelde Maksim hopeloos ver onder hem aan de ladder. Vadim had de zwaarste en hoogst denkbare militaire opleiding achter de rug, hij had jarenlange ervaring in het veld en dwong met zijn reputatie respect af tot op het hoogste niveau binnen de Organisatie. Maksim was slechts een opportunistische rat die nooit een stevige fundering had gekend en ook geen speciale vaardigheden tentoonspreidde. Maksims kunstjes waren niet bijzonder. In feite waren zijn wapenfeiten nogal plat en ordinair.

Maksim maakte een weids gebaar naar de zalmroze bank, die tegen de muur stond. 'Maak het je gemakkelijk. Of wil je haar eerst zien?'

Vadim schudde kort zijn hoofd. Hij zette een paar passen in de richting van de bank, maar maakte geen aanstalten om te gaan zitten. 'Vertel eens,' zei hij, 'hoe het mogelijk is dat een grietje het jullie moeilijk kan maken. Zó moeilijk, dat ik hier helemaal naartoe moet komen.'

'Hé, hé, ho eens, we hebben het hier over een wijf dat wij niet kunnen bewerken zoals we gewend zijn, hè.' Maksim porde met zijn middelvinger in Vadims richting, draaide zich van hem weg en liep naar een bar in de achterkamer.

Vadim tuitte zijn lippen en gaf geen reactie. Maksim leek in alles op een ongeschoolde Poolse arbeider, dacht hij. Blond, gedrongen, met een korte nek en een bleke huid. En bovendien al net zo lomp.

'Want dat is het probleem,' ging Maksim verder, zijn rug nog steeds naar Vadim gekeerd. Boven de kraag van zijn D&G kronkelde een zwarte tatoeage die een staart van het een of ander moest voorstellen. Het schubbige uiteinde reikte tot bijna achter zijn oor. 'Ze heeft te veel praatjes, begrijp je? Nog wel. We kunnen haar niet bij een van die andere wijven zetten. Wodka, champagne?'

Vadim reageerde niet.

Maksim keek vragend over zijn schouder omdat hij niets hoorde, ving de lege blik van Vadim en haalde zijn schouders op. Schonk vervolgens een glas voor zichzelf in. 'Oké, Vadim, voor de draad ermee. Ze houdt al bijna een week die kamer bezet. Hoe lang zit ik nog met dat wijf opgescheept?'

Vadim keek hem donker aan. 'Zoals ik je al zei: zolang als het nodig is.'

'Je weet toch wel iets? Waar hebben we het over, nog een week, twee weken?'

Vadim liep op hem af. 'Wat lul je nou, Maksim? Waarvoor ben ik hier? Wat was dat geraaskal over klanten die vragen gingen stellen?'

Maksim snoof luidruchtig en nam een grote slok van zijn wodka. 'Er was gisteren een vaste klant die altijd gebruikmaakt van de kale kamer. Dus heb ik haar eruit moeten halen. Ze heeft hier gezeten, op die bank. Robby is bij haar gebleven. Dat is het probleem. Je kunt haar niet alleen laten, dan is ze weg. Die ogen van dat wijf, ze flitsen alle kanten op, ze zoeken continu naar een uitgang. Als een wild beest, begrijp je?'

'Heeft die klant haar gezien?'

'Wat denk je?' zei Maksim laatdunkend. 'Natuurlijk niet.'

'De afspraak was dat je haar daar liet zitten. Geen gesleep en gesol.'

'Met alle respect, toen dacht ik dat het voor even was. Een paar dagen of zo. Dat kan altijd, daar doe ik niet moeilijk over. Maar daar hebben we het allang niet meer over, hè? Over een paar dagen. De muren hier zijn niet van elastiek, ik kan geen kamers erbij toveren als ik er een nodig heb. Zoals het er nu voor staat, lopen we risico, ze is een handenbinder en een uitvreter. Weet je wat die griet nodig heeft?' Hij grinnikte en zijn ogen glinsterden duister. 'Dat we d'r met een paar man eens stevig uitwonen. Daarvan worden ze zo trouw als een schoothondje, dat zeg ik je, als ze weten wie de baas is. Bovendien hebben de jongens ook recht op hun verzetje.'

Ongemerkt was Vadim dichter bij Maksim gaan staan. Hij luisterde alleen maar, sprak niet. Knikte zelfs niet.

'En als we dan toch die weg ingeslagen zijn,' ging Maksim met toegenomen enthousiasme verder, 'waarom niet van de nood een deugd maken? Ze is aan de oude kant, geef toe, we hebben ze hier mooier en jonger gezien. Maar ik heb weleens vraag naar een MILF, sommige klanten kicken daarop. Omdat ze Nederlandse is, zou ik haar exclusief aan buitenlanders kunnen aanbieden. Dan krijgen jij en ik er verder geen gesodemieter mee. Jij veertig, ik zestig procent. Deal?'

Het pistool was er ineens. De vuurmond van de 9mm drukte hard in Maksims kruis. 'Fout, vriend,' zei Vadim langzaam. 'Geen deal.'

Maksims glas viel met een doffe bonk op de vloerbedekking. Zijn ogen flitsten van zijn kruis naar Vadims gezicht en weer terug. 'Wat doe je nou, man?'

Vadim deed alsof hij het niet hoorde.

'Haal dat ding weg, verdomme, dit is geen gein meer.'

'Het is niet grappig bedoeld.' Vadim boog zich naar voren, zo ver dat zijn gezicht bijna dat van Maksim raakte. 'Wie denk je verdomme dat je voor je hebt? Een of andere klojo uit die nichtenclub van je? Net zo'n sukkel als jullie allemaal hier, stelletje hersenloze teringlijers die denken dat ze stoer zijn omdat ze grieten ongevraagd in hun hol kunnen neuken? Nou? Denk je dat? Je zou toch godverdomme beter moeten weten, misselijkmakend stuk stront.'

'Hé, Vadim, sorry, man. Rustig aan, ik –'

'Weet je wat ik pas stoer vind, Maksim?'

Maksim zei niets meer. Hij stond daar maar, zijn armen wat van zijn lichaam af, roerloos, als een lamme vogel. Van zijn slapen dropen zweetdruppels en uit zijn ogen sprak pure paniek.

'Ik vind het werkelijk verdomde stoer dat je mijn vertrouwen hebt geschonden. Dat je haar uit die kamer hebt gehaald. Dat je er alleen maar aan dénkt om iemand die van míj is voor jou te laten werken. En dat je dat allemaal ook nog eens aan me durft voor te stellen als een zakelijke deal, waarbij je me en passant een poot uitrukt, en dat alles zonder met je ogen te knipperen... Dat vind ik pas stoer. Heb ik me steeds vergist, Maksim, en heb jij meer lef dan ik? Of ben je nog stommer dan ik dacht?' Vadim verschoof met zijn duim de veiligheidspal van het pistool.

Maksim hoorde het. In zijn nek tekenden pezen zich af en het bloed trok uit zijn gezicht. 'Nee, Vadim! Alsjeblieft, alsjeblieft man!'

Vadim haalde de trekker over. Er was alleen een droge klik hoorbaar, een schot bleef uit. Op hetzelfde moment raakte Vadims knie doel.

Maksim stortte luid jammerend op de grond en rolde meteen in foetushouding, met zijn handen beschermend over zijn kruis.

'Waar is ze?' vroeg Vadim, die zijn pistool opborg en minachtend op de Oekraïner neerkeek.

'Boven,' jammerde Maksim. 'Op de kamer.'

'Jij blijft hier.'

23

De Stoep was een veredelde snackbar die meteen zijn deuren zou kunnen sluiten als het hoofdbureau werd verplaatst. Minstens de helft van de klandizie betrof geüniformeerde agenten en onopvallende rechercheurs.

Joyce had met moeite een broodje kroket weggespoeld met cola en een kop koffie. Ze had haar uiterste best gedaan zo gewoon mogelijk te doen tegen haar collega's, om niet al te afwezig over te komen.

Zodra ze echter buitenkwam, was haar lunch als een zurige pap uit haar maag gestroomd en had een bruine vlek achtergelaten op het trottoir.

'Ik denk dat ik ziek ben.' Schaapachtig nam ze een tissue van een collega aan en snoot haar neus. De tranen liepen over haar wangen. 'Gétver.'

De collega's lachten niet.

Nancy stopte haar nog een tissue toe. 'Binnenkort wordt er beslist, toch? Of je wel of niet terug kunt?'

Ze knikte.

'Ik kan me voorstellen dat je daar nerveus op reageert. Ik zou er ook gek van worden.'

Je weet nog niet half hoe gek ik ben. 'Het is griep, denk ik.' Ze snoot nog eens haar neus.

'Zou je niet beter naar huis gaan?' vroeg José. 'Een paar dagen onder de wol?'

'Misschien wel.'

Joyce legde de map op haar eetkamertafel en klapte hem open. Streek de kleurenkopie glad en legde hem ernaast. Ze had Susan Staals naw-gegevens, haar bankrekeningnummer, kenteken, creditcardgegevens, inloggegevens van haar e-mail; alles bij elkaar een redelijk complete verzameling relevante informatie die er op internet en in bank-, verzekerings- en overheidssystemen over haar te vinden was.

Slechts één keer had ze Susan in het echt gezien. Ze had eenvoudigweg de verleiding niet kunnen weerstaan en willen weten wie die vrouw was, met wie Maier zo'n intense e-mailrelatie onderhield en uiteindelijk een verhouding had gekregen. Ze had een middag gepost in een café dat vlak bij Susans appartement lag. Susan was tegen vieren uit de binnenstad komen lopen. In de twintig seconden die ze nodig had om de drukke straat over te steken, had Joyce haar signalement al in zich opgeslagen. Maar een echte foto had in het dossier nog altijd ontbroken. Tot vandaag.

Ze liet haar vingertoppen over het gladde oppervlak van de kopie gaan. Ze begreep het nog steeds niet. Wat was er gaande? Wat deed Susan in Eindhoven? In een fucking *bordeel*? Sinds ze zich had ziek gemeld en naar huis was gegaan, waren die vragen geen seconde uit haar systeem geweest.

Zou Silvester – hij noemde zich Sil, bleek uit zijn e-mails – weten dat zijn vriendin daar zat? Hij was al een paar weken het land uit. Dat maakte ze op uit de afschriften van zijn Visa Card, die ze voor het laatst afgelopen week had nagetrokken. Uit de betalingen bleek dat hij in België en in het noorden van Frankrijk was geweest en dat hij alleen reisde. Het feit dat hij zijn creditcard gebruikte betekende dat hij niets illegaals van plan was, noch een aanleiding had om te denken dat iemand hem volgde of zocht.

Zouden ze met elkaar gebroken hebben? Ze stelde zich het scenario voor: hij vluchtte in letterlijke zin, door in zijn auto te stappen en weg te rijden, zij door in een bordeel te gaan werken, in een andere stad en veertig kilometer van haar woonplaats vandaan. In vijftien jaar executieve dienst bij de recherche had ze mensen wel vreemdere dingen zien doen als gevolg van een scheiding. Maar vooral schadelijkere.

Bleef over dat het een bordeel betrof met een reputatie: er was pas nog een inval geweest. Het werd geleid door een bende tuig en ze waren te slim om zich te laten pakken.

Joyce concentreerde zich op de foto. *Die ogen... Die trekken om haar mond.*

Angst. Het was gewoonweg angst.

'Ben ik aan het hallucineren?' vroeg ze aan de foto. 'Ben ik officieel gek, nu? Of heb ik gelijk? Ben je bang?'

Susan keek nog steeds weg van de lens.

Joyce schoof de map opzij, trok haar laptop naar zich toe en ging naar de site van Hotmail. Typte Sils e-mailadres in en zijn wachtwoord. Ongeveer anderhalf jaar geleden had ze die gegevens laten opzoeken door een hacker die het korps weleens bijstond. Ze zou die dag nooit meer vergeten. Het was de eerste scheur geweest in het fundament van haar betrouwbaarheid als rijksambtenaar. Ze hoorde dat soort dingen niet te doen. Maiers privéleven ging haar niets aan.

Maar ze moest meer van hem weten. En hij had er geen last van.

Er waren drie nieuwe e-mails die hij blijkbaar nog niet had bekeken. Een van de site zelf, een nieuwsbrief van een rockband en de laatste was van Susan. Ze opende hem meteen. Aan de lege mail hingen twee bestanden van ongeveer 1 MB. Ze klikte op de eerste.

Haar stoel viel met een harde klap op de grond. Ze klauwde in het teakhouten tafelblad. Klikte snel op de tweede foto. Die gaf hetzelfde beeld. Variatie op hetzelfde thema.

Susan lag in een ongemakkelijke houding op de vloer vastgebonden, armen achter haar rug. Het was duidelijk te zien hoe haar polsen en enkels met elkaar waren verbonden en met tie-ribs aan de verwarming waren vastgemaakt. Susan Staal lag als een hond aan de radiator vastgeketend. Op haar voorhoofd plakten strengen verward haar en haar donkere ogen keken doodsbang op. Bij haar hoofd waren twee voeten te zien, gestoken in bruine sneakers. De voeten van degene die de foto had genomen.

De dreiging die ervan uitging was tot in haar diepste wezen voelbaar.

'Kut,' was het enige dat ze kon uitbrengen. Ze liep om de tafel heen alsof de laptop een levend wezen was dat elk moment de aanval kon inzetten. Sloot daarna haar ogen om de foto niet te hoeven zien. 'Dit gaat om jou, Maier,' mompelde ze. 'Verdomme, dit gaat om jou. Wat heb je hun aangedaan? Wéét je dit eigenlijk wel?'

Ze keek opnieuw naar de foto. Hij was vier dagen geleden verzonden. Maar wanneer was hij genomen?

Ze moesten een inval doen bij Kaloyev. Nú, vandaag nog. Als ze Thieu duidelijk kon maken dat er in dat pand een vrouw werd gegijzeld en mishandeld, dan zou Susan over anderhalf uur bevrijd kunnen zijn. Ze zat daar niet om dezelfde reden als de meisjes uit het voormalig Oostblok – door haar collega's vaak denigrerend 'importhoeren' genoemd. De reden dat zij daar werd vastgehouden, gemarteld mogelijk, was vele malen levensbedreigender. De mail aan Maier maakte het duidelijk:

het was iets persoonlijks. Susan verkeerde in levensgevaar.

Nu ingrijpen had een bijkomend voordeel voor het korps: de misser van afgelopen lente kon worden rechtgezet. Susan was geen onzekere Russische of Roemeense, maar een mondige Nederlandse in haar eigen land. Maksim en zijn vriendjes konden het schudden.

Ze greep naar de telefoon. Plotseling bevroren haar vingers boven de toetsen. Bracht ze Sil hiermee in de problemen? De e-mail was aan hem gericht. Tot nu toe was hij steeds buiten beeld van justitie gebleven.

Gefrustreerd wreef ze door haar haren. Niet alleen Maier zou in de picture komen. Ook zijzelf. Thicu zou willen weten hoe ze aan die informatie kwam. Dus zou ze hem moeten uitleggen waarom ze het mailadres en wachtwoord van Silvester Maier in bezit had, en van tijd tot tijd zijn e-mail las. Hij zou willen weten waarom ze zoveel wist over hem en zijn vriendin, mensen die ze nooit had ontmoet en die nergens van werden verdacht.

Ze legde de telefoon neer. Staarde naar het beeldscherm van haar laptop.

De foto van Susan was verdwenen. Op het platte scherm hing nu een zilverkleurige goudvis – Elton, volgens de handleiding – doelloos rond tussen waterplanten die al net zo digitaal en levenloos waren als hijzelf. Toch leek hij echt genoeg, zo echt dat ze soms tegen hem sprak. Elton was een betrouwbare gesprekspartner. Hij kletste nooit iets door, daar kon ze van op aan.

Roerloos bleef ze naar het scherm zitten kijken, naar de rustige bewegingen van Elton met zijn transparante vinnen, en de luchtbellen die door het virtuele water dwarrelden.

Ze haalde haar mobiele telefoon uit haar broekzak en formuleerde een kort sms'je.

DEAR JIM, ETEN GAAT NIET DOOR. MOET OVERWERKEN _
DIKKE X

'Leugenaar,' zei ze hardop, en ze toetste op verzenden.

24

Er was niets gebeurd nadat ze gisteren uit haar kamer was gehaald. Robby had haar teruggebracht, de tape van haar mond getrokken en haar op hardhandige wijze aan de verwarming vastgelegd. Met een obsceen gebaar had hij afscheid genomen.

Ze was niet verkracht, niet tewerkgesteld en ze hadden haar niet vermoord. Van pure opluchting had ze even gehuild, maar niet voordat ze zijn voetstappen op de trap hoorde wegsterven.

Lang duurde de opluchting niet. Starend naar het afbladderende groene behang in haar cel begon het tot haar door te dringen dat er geen uitweg was. Het was veelzeggend dat niemand hier de moeite nam om zich voor haar onherkenbaar te maken: het zei namelijk dat ze niet van plan waren om haar levend te laten gaan.

Dat ze nog leefde, kon alleen maar zijn omdat ze haar nog nodig hadden. Zij diende als lokvogel, zodat ze Sil naar zich toe konden halen om hem te kunnen vermoorden, of misschien was ze een dwangmiddel om hem een klus te laten opknappen – mogelijk zelfs allebei. Vanaf haar vochtige matras kon ze er slechts naar gissen.

Haar kansen op redding zag ze somber in. Heel misschien dat Reno haar zou missen, maar daar zou hij verder niets mee doen. Het was wel vaker voorgekomen dat ze een onverwachte spoedopdracht kreeg en zomaar een week van huis was. Hij zou niet eens op het idee komen daar vraagtekens bij te plaatsen, laat staan actie te ondernemen.

Haar moeder en Sabine zouden inmiddels mogelijk wel ongerust zijn, of het op zijn minst vreemd vinden dat ze haar telefoon niet aannam. Sabine wist van niets, maar Jeanny was niet naïef, ze was op de hoogte van Sils contacten en ze zou als enige kunnen begrijpen dat er serieuze problemen waren.

Maar wat dan nog? Al ging de halve wereld naar haar op zoek, niemand kon weten waar ze was. Ze wist zélf niet eens waar ze was. In welke stad, in welke straat. Alleen deze kamer kon ze met haar ogen dicht uittekenen.

Het was een relatief kleine ruimte, hooguit vier bij vijf meter met een hoog plafond waaraan twee smerige tl-bakken hingen die een hard, industrieel licht op het spartaanse interieur wierpen. Op de grond lag linoleum dat er gezien het bedaagde rode tegeltjesmotief al tientallen jaren moest liggen, en tegen alle muren zat een mosgroen behang.

Het raam waar haar matras onder lag, was zwartgeschilderd. Open kon het niet, scharnieren ontbraken. De deur had geen klink. De grijze verflaag toonde veel beschadigingen, vooral op kniehoogte, alsof er met geweld tegenaan was geschopt. In de hoek, links van de deur, stond een toiletpot. Wit, zonder bril, met een laaghangend reservoir en aan weerszijden metalen beugels zoals je die zag in aangepaste badkamers voor lichamelijk gehandicapten. Ernaast hing een spiegel, die het kleine tweepersoonsbed reflecteerde. Dat had spijlen aan het hoofd- en het voeteneind en een hobbelig en onopgemaakt matras. Het bed stond met de zijkant tegen de wand aan geschoven.

De kamer ademde een zurige, verdorven atmosfeer uit. Het

stonk naar sigarettenrook, zweet, urine en angst. Vooral naar angst. Als ze hier zou sterven, zou niemand er iets van merken. Ze zou zelf niet eens weten waar ze haar laatste dagen had doorgebracht.

De enige die zulke informatie zou kunnen achterhalen, was Sil. Maar hoe langer ze erover nadacht, hoe zekerder ze ervan werd dat Sil nog niet op de hoogte was.

Misschien wist hij al wél dat hij werd gezocht, en was hij op de vlucht geslagen. Dan kon hij nu wel in Nepal zitten. Of op de Zuidpool. In Chili. Of in Finsterwolde. Als Sil onvindbaar wilde zijn, dan was en bleef hij dat.

Hoe lang had ze eigenlijk nog? Dat ze een matras had gekregen, en eten en drinken, hield mogelijk in dat haar gevangenschap langer ging duren dan haar ontvoerder had gepland. Wat ze ook van Sil wilden, het liep niet volgens plan.

Ze werd zo in beslag genomen door haar gedachten, dat de voetstappen op de gang amper tot haar bewustzijn doordrongen. De deur werd van het slot gedraaid en Vadim stapte naar binnen.

Hij zag er verhit uit, prikkelbaar. In een reactie sloeg ze haar ogen neer.

'Ik hoor dingen over jou.' Hij sprak Engels en hij klonk geagiteerd. In een paar passen stond hij naast het matras. 'Verkeerde dingen.'

Verkeerde dingen? Ze kon zich niet eens van de ene op de andere zij rollen. Ze kon zich godbetert amper bewégen. De boeien die haar enkels en polsen met elkaar verbonden, zaten nog steeds achter haar rug aan elkaar vast.

Susan wilde het uitschreeuwen van frustratie, maar ze reageerde niet. Ze sloot haar ogen en probeerde te slikken. Haar benen gaven uiting aan haar angst en begonnen ongecontroleerd te trillen.

Hij dook op zijn hurken en greep haar kaak vast. 'Kijk me aan als ik tegen je praat, trut.'

De klap kwam onverwacht, nog terwijl ze haar ogen in zijn richting draaide. Zijn vlakke hand trof haar jukbeen en wang. Ze slaakte een kreet.

'Je vriend...' begon hij, en hij haalde uit met de rug van zijn hand, een achteloze beweging die hem zichtbaar geen enkele inspanning kostte, '... heeft nog steeds niets van zich laten horen.'

De derde klap volgde vrijwel direct. Haar hoofd sloeg opzij. Ze proefde bloed en begon te gillen.

'En ik krijg godverdómme alleen maar klachten over je.'

Vlakke hand, de rug van zijn hand, vlakke hand, zonder ophouden. De klappen dreunden door tot in haar nek en ruggengraat, die in de onmogelijke houding waarin ze waren gefixeerd al vrijwel geen speelruimte meer hadden.

Dit hield ze niet vol. Dit kon haar lichaam niet meer hebben, als hij niet ophield dan brak hij haar nek. 'Néé,' schreeuwde ze, 'ik kan –'

'Stomme trut!'

Hij sprong op.

Ze hoorde hem snuiven en zwaar ademen, en uit het niets raakte de neus van zijn bruine Adidas haar dijbeen. Een afgemeten, welgemikte trap, alsof hij een bal wegschoot. Zijn lichaam zwaaide mee. Hij wisselde van been en haalde nog eens uit.

Het leek of haar spieren scheurden en het onderliggende bot openspleet. De pijn stuiterde en knalde door haar hele lijf. De kamer tolde om haar heen.

'Hou je bek!' Hij brulde om boven haar gekrijs uit te komen.

Nee, dat krijsen kon niet van haar zijn. Het geluid was niet eens menselijk. Het klonk als een beest in doodsnood. Jammerend, hemeltergend, met rauwe, gierende uithalen. Het was een afschuwelijk gehoor.

'Hou je fucking…'

Een doffe stomp in haar buik maakte een einde aan het geluid.

Het maakte tevens een einde aan alle andere pijn. Er was alleen nog maar die verzengende vuurbal in haar buikstreek.

'… smoel dicht.'

Stilte.

Alleen nog maar stilte.

Het was een vreemde gewaarwording. Haar lichaam was er wel degelijk, het schoof heen en weer onder de klappen en schoppen die het incasseerde, maar het was niet meer haar lijf, het stond niet met haar in verbinding. Hij raakte *haar* niet, maar een verzameling botten en vlees die op het matras lag. Ze zweefde boven zichzelf, gleed door de kieren van de deur, door de spleten in de muren, naar buiten, naar boven, hoger, naar de blauwe lucht, tussen de vogels en de wolken.

Weg.

Twee handen grepen haar gezicht hardhandig beet en schudden haar hoofd heen en weer. 'O, nee, daar komt niets van in. Je blijft verdomme bij me, hoor je? *Stay with me!*'

Geen bereik.

Niet thuis.

Ik ben er niet.

Een hand wrong zich een weg tussen haar benen. Greep het kruis van haar jeans vast en trok aan de stugge stof. Die begon te scheuren alsof het dun linnendoek was.

Blinde paniek rolde door haar lichaam. Ze sperde haar ogen open. 'Néé,' schreeuwde ze, schor. 'Néé!'

Hij legde een hand over haar mond en neus, zodat ze bijna niet kon ademen. Bracht zijn gezicht heel dichtbij, keek haar onderzoekend aan. Zijn stem klonk zacht nu. 'Als ik nog één keer hoor dat jij probeert weg te komen, dan gaan er dingen met je gebeuren die erger zijn dan een paar klappen.' Zijn hand gleed langzaam over haar kruis en kneep er in. 'Begrijp je dat?'

Ze rilde over haar hele lichaam, klappertandde.

'Ik vroeg of je het begreep.'

Ze probeerde te knikken, maar ze was de weg in haar eigen lichaam kwijt. Ze had geen idee waar boven en onder was, wáár ze was, hoe ze haar hoofd moest aansturen.

Een klap tegen haar wang. 'Je houdt je koest. Deal?'

'Deal.' Spetters speeksel of bloed of braaksel vergezelden de 'd'.

'Deal wát?'

'Ik ga niet weg, echt niet,' fluisterde ze. De 'w' klonk vreemd, meer als een 'b'. Haar lippen waren gezwollen en haar wangen gloeiden en bonsden. Alle zenuwuiteinden in haar lichaam leken gescheurd te zijn en trokken met onzichtbare draden aan die van haar hals en ruggengraat. In haar buikstreek smeulde de vuurbal na.

Hij stond op en keek op haar neer. Ogen zonder uitdrukking. Geen medelijden, geen plezier. 'Mooi zo.'

Enkele minuten lang bleef hij staan, zwijgend, observerend. Daarna liep hij naar de deur en draaide zich om. 'Er zijn hier mensen die vinden dat je te veel ruimte inneemt. Dat je zou kunnen werken voor de kost, zoals de rest.'

De deur viel met een klap achter hem dicht.

25

Boven Oberaudorf scheurde de hemel krakend en knetterend open. Regenvlagen sloegen tegen de ramen van de hotelkamer, met een kracht alsof er kiezels tegenaan werden gesmeten. Bij elke donderslag schudde het hotel op zijn grondvesten en doofden de lichten even, om daarna weer volop te branden tot de volgende storing.

Maier deed het gordijn opzij en keek naar buiten. Er was weinig meer te zien dan de regen, die bijna horizontaal over de binnenplaats van het hotel joeg, en puntige naaldbomen die heen en weer deinden onder het natuurgeweld. Het was ver na middernacht en geen mens vertoonde zich op straat. De storm was op zijn hevigst, vermoedde hij.

Twee armen gleden van achteren onder zijn T-shirt, vingers dwaalden over zijn harde buik en borstkas. Een warm lichaam wreef verleidelijk tegen zijn rug.

'Vind jij onweer ook zo fascinerend?' fluisterde ze tegen zijn schouderblad.

Onwillekeurig zocht hij haar handen onder zijn T-shirt en kneep er geruststellend in.

Ze heette Martha en ze was verschrikkelijk fout bezig. Veertien jaar getrouwd, twee kinderen, een hond, een geslaagde carrière en een mooi, vrijstaand huis in de buurt van het Meer van Genève. Het was meer dan de meeste mensen zouden kunnen bereiken, maar het was voor haar niet voldoende.

Ze deed dit vaker, had ze hem verteld. Een paar dagen of een week weg, ertussenuit. Thuis vertelde ze dat ze naar een seminar moest, of een symposium waar ze niet onderuit kon. In werkelijkheid reed ze naar Oostenrijk, Duitsland, Frankrijk of Italië, om daar in een anoniem buitenland te negeren dat haar leven zijn bestaande vorm had gekregen, en dat er voor haar een plek op aarde was die ze thuis mocht noemen. Herstel: *moest* noemen.

Als ze het niet deed, had ze gezegd, werd ze doodongelukkig. Ze pikte geen mannen op via haar werk en ze legde geen schimmige contacten via internet. Dat vond ze te gevaarlijk. Ze streek liever neer in een driesterrenhotel met een drukbezochte bar en een restaurant, en wachtte af. Ze hoefde nooit lang te wachten.

Dat geloofde hij graag.

'Kom je terug in bed?' Haar adem streek langs zijn hals en haar handen verdwenen onder de band van zijn boxershort. 'Dan laten we de gordijnen open.'

Hij gromde iets onverstaanbaars.

'Kom,' drong ze aan. Ze pakte zijn hand en trok hem mee tussen de lakens.

Buiten knalde de bliksem door het dal. De hotelkamer kwam in een stroboscoopachtig licht te staan en was daarna meteen weer donker.

Maier beantwoordde haar kus en streelde haar buik met zijn vingertoppen. Haar blanke huid sidderde onder zijn aanraking.

Het was moeilijk te bevatten dat hij alweer vier dagen doorbracht in haar gezelschap. Dit was de laatste nacht. Morgenvroeg zou ze in haar Mercedes stappen, ruim vijfhonderd kilometer terugrijden naar waar ze vandaan kwam en weer haar plaats innemen binnen haar gezin. Maar voor het zover was, speelde hij de partner in crime die haar escapistische droom verwezenlijkte.

In de basis verschilde Martha uit Zwitserland niet zoveel van hemzelf, bedacht hij. De rusteloosheid die zij ervoer als ze een tijdlang haar rol vervulde als moeder, echtgenote en zakenvrouw begreep hij als geen ander, net zo goed als hij begreep dat ze deze uitstapjes nodig had om in balans te komen, om het gevoel te hebben dat ze zelfbeschikkingsrecht had in haar verder strikt georganiseerde en tot de dood uitgestippelde leven.

Het was niet aan hem erover te oordelen. Dezelfde soort rusteloosheid had hem naar de rand van de afgrond gedreven en hem er uiteindelijk af doen springen. Het was die innerlijke onrust, en niets anders, die hem ertoe had gebracht risicovolle situaties op te zoeken, om levens te vernietigen en daarmee zichzelf en iedereen van wie hij hield in levensgevaar te brengen.

Martha had een effectieve en veel minder schadelijke wijze gevonden om de onrust in haar hoofd voor even het zwijgen op te leggen. Hij hoopte dat haar man, als die er ooit achter zou komen, wijs en vergevingsgezind was, want als totaalpakket was ze een prachtvrouw.

Hoe dan ook: het maakte verder niet uit. Nog één nacht met Martha, nog één nacht waarin de waan heerste, dan zou hij morgen koers zetten naar Zuid-Frankrijk en gaan uitzoeken wie S.H. Flint was.

26

Het was een overzichtelijke woonwijk met rechte, doorgaande wegen en verkeersluwe zijstraten die er haaks op stonden. Voornamelijk rijtjeshuizen, gebouwd in de jaren zeventig, met doorzonramen, rechthoekige woonkamers en voortuinen met afgedankte spoorbielzen als erfscheiding. Er woonden vooral traditionele gezinnen met een mannelijke kostwinner, schoolgaande kinderen, tweedehands auto's en een bijpassend boerenfoxhondje. Op zaterdagmiddag zou vrijwel iedereen hier zijn auto wassen of langs het veld staan bij het amateurvoetbal.

Ook op nummer 17 zou zo'n gangbaar gezin moeten wonen, maar het was de huurwoning van informant Charlie – Robby Faro in het echte leven.

Volgens zijn dossier was hij zevenentwintig jaar, blank, geboren en getogen Nederlander. Diverse malen veroordeeld voor autodiefstal, inbraak, mishandeling en aanranding. Drie keer was hij betrokken geweest bij grootschalige henneptcelt in de regio. Hij werd verdacht van verkrachting en brandstichting, maar die verdenkingen waren nooit bewezen. Op een of andere manier had Vrouwe Justitia deze Robby bij zijn ballen kunnen grijpen, waardoor hij regelmatig met informatie moest komen.

Joyce trok zich terug in een smalle brandgang. Het was er aardedonker, in tegenstelling tot in de straat, waar de lantaarns om en om brandden en een rozig licht verspreidden. Van hieruit kon ze het huis prima zien. Dichtgetrokken lamellen, een voortuin met verzakte grindtegels. Robby was nog niet thuis.

Joyce keek op haar horloge. Drie uur. Het was link wat ze van plan was, maar ze zag op deze korte termijn geen andere mogelijkheid om de laatste twijfel weg te nemen.

Robby had de foto genomen. Hij was in dat pand geweest en zou moeten weten wie Susan daar had gebracht of vasthield – en mogelijk ook waarom.

Ze was zojuist nog langs zijn stamcafé gereden om te controleren of zijn auto er stond. Volgens zijn dossier was het zijn favoriete hangplek op vrijdagavond, een bruine kroeg waar veel kleine dealers samenkwamen. Afgelopen zomer nog had er een dodelijke steekpartij plaatsgevonden. Robby's felrode, tien jaar oude 3-serie stond inderdaad in de straat geparkeerd.

Het begon zacht te regenen. Ze onderdrukte een rilling en propte haar handen in de zakken van haar jack. Ze verwachtte hem nu elk moment. Hopelijk was hij alleen.

Er was nog een probleem waar ze sowieso mee te stellen kreeg: hij was een contact van René de Weert, een collega. Robby zou het op zijn minst vreemd vinden als iemand anders hem benaderde. Het zou niet makkelijk zijn om hem aan het praten te krijgen, en ervoor te zorgen dat hij daarna zijn mond hield tegen René. Aangezien hij zijn criminele vrienden al verlinkte, zag ze dat laatste deel somber in. Ze zou alle protocollen moeten schenden waarvan ze ooit gezworen had ze te respecteren. Daar had ze nog het meeste moeite mee: haar gebrek aan integriteit ten aanzien van het korps, dat ze bijna als familie beschouwde.

Motorgeronk. Zo te horen een benzineauto, viercilinder. Ze spitste haar oren. Het geluid werd sterker, stierf weg en was dan weer zuiver hoorbaar tussen de huizenblokken. Ze klemde haar kaken op elkaar en wachtte, roerloos.

Een hoekige BMW draaide de straat in en stopte bij nummer 17, tussen een Opel Corsa en een bedrijfsbusje, met de neus in de richting van de huizen. De lichten doofden.

Joyce balde een vuist en drukte haar nagels in haar hand.

Robby Faro was alleen.

Ze kwam uit de schaduw van de brandgang en stak de weg over. Nog voor Robby zijn voordeur had bereikt, dook ze naast hem op.

Als hij al schrok, wist hij dat prima te verbergen. Joyce nam hem kort op, om zich ervan te overtuigen dat ze de juiste voor zich had. Het kon eigenlijk niet missen. Imponerende spiermassa, dikke nek, gave huid. Terugwijkende haargrens met inhammen, naar achteren gekamd donkerblond haar in combinatie met kleine ogen, stekende blik en lippen die samen een streep vormden, als de bek van een kikker. Er hing een sterke bierlucht om hem heen.

'Robby Faro?'

'Wie ben jij godverdomme?' fluisterde hij, zacht genoeg om de buren niet te alarmeren.

'Joyce Landveld, CIE. Ik heb wat vragen voor je.'

'Donder op. Ik ga slapen.'

Ze bleef rustig. 'Niet voor je even wat vragen hebt beantwoord.'

'Ik weet niets.'

'Lul niet. Ik ben een collega van René.'

'Goh.'

'We zijn bezig met Maksim Kaloyev. Het gaat om een paar foto's die je daar hebt gemaakt.'

Hij verstijfde even en keek daarna schuw om zich heen, mompelde: 'Ik heb geen zin in dit gezeik, pal voor mijn kiet.'

'Dat begrijp ik. Misschien dat we...' Ze maakte een knikbeweging naar zijn BMW.

Hij snoof diep. 'Ik heb helemaal geen zin in die flauwekul... Godverdomme.' Robby beende zacht vloekend naar zijn auto. Die maakte een kort piepgeluid en de lichten knipperden toen hij het slot op afstand ontgrendelde.

Joyce dook naast hem in de cabine, die sterk rook naar kunststof en olie. Voelde automatisch in het zijvak, onder de stoel en trok het handschoenenkastje open. Tissues, een bundel nieuwe poetsdoeken en een paar strengen Shell-zegels.

Ze had de auto eerder die avond beter moeten bekijken, schoot het door haar heen. Er zou aan de bestuurderskant een wapen onder de zitting kunnen liggen, of in het zijvak. Robby kon er een op zijn lichaam dragen.

Ze kon alleen maar hopen dat de slechte voorbereiding haar niet duur zou komen te staan.

Hij startte de auto, reed achteruit, gooide het stuur om en gaf gas. 'Verzoeknummers?'

'Maakt me niet uit. Rij maar richting Motel Eindhoven of zo.'

Hij schakelde en sloeg links af. 'Nou, wat is dat voor gelul over Maksim?'

'We hebben wat inlichtingen nodig.'

'Waarom komt René niet zelf?'

'Omdat ik met het vooronderzoek bezig ben en hij niet. Ik heb wat meer gegevens nodig.'

'Er is pas nog een inval geweest bij Maksim. Als jullie daar nou weer gaan kijken, kan ik daar verschrikkelijk veel gezeik mee krijgen, begrijp je dat? Echt. Want dan gaat het echt opvallen.' Hij keek strak voor zich op de weg en mompelde: 'Godverdomme. Kutzooi.'

Joyce liet hem niet uitrazen. Ze wilde antwoorden van hem hebben voordat hij serieuze vraagtekens ging plaatsen bij deze ondervraging. 'Hij houdt een Nederlandse vrouw vast,' zei ze. 'Waarom heb je dat niet gemeld? Dat die vrouw Nederlandse is?'

Robby haalde zijn schouders op. 'Wie zegt dat ze wordt vastgehouden? Misschien wil dat wijf het wel zelf.'

Joyce negeerde zijn ondertoon, herinnerde zichzelf eraan dat Robby veroordeeld was voor aanranding. 'Je hebt die foto's doorgegeven, maar "vergeet" erbij te melden dat het om een Nederlandse gaat. Zoiets doe je niet per ongeluk. Toch?' Ze wees. 'Misschien dat je daar beter de A67 op kunt rijden, doen we een rondje rond de stad.'

Hij reageerde niet en reed de oprit voorbij. Ze wist zeker dat hij het had verstaan.

Ze ritste haar jack open en voelde in haar binnenzak. Hij zat er nog. De ongeregistreerde Walther TPH, een lichtgewicht pistooltje van nog geen veertien bij tien centimeter. De TPH woog 325 gram en was het ultieme stiekeme wapen, een *sneaky* ding dat je ongezien bij je kon dragen. Het Duitse pistool had een magazijncapaciteit van zes .22's. Klein kaliber, maar al net zo dodelijk als een .45, .380 of een 9mm. Dodelijker soms, omdat kogels van dit kaliber de neiging hadden om in het lichaam te blijven, en daarbinnen behoorlijk wat schade aan te richten. Joyce had de TPH een halfjaar geleden bij een inval in een wapendepot achterovergedrukt – het korps had bij vlagen uitstekende tertiaire arbeidsvoorwaarden.

'Wat heb je daar?' hoorde ze hem vragen. Er klonk argwaan in door.

Ze haalde een pakje kauwgum uit haar zak. Liet het hem zien. 'Jij?'

'Nee.'

Er kwam weer een mogelijkheid om de snelweg op te draaien. Tot haar opluchting stuurde hij de auto nu wel de oprit op, en maakte snelheid om in te voegen. Pas daarna bedacht ze dat de weg die Robby koos niet rond de stad leidde, maar juist ervandaan.

Joyce klemde haar kaken op elkaar en probeerde kalm te blijven.

'Waarom ben je alleen?' vroeg hij. 'Jullie komen nooit alleen.'

'Ik wil je niet in de problemen brengen. Als iemand je zou zien, alleen met een vrouw, zouden ze er niets achter zoeken, snap je?'

Dat leek hij te slikken. Tenminste, dat hoopte ze. Hij bromde iets onduidelijks, nam een sigaret uit een pakje en stak hem aan. De rook wervelde door de cabine en prikte in Joyce' neusgaten en ogen.

Ze hoestte en schoof het raam op een kier zodat de rook kon ontsnappen. Vijf jaar geleden was ze gestopt met roken. Het kwam haar nu vreemd voor dat ze ooit een pakje per dag had weggepaft.

Even zei geen van beiden iets. Het was tien voor halfvier in de ochtend en er reden weinig personenauto's. Het merendeel van de voertuigen die ze inhaalden waren vrachtwagens met kentekens uit voormalige Oostbloklanden.

Robby trommelde nerveus op het stuur. Joyce bleef hem in de gaten houden, maar liep in stilte de vragen door die ze hem wilde stellen. Ze kreeg waarschijnlijk maar één kans om het goed te doen, om die informatie uit hem te trekken die ze keihard nodig had.

Tegelijkertijd was ze zich er terdege van bewust dat ze steeds verder van de stad verwijderd raakten.

'Misschien dat je zo meteen beter kunt omkeren,' zei ze, zo

rustig mogelijk. Daarna, omdat hij niet antwoordde: 'Waar gaan we heen?'

'Ergens waar we rustig kunnen praten. Dat wilde je toch?'

'We kunnen al rustig praten.'

'Nou, praat dan. Wat wil je weten?'

'Wat doet die vrouw bij Maksim? Werkt ze er?'

Robby nam een trek van zijn sigaret en schudde zijn hoofd. 'Ik praat hier liever niet over, als je het niet erg vindt. Dit is serieus.'

'Als je er geen vragen over wilt beantwoorden, waarom maak je dan die foto? Dan kun je toch verwachten dat er vraagtekens ontstaan bij de CIE?'

Geschrokken draaide hij zijn hoofd naar haar toe. Keek daarna weer voor zich. 'Hé... wacht eens even. Hoe weten jullie dat eigenlijk, dat dat wijf Nederlandse is?'

'Die vrouw.'

'Dat wijf.'

'Wordt ze vastgehouden? Tegen haar wil?'

Robby snoof laatdunkend. 'Wat denk je?'

'Door wie? Maksim?'

Hij schudde zijn hoofd. 'Nee, nee. Niet Maksim. Die baalt ervan. Die zit hier echt niet op te wachten, geloof me. Ik ook niet. Niemand niet. Hij heeft geen keus, weet je.'

'Nee, dat weet ik niet.' Joyce keek nerveus om zich heen. Robby was van de snelweg af gedraaid en nu reden ze op een verlaten provinciale weg. Ze kende het hier. Hij reed richting Valkenhorst. Een natuurgebied.

'Hoe is ze bij Maksim terechtgekomen?' vroeg ze.

Het getrommel op het stuur verhevigde. 'Er komt ineens zo'n gast met dat wijf aanzetten. Wij moesten haar de trap op zeulen. Ze kon amper op haar poten staan. Half bewusteloos. Ze hebben haar aan de verwarming vastgelegd, in de kale kamer boven, ken je die? Da's haar hok. Ik geef haar te eten en te drinken.' Hij trok een vies gezicht. 'Ze piest op het matras.'

Joyce raakte met de seconde meer opgefokt. Het was allemaal nog erger dan ze vermoedde. Ze zou hiermee naar de leiding moeten gaan. Meteen. Nu een telefoontje plegen, duidelijk maken dat het menens was. Zich later pas druk maken over de vraag hoe zij kon weten dat er in dat pand een vrouw aan de ketting lag. Het was heel simpel: als ze nu belde, was er binnen een uur een team ter plaatse. En dan was Susan vrij.

'Wie is die vent, Robby? Die kerel die haar kwam brengen?'

'Ze noemen hem Vadim. Hoe hij verder heet, weet ik niet. Het is een Rus in elk geval.'

'En ze zijn bang van hem, begrijp ik?'

'Iedereen is als de dood. Geloof me. Die vent is echt een harde. Er wordt gezegd dat hij meer dan honderd mensen heeft gemold. Vroeger had hij een broer, een tweelingbroer. Eeneiig, zei Maksim. Ze werkten altijd samen. Als er stront aan de knikker was, werden die twee erheen gestuurd om het op te lossen. Die broer is op een klus in Frankrijk of daar ergens in die hoek gemold. Sindsdien werkt-ie alleen.'

'Wanneer was dat?'

'Vorig jaar, geloof ik.'

'Weet je zijn achternaam? Van Vadim?'

'Nee.' Robby schakelde terug en sloeg een smalle, geasfalteerde weg in die werd geflankeerd door bossen. De weinige straatlantaarns die hier stonden, brandden niet. Buiten de weekenden om was dit een volstrekt verlaten gebied.

'Hoe werd zijn broer genoemd?'

Hij schudde zijn hoofd. 'Weet ik niet.'

Ze geloofde hem. 'Weet je of Vadim weleens is opgepakt, zodat hij bij ons of in een landelijk dossier kan zitten? Een strafblad heeft misschien?'

'Geen idee. Ik denk van niet. Dat soort gasten blijft buiten beeld, die laten zich niet pakken. Die zijn onzichtbaar. Ik heb begrepen dat hij door heel Europa werkt. Die is meteen weg als er stront aan de knikker is.'

Ze reden nu op een doodlopende weg, met aan de linkerzijde een bos en rechts water. Lantaarns ontbraken hier geheel. De weg voor hen werd uitsluitend verlicht door de blauwige koplampen van de auto.

'Hoe ziet hij eruit?'

Robby beschreef Vadims uiterlijk in grote lijnen. Begon steeds langzamer te rijden en stopte uiteindelijk voor een houten hefboom die het einde van de weg markeerde. Erachter lag een soort dijk, met gras begroeid. Er liepen vage bandensporen overheen, in het verlengde van de weg.

Robby verplaatste de pook naar P. De motor liep nu stationair en vrijwel onhoorbaar. De cabine werd zacht verlicht door het schijnsel van het dashboard. Buiten was het aardedonker. In het water reflecteerde een bleke maan en in de verte, ver achter de diepzwarte boomkruinen, markeerde een oranje gloed de stad.

Robby keek goedkeurend om zich heen, trok daarna een grijns van oor tot oor. 'Oké dan. Een rustig plekje.' Hij boog zich grinnikend over haar heen. 'Zeg, moppie, wat denk je, gaan we het hier een beetje gezellig maken?'

Joyce keek strak voor zich uit. 'Gaan ze haar doodmaken, Robby?'

Hij haalde zijn schouders op. 'Hoe moet ik dat weten?'

'Je loopt lang genoeg mee. Wat denk je? Hoe groot is de kans?'

Robby legde een hand op haar bovenbeen en wreef met zijn duim over haar jeans. 'Ik loop daar lang genoeg rond om Maksim en die andere gasten te kunnen peilen, maar Vadim ken ik niet. Weet ik veel wat hij met d'r van plan is, ik ga het hem in elk geval niet vragen, als je het niet erg vindt.'

Ze greep zijn hand vast en legde hem terug op zijn schoot. 'Dat vind ik wel erg. Daar ben je namelijk voor ingehuurd.'

'Door René, ja. Niet door jou.' Hij keek haar minachtend aan en zijn stem daalde een octaaf. 'Wij zijn hier voor andere dingen, hè?' Robby boog zich dreigend naar haar over. Zijn ogen glinsterden in het donker.

Joyce bleef roerloos zitten. Ze schatte haar kansen in. Als ze nu nog haar wapen moest trekken, zou hij haar voor zijn. 'Dimmen, Robby,' zei ze zacht, maar naar ze hoopte met voldoende dreiging om hem te ontmoedigen.

'Dimmen, Robby,' fleemde hij. Trok zijn wenkbrauwen op en schudde theatraal zijn hoofd. 'Godverdomme. Dat komt me thuis opzoeken in het holst van de nacht... Trut. René weet van niks, hè? Je doet dit op eigen houtje.'

Ze zweeg.

Hij legde zijn rechterbovenarm op haar hoofdsteun. Zijn linkerhand rustte op het stuur. Hij bracht zijn gezicht dichter bij. 'Geil je op criminelen, Joyce? Word je daar nat van? Ondervragingen in het donker, in een auto? Je bent niet het eerste Antilliaanse hoertje dat ik in mijn wagen geneukt heb.'

'Ik kom uit Suriname,' zei ze, lijzig. 'En ik zou –'

'Zwart is zwart. En geneukt is geneukt.'

Ze verhief haar stem. 'Hou jij er verdomme even rekening mee met wie je zit te praten? Als ik het wil, zit je morgen vast.'

Hij grijnsde. *Yeah, right.* En als ik het wil, kun jij de komende weken helemaal niet meer zitten...' Zijn vingers graaiden in haar haren, zijn stem kreeg een quasivertrouwelijke toon. 'Denk je dat ik simpel ben of zo? Er is geen hond die weet dat jij mij hebt opgezocht, mop. We zijn hier helemaal alleen. Spannend, hè?'

'Dimmen, Robby. Je wilt niet meer problemen dan je al hebt. Die ga je krijgen als je niet subiet je gore bek dichthoudt.'

Hij klakte met zijn tong. Trok langzaam zijn arm terug van de hoofdsteun. 'Weet je wat ik denk? Volgens mij heb ik je bang gemaakt.' Hij grijnsde breed. Bracht daarna zijn heupen naar boven en diepte met moeite een mobiele telefoon op uit de zak van zijn jeans. 'Nou. Toevallig heb ik een hotline met Renétje. 's Kijken wat-ie hiervan weet. Of-ie je kent.'

Het schot veroorzaakte een schelle knal die haar oren deed suizen. De .22 moest zich ergens in zijn indrukwekkende ribbenpartij een weg naar binnen hebben geboord. Ze zag hoe Robby's gezichtsuitdrukking razendsnel veranderde van minachting in pure verbazing.

Joyce hief het pistool om nog eens te schieten, nu hoger, maar Robby haalde fel zijwaarts uit met zijn elleboog. Het harde bot schampte haar neus en dreunde tegen haar oogkas. Onwillekeurig slaakte ze een gil.

'Gestoord kutwijf!' Hij draaide zich naar haar toe, briesend, zijn oogwit zichtbaar in de schemer, twee handen die zich naar haar uitstrekten, in het wilde weg rondtastend naar haar armen en het wapen.

Ze schoot opnieuw, nu in zijn onbedekte buik. Ze hoorde het niet eens. Hoorde alleen haar pompende hartslag, het gebulder van haar bloed. Voelde de adrenaline door haar lichaam razen.

Robby klapte dubbel, greep met beide handen zijn buik vast en begon te kokhalzen. 'Kutwijf,' herhaalde hij. Zacht uitgesproken, verkrampt. Hij bloedde hevig uit zijn buik, maar de .22 had geen vitale delen geraakt. 'Hou op,' jammerde hij. 'Jullie hebben me nodig, godverdomme. Au, godver...' Hij hijgde en had duidelijk moeite met spreken. 'Ik maakte een geintje, stomme hoer. Een geintje! Ik bloed als een rund, verdomme, kutzooi.'

Rechtop achter het stuur in zijn auto had hij in al zijn bravoure en met zijn spiermassa nog wat respect afgedwongen. Nu, jammerend en vloekend, zijn buik vasthoudend, bleef daar nog weinig van over.

Ze had zich voorgenomen deze grens niet te overschrijden. Het was een heilig veto geweest, een absolute *no go*. Toch had ze een illegaal wapen bij zich gestoken, niemand van haar collega's ingelicht, deze kerel thuis opgezocht, hem stilzwijgend hiernaartoe laten rijden, naar een verlaten dijk bij een bos.

En nu was hij gewond en zou hij haar gaan verraden bij haar collega's. Ze kon niet meer terug.

Hij jammerde aan één stuk door, maar ze verstond amper wat hij zei. Haar gehoor was ze vrijwel kwijt. Er was alleen nog een hoge fluittoon. De cabine stond blauw van de kruitdamp.

Ze greep Robby bij zijn kruin, trok zijn hoofd naar achteren en porde de loop van de TPH in het kuiltje tussen zijn wenkbrauwen. Bracht haar gezicht dichtbij en keek hem recht aan.

In een flits besefte ze dat ze wel vaker die grens had verkend, zoals je voorzichtig je polsen bevochtigt voor je jezelf geleidelijk in het water laat zakken.

Het moest er nu van komen.

Niet meer verkennen. Geen terughoudendheid meer.

Meteen het diepe in.

Ze drukte de vuurmond van de TPH steviger tegen Robby's huid. Rook zijn adem, het warme bloed dat uit zijn buik en over zijn handen stroomde. Hoorde zijn gemompel, of misschien schreeuwde hij wel, ze wist het niet. Ze had het al te ver laten komen.

Veel te ver.

Het werk, haar collega's, de ambtseed: het woog er allemaal niet tegen op.

Niet meer. Niet nu. Niet hier.

27

De storm was gaan liggen. In het schrale ochtendlicht stuurde Maier zijn Carrera door de regenplassen in het grind naar de weg. Het navigatiesysteem pakte zonder aarzelen de eerder ingevoerde eindbestemming op en gaf aan dat het traject negenhonderddertig kilometer besloeg.

Hij voelde weinig voor muziek en liet de installatie uit. Later misschien. Voorlopig volstond het geluid van de wielen op het wegdek, het zingen van de motor en het malen van zijn eigen gedachten.

Bij de grens stopte hij om te tanken en om een wegenvignet te kopen. Reed vervolgens in een rustig tempo Oostenrijk in, richting Innsbruck. Het was van de grens naar de hoofdstad van Tirol nog geen drie kwartier als hij zich aan de snelheidsbeperkingen hield.

Martha was een paar uur voor hem vertrokken. Ze hadden niet samen ontbeten. Hij had vanuit de hotelkamer haar Mercedes nagekeken, tot die in de verte achter een heuvel was verdwenen.

Ze had hem geen telefoonnummer gegeven, geen e-mailadres, niets. Hij wist niet eens haar achternaam. Het hoorde bij de droom, had ze vannacht gefluisterd. Daarin wilde ze hem nog eens zien, in haar dromen, alleen daar, niet meer in werkelijkheid. Want als ze elkaar vaker zouden zien, kon ze zich aan hem gaan hechten en dan zou het uitdraaien op ellende. Dan werd haar droom een nachtmerrie – *ein Alptraum*.

Maier zocht geen langdurige relatie met een getrouwde vrouw met kinderen. Hij was niet eens uit geweest op een onenightstand. Toch was er dat lichte gevoel van teleurstelling omdat ze er geen enkele moeite mee had zich van hem los te maken.

Gekwetst ego? Of was het eerder jaloezie? In tegenstelling tot Maier wist Martha blijkbaar precies wat ze wilde met haar leven, waar ze naartoe ging en wat er op haar wachtte aan het einde van de rit: haar vastomkaderde bestaan waarin haar man, kinderen, familie, vrienden en werk allemaal om haar aandacht en toewijding vroegen.

Hij had zijn prioriteiten nog steeds niet bepaald. Daar hoopte hij binnen niet al te lange tijd uit te zijn.

Eén ding wist hij wel. Susan was nog lang niet uit zijn systeem. Hij vroeg zich in alle eerlijkheid af of ze dat ooit zou zijn.

Hij tikte de cd-speler aan, zapte langs de verschillende nummers tot de begintonen van 'Science' door de boxen klonken. Tikte toen het volume hoger tot hij het geluid van de motor amper nog hoorde en zelfs zijn gedachten werden overstemd door de gitaren en indringende vocals van System of a Down.

Bij twijfel gas geven.

Nog achthonderdnegentig kilometer lang.

28

Het alarm bleef maar gaan. Ze rende de trappen af. Haar voetstappen galmden door het trappenhuis, sneller en sneller, tot ze in de kelder kwam. Ze keek om zich heen. Geen uitgang. Alles donker. Gezoem.

Ze was hier nog nooit geweest.

De ruimte zag er oud uit, vol spinrag, stof en dikke, verroeste buizen die kriskras langs de plafonds liepen. Het souterrain was er altijd al geweest, besefte ze, wachtend tot ze af zou dalen, stof vergarend en langzaam verpauperend, kreunend onder het zware gewicht van het gebouw erboven, langzaam wegzakkend in vergetelheid.

Maar nu was ze hier. Keek gejaagd naar de lange, donkere gangen met dichte deuren. Links en rechts, overal deuren. Zoveel mogelijkheden.

Waarheen?

Wat veroorzaakte eigenlijk dat fucking alarm? Dat moest ophouden, ze werd er gek van.

Joyce schoot rechtop in bed. Keek verward om zich heen. Haar gordijnen waren dichtgetrokken, maar buiten was het licht. Er reed een ambulance de straat uit. Het geluid van de sirene stierf geleidelijk weg.

Ze bevoelde haar linkeroog, dat gezwollen was en ongetwijfeld een heel scala aan paarstinten vertoonde. Nog slaapdronken draaide ze haar hoofd naar de wekker en ze was ineens klaarwakker.

Halfzes in de middag.

Ze had boven op het dekbed liggen slapen met haar kleren nog aan; de jeans, het T-shirt en vest die ze vanochtend vroeg schoon had aangetrokken, nadat ze haar bebloede kleding in de wasmachine had gepropt en een douche had genomen. Het was de bedoeling geweest om een uurtje te gaan liggen, een hazenslaapje te doen en daarna wat mensen te gaan bellen. Ze kon het amper bevatten dat ze de hele dag had doorgeslapen zonder ook maar even wakker te worden.

Vaag herinnerde ze zich het snerpende alarm in haar droom en ze graaide haar mobiele telefoon van de vloer. Vier gemiste oproepen en twee berichten: eerlijk verdeeld tussen Henriëtte en Jim.

Terwijl ze naar de keuken liep om koffie te zetten, belde ze Henriëtte. Ze was het vaste contact van de CIE bij Visa. Joyce had haar gisteren al gebeld met het verzoek een uitdraai te maken van Maiers uitgaven en die met spoed naar haar persoonlijk – op haar mobiel – door te bellen.

'Henriëtte? Met Joyce, CIE Eindhoven.'

'Ik hoor het, ik heb vanmiddag je voicemail ingesproken.'

'Daar kwam ik net achter. Ik ben met die zaak bezig en heb de telefoon de helft van de tijd uit staan.'

'Geen punt. Ik had al zo'n vermoeden. Ik zit nu in de auto op weg naar huis, maar die uitdraai heb ik bij me.'

'Geweldig. Je bent een engel.'

'Ik kom zo meteen nog langs het postkantoor. Zal ik de boel aangetekend en met spoed naar het bureau sturen? Dan heb je het morgenvroeg.'

Het scheelde niet veel of ze had keihard 'nee' geroepen. 'Is het veel, Henriëtte? Te veel om nu door te nemen?'

'Dat ligt eraan wat je zoekt.'

'Waar zit hij nu?'

'Hij is nogal beweeglijk geweest vandaag. Ik geloof dat hij ergens in... Nee. Wacht even, dit werkt zo niet. Ik zet de auto even langs de kant, dan pak ik de lijst erbij.'

Joyce deed de kraan open, hield het reservoir van de Senseo onder de straal en zette het terug op het apparaat. Duwde twee pads in de houder en schoof er een mok onder.

Terwijl het ding kabaal begon te maken, liep ze met de telefoon aan haar oor de woonkamer in.

'Oké, hier ben ik weer,' hoorde ze Henriëtte zeggen. 'Heb je een pen bij de hand?'

Joyce griste een pen tussen verschrompelde appels in de fruitschaal vandaan en trok een tijdschrift naar zich toe. De advertentie op de laatste pagina was voor de helft wit. 'Ja, zeg het maar.'

Henriëtte begon met haar opsomming. Data, tijden, bedragen, namen van bedrijven waar het geld was uitgegeven – restaurants, hotels, pompstations – en de locaties. Maier was volgens de gegevens van zijn Visa via Frankrijk naar München gereisd en was daar vier nachten gebleven, had eenzelfde aantal nachten doorgebracht in Oberaudorf, was vanochtend uit Duitsland vertrokken en in één ruk doorgereisd via Oostenrijk naar Italië. Vanmiddag nog had hij bij een pizzeria in Peschiera del Garda 29 euro afgerekend.

'De laatste kwam nét voor ik afsloot binnen,' hoorde ze Henriëtte zeggen. 'De A8, *péage*, in Saint-Maximin-la-Sainte-Baume, Frankrijk dus. Een pompstation, 82 euro. Dat maakt vier landen in één dag, en de dag is nog niet om... Zeg Joyce, ik brand werkelijk van nieuwsgierigheid. Wil je me niet één keer vertellen wat die kerel heeft uitgespookt? Ik zal er echt mijn mond over houden.'

Joyce hoorde het niet. Ze stond als verstijfd en voelde zich langzaam koud worden. Keek naar de krabbels die ze haastig op het tijdschrift had neergepend.

Vier dagen in München. In één dag doorgereden naar Frankrijk. Getankt bij Saint-Maximin-la-Sainte-Baume.

Je weet het. Je bent onderweg.

'Henriëtte, hoe laat was dat tanken?'

'Waar?'

'In Frankrijk. Dat laatste wat je net zei.'

'Eh, net voor ik wegging. Iets voor vijven.'

Nee, je bént er al.

'Joyce? Ben je daar nog?'

'Ja. Ik was in gedachten. Henriëtte, bedankt. Ik hoop dat ik je de volgende keer weer mag bellen.'

'Ja, natuurlijk, graag zelfs. Wat zal ik doen met die uitdraai? Alsnog opsturen? Het is geen moeite, hoor.'

'Ik heb hem niet nodig. Kun je hem door de papierverrnietiger halen?'

'Ja, natuurlijk.'

'Bedankt.' Ze drukte de verbinding weg en bleef even stilstaan, starend naar de muur. Dat Maier nu ineens opdook in de buurt van Puyloubier was geen toeval. Het kon geen toeval zijn.

Het was voorbestemd.

Ze gingen elkaar ontmoeten.

29

In de kamer naast haar werd iemand geslagen. Susan hoorde meubels verschuiven, en daarna een hoge, schrille gil die ineens verstomde.

Het was niet de eerste keer.

De eerste dagen in deze twintig vierkante meter tellende hel had ze geprobeerd zich voor te stellen wat er zich precies afspeelde aan de andere kant van de muur. Ze had een poging gedaan te visualiseren hoe de vrouw eruit zag die ze hoorde schreeuwen, hoe oud ze was en welke nationaliteit ze had, en ze had zich afgevraagd wie haar sloeg – *Robby?* – en waarom.

Nu niet meer. Nu wilde ze alleen nog maar dat ze haar handen over haar oren kon leggen, zodat ze zich ervoor kon afsluiten. Alles was haar duidelijk geworden. Er waren ergere dingen dan vastgebonden liggen op een matras dat vochtig was van je eigen tranen, zweet en urine.

Zij werd tenminste met rust gelaten. Nog wel. Maar daar kon elk moment verandering in komen. Daar was haar ontvoerder duidelijk in geweest. Zijn woorden bleven rondgalmen in haar hoofd, als in een draaimolen kwamen ze steeds opnieuw voorbij als ze een poging deed om te gaan slapen: *Er zijn hier mensen die vinden dat je te veel ruimte inneemt. Dat je ook zou kunnen werken voor de kost, zoals de rest.*

De eerste tijd had ze nog hoop gehad op een goede afloop. Op een inval van de politie, of Sil die haar kwam redden. Haar ontvoerder, die haar om wat voor reden dan ook zou vrijlaten.

Nu was er geen enkele hoop meer. Niemand wist dat ze hier was. Niemand zou haar komen bevrijden.

Ze was teruggeworpen op zichzelf.

Hoewel haar polsen en enkels sinds gisteren niet meer achter haar rug met elkaar waren verbonden en ze nu plat op haar buik op het matras kon liggen, was de pijn er niet minder op geworden. De plastic strips die haar polsen bij elkaar hielden waren dun en hard, ze gaven geen millimeter mee. Elke poging om ze verder uit te rekken ontaardde in gemene pijnscheuten die door haar hele lijf trokken. Twee dagen geleden, toen ze haar mee naar beneden hadden genomen, had ze voor het eerst haar polsen kunnen bekijken. Ze was geschrokken van de paarsblauwe striemen die diep in haar huid stonden afgetekend en het geronnen bloed, dat als macabere, brede armbanden om haar polsen lag.

Haar gezicht kon er niet veel beter aan toe zijn. Eén oog was gezwollen. Haar neus voelde zwaar, alsof het een stuk steen was, en er was moeilijk doorheen te ademen. De verwondingen in haar mond vielen mee. Haar tong en de binnenzijde van haar wangen waren pijnlijk, maar alle tanden en kiezen stonden nog recht in haar kaak. Er was niets gebroken.

Susan besefte dat het veel erger kon worden. Nee: *zou* worden. Dat de afranseling van gisteren nog maar een waarschuwing was geweest, een laf aftreksel van wat komen ging.

Ze moest iets verzinnen.

Er was een kleine kans dat ze haar nog eens uit haar kamer zouden laten. En misschien, heel misschien, als ze gedwee bleef meewerken, werden ze slordig en zouden ze niet goed op haar letten, zodat ze ervandoor kon gaan.

Uit pure nervositeit en frustratie begon ze hardop te lachen. Ze kon amper op haar benen staan: eergisteren had ze de trap niet eens af kunnen lopen zonder ondersteuning. Nu was daar de pijn bij gekomen. Pijn in haar buik, in haar benen. Zodra ze haar spieren aanspande, sprongen de tranen in haar ogen. Haar lichaam moest bont en blauw zijn. Bewegen was al een bezoeking, rennen een regelrechte utopie.

Ze kromde haar tenen, ontspande ze weer, trok ze omhoog zo ver als ze kon. Ze kneep haar ogen dicht en kreunde.

Doorgaan.

Use it, or lose it.

Misschien kreeg ze één kans. Dan moest ze in staat zijn die te grijpen. De conditie hebben die nodig was om deze hel te ontvluchten. Ze moest sterk worden.

30

Het was kwart voor zes. De zon begon stevig aan kracht in te boeten. Boven de boomgrens kleurden de rotsen alle schakeringen grijs, wit, roze en blauw tegen een purperen hemel.

Maier voelde zijn maag rommelen. Vanaf Oberaudorf was hij vrijwel non-stop doorgereden, via Innsbruck langs de Dolomieten in Noord-Italië richting Trento. Bij het Gardameer was hij van de snelweg af gegaan voor een pizza en twee koppen dubbele espresso. Daarna was hij alleen nog maar gestopt om te tanken. Nu er geen afleiding meer was en geen excuus, had hij haast gekregen.

Recht voor hem begon Puyloubier zich steeds duidelijker af te tekenen; een verzameling gebouwen van lichtgekleurde zandsteen, een kerkje en gestuukte woningen met verweerde louvreluiken. Het idyllische Franse dorp lag genesteld in de voet van een berg, die zijn schaduw wierp over een deel van het dal. Ervoor, aan weerszijden van de tweebaansweg, rolden velden vol wijnstokken, olijfbomen en lavendel zich uit.

De herfstige Provence zou elke passant imponeren, maar Maiers ogen hadden een neutrale uitdrukking en waren onafgebroken gericht op de weg voor hem. Zijn handen klemden steeds vaster om het stuur naarmate hij het einddoel naderde. Nog vier kilometer, volgens het navigatiesysteem.

In het dorp kwam hij uit op een T-splitsing en volgde de borden naar rechts. Het begon hem te dagen wat Domaine Capitaine Danjou inhield. Het was geen privédomein, park of decadent landgoed.

De toegangsweg naar het hoofdgebouw lag even voorbij een begraafplaats die bij het domein hoorde, en was een lange, geasfalteerde weg die tussen oude wijngaarden door kronkelde. Maier had de radio uitgezet en reed stapvoets. Links en rechts van hem waren mannen in camouflagepakken aan het werk. Jonge kerels met geschoren koppen en uiteenlopende huidskleuren, maar ook grijsaards met gegroefde gezichten en lichamen al net zo knoestig en gebogen als de wijnstokken waartussen ze zich bewogen. Geen van hen keek op toen hij voorbijreed. De oprit kwam uit op een stoffige parkeerplaats. Er stond een vijftal auto's geparkeerd, terwijl er plaats was voor het twintigvoud daarvan.

Maier zette de Carrera onder een grote boom en stapte uit. Schoof zijn Ray-Ban van zijn neusrug naar zijn voorhoofd en keek met geknepen oogleden uit over de wijnvelden, naar de mannen die tussen het gebladerte aan het werk waren. Militairen. Niet alleen hun outfits droegen dat uit. Het was hun voorkomen en hun hele manier van doen.

Hij haalde diep adem en draaide zich om naar de gebouwen. Ze waren enkele etages hoog, opgetrokken uit beige en grijs zandsteen en ze maakten een strenge, voorname en vooral eeuwenoude indruk met hun dikke hoekstenen en bordessen.

Tussen de gebouwen in hing een zware, ijzeren toegangspoort die uitkwam op een ruime binnenplaats. Maier liep door de opening, zette een paar passen op het omsloten plein en bleef staan.

Vanaf hier liepen wandelpaden naar andere delen van het domein. Ertussenin lagen goed bijgehouden gazons, struiken en bomen. Volgens wegwijzers leidden de paden naar een bar, een *boutique*, een *musée* en een *élevage* – een fokkerij. Ze waren aan het oog onttrokken door niveauverschillen, gebouwen en bosschages.

Rechts bij het hoofdgebouw schuifelde een man rond. Hij steunde zwaar op een wandelstok. Zijn rimpelige gezichtshuid was tot leer gelooid, zijn zandkleurige kleding keurig gesteven met vouwen in de broek. Hij bekeek Maier vanuit zijn ooghoeken en verdween uit het zicht. De zon begon nu weg te kruipen en het plein zou snel in duister zijn gehuld.

Maier kon zich niet herinneren ooit op zo'n surrealistische plek te zijn geweest. De hele setting gaf hem een onaangenaam gevoel. Hij verwachtte elk moment in de kraag te worden gegrepen, alsof hij een indringer was die hier niets te zoeken had. Hij vocht tegen de impuls om zijn auto op te zoeken en weg te rijden.

Dit was een openbare plaats. Dat moest het zijn. Nergens langs de oprit had iemand opgekeken van zijn komst en ook hier werd hij niet weggestuurd. Geen hefboom bij de weg, de toegangspoort stond wagenwijd open. Het hele complex leek te zijn ingesteld op bezoekers. Toeristen misschien wel.

Aan zijn linkerhand was een klein gebouwtje waar met zwarte letters 'Accueil' op stond. Was het de bedoeling dat bezoekers zich hier meldden? Hij zette aarzelend een stap in de richting van het gebouwtje. Bleef daarna weer stilstaan.

Dit was Frankrijk en zijn Frans was beroerd. Hij had geen idee hoe hij zijn komst naar dit domein moest uitleggen in een taal die hij amper machtig was. Hij betwijfelde daarbij of het verstandig was om zich nu al kenbaar te maken. De functie van Domaine Capitaine Danjou was hem nog steeds niet helemaal duidelijk, al begonnen de puzzelstukken geleidelijk op hun plaatsen te schuiven.

Hoe was deze bizarre plaats in de Provence te rijmen met het graf van zijn moeder in München? Hoe zouden ze hier reageren op de naam Flint? Wie wás Flint? Een man of vrouw die hier verbleef, werkte of gewerkt had? Het kon net zo goed iemand zijn die een vals adres had opgegeven. Of een kloppend adres met een valse naam. Alles was mogelijk.

Het leek hem verstandiger om eerst eens wat rond te kijken. Als hij een betere indruk had gekregen van dit landgoed, kon hij altijd nog zien.

Voor hij echter kon doorlopen zag hij beweging bij het gebouwtje. Twee mannen kwamen naar buiten en liepen recht op hem af. De een was opvallend klein en pezig. Hij had een klassieke boevenkop met een spits gezicht, een enorme neus en diepliggende, helderblauwe ogen. De ander was langer dan hijzelf, rijzig en met een kaarsrechte rug. Beiden waren de zeventig al ver gepasseerd, toch dwong hun houding en uitstraling ontzag af.

De lange man bleef op een meter afstand van hem staan, hield zijn gestrekte vingers tegen een witte col of een soort verband dat om zijn keel zat gedraaid, en keek hem onderzoekend aan. '*Vous êtes?*' De Franse woorden klonken alsof ze door een oude robot werden uitgesproken, een krakend, elektronisch geluid.

Maier verstond het niet en keek hem niet-begrijpend aan.

De man drukte nog eens op de col. '*Vous êtes?*' herhaalde hij.

'Sorry, ik spreek geen Frans,' zei Maier in het Duits.

De kleine nam het over. Gaf hem een hand en schudde die krachtig. '*Gutenabend. Suchen Sie etwas, oder jemand?* We gaan zo meteen sluiten voor publiek.'

Maier keek van de een naar de ander. 'Ik wilde gewoon even rondkijken. Kan dat?'

'Daar is het nu wat laat voor.' De kleine man week iets terug en nam hem op. 'Waar komt u vandaan?'

'Overal en nergens.'

De lange man grijnsde. 'Nergens,' herhaalde hij. Zijn vingers hield hij tegen zijn hals gedrukt.

Maier keek op. 'U spreekt ook Duits?'

'Frans is hier verplicht. Maar men vergeet zijn moerstaal niet.'

'U bent Duitser?'

'Inderdaad.' Hij leek er niet al te trots op te zijn. Het was een constatering, niet meer.

'U woont hier?' vroeg Maier.

De lange man reageerde niet.

'We wonen hier bijna allemaal,' zei de kleine. 'Ik ben geboren in Wallonië, maar dat is lang geleden. Daarna heb ik overal gewoond. De mensen hier komen uit alle delen van Europa.' Hij raakte de arm van de lange man even aan. 'Deze grote man naast me is mijn vriend. Hij komt uit Düsseldorf.'

Maier glimlachte beleefd. 'Wat is dit precies?' vroeg hij, en hij keek naar de gebouwen om hen heen. 'Dit domein?'

Er viel een ongemakkelijke stilte. De lange man had nog niet één keer gelachen. Onder zijn intimiderende blik voelde Maier zich met de seconde minder zeker worden. De man ademde gevechtservaring uit alle poriën. Oud en verkankerd, maar niet kapot. En nog steeds levensgevaarlijk.

'Waar kwam u ook alweer vandaan, zei u?' klonk het elektronische stemgeluid.

'Uit Nederland.'

De lange man kneep even zijn ogen dicht, als een soort van goedkeuring.

Het hele plein lag nu in de schaduw van de gebouwen. Achter de mannen gingen een paar straatlantaarns aan.

'We gaan sluiten,' zei de lange man. 'Morgenvroeg om negen

uur gaat de poort weer open voor publiek.' Hij zweeg even en nam Maier op. 'Of het moet zo zijn dat u gericht iemand zoekt. Dat zou een ander verhaal zijn…'

Maier schudde zijn hoofd en ontweek zijn blik. 'Ik ben op vakantie en zag de borden langs de weg. Ik werd nieuwsgierig.'

'Natuurlijk,' zei de lange man, onderkoeld.

'Komt u morgenvroeg terug,' zei de kleine, en hij drukte hem de hand.

'Dat zal ik doen. Dank u.' Maier groette de lange kerel niet. Hij draaide zich om en liep het plein af.

Terwijl hij over het parkeerterrein naar zijn auto liep, voelde hij de ogen van de bejaarde soldaten nog steeds in zijn rug prikken.

31

Vadim schurkte met zijn rug tegen de muur van zijn hotelkamer en liet zich langzaam zakken, totdat zijn bovenbenen horizontaal kwamen. Sloeg daarna zijn armen over elkaar en legde zijn achterhoofd tegen het gestreepte behang. Het zag eruit alsof hij rechtop op een stoel zat, alleen ontbrak de stoel. Het was een uitstekende oefening.

De tv stond zacht aan. Hij keek er met een schuin oog naar. Er was een Engelse kok op het scherm die zijn rekruten opjaagde en hun de huid vol schold. De beenoefening en het gescheld deden hem denken aan zijn tijd in het leger. De periode waarin Yuri nog had geleefd.

Vadim klemde zijn kaken op elkaar en sloot zijn ogen, concentreerde zich op zijn ademhaling en de spieren in zijn bovenbenen, die licht trilden.

Geld was dus inderdaad de hoofdreden geweest waarom Maksim hem had laten opdraven. Dat had hij eigenlijk al geweten op het moment dat de Oekraïner hem belde.

Het liefste had hij Susan meteen verplaatst naar een andere locatie, maar dan zou hij nog eens met haar in de kofferbak moeten gaan rondrijden, met het risico dat hij bij een lullige verkeerscontrole tegen de lamp zou lopen.

Dus bleef ze voorlopig bij Maksim. Op zich zat ze daar goed.

Hij dacht dat hij Maksim voldoende had afgeschrikt, hem had doen inzien dat hij met zijn vuile wolvenklauwen van haar af moest blijven. Honderd procent zeker kon hij er niet van zijn, maar hij had in elk geval gedaan wat hij kon.

Susan Staal mocht niet werken. Het was te riskant. Als ze haar wilden laten werken, dan zouden ze haar om te beginnen van dat stinkmatras af moeten plukken. Dan kreeg ze mogelijkheden om te ontsnappen. Na het inrijden zou ze murw zijn, zoals iedereen zou ze op een gegeven moment breken en gedwee doen wat er van haar werd verlangd. Maar toch was er altijd die kleine kans dat een klant haar herkende. Of dat ze haar verhaal kon doen aan een klant, die ermee naar de politie stapte.

Nee. Geen gerommel met die griet. Ze was te waardevol. Susan Staal was feitelijk het enige dat hij had, het enige middel waarmee hij Maier naar zich toe kon halen.

Tot dusver had die zich echter nog niet gemeld.

Een pessimistische stem in zijn hoofd fluisterde dat Maier mogelijk zijn e-mail niet eens las. Dat alles voor niets was geweest. Vadim wilde die stem niet geloven. Nog niet. Er was pas een week verstreken. Hij gaf Maier nog drie weken om te reageren. Pas daarna zou hij gaan nadenken over de uitvoering van Plan B.

Langzaam liet hij zich op de vloer zakken. Masseerde zijn bovenbenen.

Hij geloofde dat Maksim gelijk had. Dat er een markt was voor vrouwen van in de dertig, zoals Susan Staal. En hij geloofde ook dat Maksim die liefhebbers wel wist te vinden. Daarom had hij haar eergisteren met opzet wat moeilijker aan de man te brengen gemaakt. Weinig hoerenlopers kickten op blauwe en beurse plekken, in elk geval niet als ze al door iemand anders waren aangebracht.

Die paar trappen in haar buik waren hard aangekomen, maar hij had precies geweten waar hij mee bezig was. De inwendige kneuzingen en bloedingen die ze daaraan had overgehouden, waren niet fataal. Ze zouden haar wel vertragen, voor het geval die *pridurki* daar in Eindhoven onvoldoende op haar zouden letten.

De komende drie, vier dagen hoefde Vadim zich geen zorgen te maken over tewerkstellingen en ontsnappingen. Susan ging nergens heen en Maksim zou wel uitkijken om gehavende waar aan de man te brengen.

Vadim grijnsde. Hij had het allemaal onder controle.

32

'Ik jou ook... kus!'

Joyce verbrak de verbinding en propte de gsm in haar broekzak. Jim had plannen gehad voor morgen. Ze had uitgelegd dat ze bezig was met een grote zaak en daarom een week incommunicado zou blijven, misschien zelfs langer, maar dat ze hem zou bellen zodra ze weer tijd voor zichzelf kreeg.

Dat was geen echte leugen. Ze was met een zaak bezig. Haar eigen zaak.

Op haar werk wisten ze niet beter of ze was lichtelijk overspannen en tot nader order met ziekteverlof. Ook dat was geen echte leugen: er waren periodes in haar leven geweest waarin ze zich beter in balans had gevoeld.

Haar sporttas stond op de eetkamertafel, met daarin schone kleren, toilettas, paspoort, portemonnee, fotoprints en papierwerk en haar TomTom. De hengsels stonden uitnodigend omhoog, ze hoefde ze alleen maar te grijpen en weg te lopen.

In principe was alles geregeld.

Ze keek om zich heen alsof ze haar flat nu pas voor het eerst zag. Op de vloer lag laminaat met een houtnerf, dat de vorige eigenaar had achtergelaten. Een zwartleren driezitter stond tegen de witte muur, bij het raam dat uitzicht bood op een deel van Eindhoven en de snelweg. Ertegenover domineerde een flatscreen-tv op een dressoir. Samen met de eethoek – tweedehands, blank teak, stoelen van skai – was hiermee haar hele interieur wel samengevat. Ze had ooit planten gehad, maar ze had er geen talent voor om dingen in leven te houden. Daar waren andere mensen beter in. Mensen die in ziekenhuizen werkten bijvoorbeeld, zoals Jim.

Hij had verbaasd rondgekeken, de eerste keer dat ze hem mee naar huis had genomen, en zich hardop afgevraagd waar die vrijgezelle vent uithing die hier blijkbaar woonde. Hij had iets heel anders verwacht, iets wat meer bij haar als persoon zou passen. Vrouwelijker, had hij gezegd. Verfijnder. Jims brillenglazen waren destijds nog zeer donkerroze getint geweest.

Het interieur weerspiegelde precies haar levensstijl. Ze was getrouwd met haar werk en vrijwel nooit thuis. Liever ging ze naar de sportschool, hardlopen, de kroeg in. De weinige keren dat ze in de flat was, ontspande ze zich door films te kijken.

Huiselijkheid maakte haar onrustig.

Ze liep naar het dressoir, zonk op haar knieën en trok de onderste lade open. Het lag er open en bloot, het dossier waarin ze alles bewaarde wat ze over Maier had kunnen vinden. Ze nam het mee naar haar slaapkamer, schoof een stoel tegen de kast en verstopte de map achter een opgevouwen sprei en platte dozen. Het was een prima plek.

Terug in de woonkamer greep ze de sporttas en laptop van tafel en graaide haar sleutels van de haak. Schoot in haar donzen jack en trok de deur achter zich dicht.

Het was inmiddels donker geworden. Zes etages lager stonden op de parkeerplaats auto's te glanzen in het licht van de straatlantaarns. De novemberregen roffelde op de metalen reling van de galerij. Regen was goed, dacht Joyce. Het kon haar niet hard en lang genoeg regenen. Water had de eigenschap sommige sporen uit te wissen.

Vuur deed dat overigens ook, en zoveel efficiënter nog.

Ze nam de lift naar de begane grond en keek op haar horloge. Het was iets over zevenen, vijftien uur nadat ze de BMW met eigenaar en al in lichterlaaie had gezet. Ze had genoeg gehad aan de bundel poetsdoeken die ze in zijn dashboardkastje had aangetroffen, en de benzine uit zijn tank.

Zo makkelijk als het voor haar was geweest om de boel te saboteren, zo ingewikkeld werd het nu voor haar collega's om de moord te reconstrueren en bruikbare sporen te vinden.

Ze opende haar Impreza, stapte in, zette de tas naast zich en reed de parkeerplaats af in de richting van Eindhoven Airport. Over anderhalf uur vertrok er een vliegtuig naar Marseille, een spotgoedkope Ryanair-vlucht. Als er geen plaats meer was, dan zou ze vannacht doorrijden. In principe kon ze dan morgenvroeg rond zeven uur in Puyloubier zijn.

Terwijl ze de blauwe Subaru door het drukke verkeer stuurde, vroeg ze zich af of het team al ter plaatse was. Of ze al linten hadden gespannen om de PD, de plaats delict. Of ze waren begonnen met het sporenonderzoek, en of verkoolde stukjes Robby Faro al als zodanig waren geïdentificeerd door het forensisch instituut. Die identificatie kon binnen een paar uur geregeld zijn, want met Robby's achtergrond was zijn DNA tien tegen één vertegenwoordigd in de dader-database. Als ze wisten dat het Robby was, zouden ze beginnen met zijn woning uit te kammen. Vervolgens zouden ze mensen gaan ondervragen die hem het laatst hadden gezien. Dat spoor leidde naar zijn stamkroeg in de binnenstad, waar zeker in het weekend gemiddeld voor driehonderd jaar bajes aan de toog hing. Iedereen had daar zijn eigen agenda. Een nachtmerrie voor het tactisch team. Dat hield hen wel even zoet. Ze zouden natuurlijk Robby's familie inlichten; volgens zijn dossier had hij twee oudere zussen en een moeder. Robby's financiële gangen zouden worden nagegaan. Een van haar collega's zou proberen te achterhalen of hij schulden had, er letterlijk rekeningen te vereffenen waren en of iemand baat kon hebben bij zijn dood. Voor de volledigheid zouden ze vast nog wel aankloppen bij Maksim. Dat had haar even zorgen gebaard. Wat haar geruststelde was dat ze er eerder dit jaar hun neus gevoelig hadden gestoten en er dus niet zomaar naar binnen zouden stormen. Bovendien hadden ze geen enkele aanleiding om daar te zoeken. En als ze al gingen kijken en er Susan aantroffen, des te beter.

Toch vermoedde ze dat het zover niet zou komen.

Het vinden van de moordenaar van Robby Faro had geen topprioriteit. Een verklikker met een strafblad die zich had opgehouden met foute Russen, Joego's en Turken, voor het laatst gezien in een fout café, opgeruimd in zijn eigen auto, op enkele kilometers van zijn woonplaats, aan de rand van het bos. Interieur en slachtoffer verkoold, sporen door het vuur gewist.

Het zou vast geen dik dossier worden.

33

Domaine Capitaine Danjou was een rust- en verzorgingshuis van het Franse vreemdelingenlegioen. Een haven voor gehandicapte en gepensioneerde legionairs die na hun actieve dienst niet meer wilden of konden terugkeren naar hun thuisland, familie en het burgerleven. Ze werden niet bepaald achter de geraniums geparkeerd. Op het tweehonderdtwintig hectare grote Provençaalse landgoed maakten ze zich onder meer nuttig door ganzen en zwijnen te fokken, wijn te verbouwen, een museum te runnen en oude boeken te restaureren. Ook het café en de winkel waarin wijn en allerlei artikelen met het legioenlogo werden verkocht, werden gerund door oudstrijders.

Uit de sites bleek dat belangstellenden inderdaad welkom waren. Maier bedacht dat er op het domein vast meer bezoekers zouden komen dan in een regulier bejaardentehuis. Al met al kon hij zich een beroerdere oude dag voorstellen dan onder de Zuid-Franse zon, aan de voet van de Sainte Victoire.

Babel Fish had de nattevingervertaling van de overwegend Franstalige sites voor haar rekening genomen. Als je wist waar je naar zocht, was de Nederlandse tekst die het programma uit de Franse destilleerde in elk geval begrijpelijk genoeg.

Hij goot het laatste restje 1664 in zijn keelgat en kneep in het lege bierblik tot het kraakte. Wierp het daarna onderhands in een prullenbak die naast het bureau stond.

Het vreemdelingenlegioen. Oud-strijders. Wat hield het in? Wat zei het over zijn moeder? Over hem?

Hij schoof de laptop van zijn schoot en zette hem naast zich op het tweepersoonsbed. Hij had het ding vanavond bij Fnac in Aix-en-Provence gekocht. Een eenvoudige Acer die draaide op XP, zonder toeters en bellen, maar wel met een netwerkkaart. Bij het inchecken in het hotel had hij aan de balie vijf uur internettijd gekocht. Dat tegoed begon nu af te lopen, zag hij. Hij had nog iets minder dan vier minuten over.

Prima. Hij had geen internet meer nodig. Bovendien werd hij chagrijnig van het surfen. De Franse toetsenborden waren een ramp. De 'm' stond op de plaats van de komma, de punt zat op een onlogische plek, de 'w' en de 'z' waren omgewisseld. Als hij gedachteloos een 'a' intypte, verscheen er een 'q' op het scherm. Te veel toetsen met totaal andere functies dan hij gewend was.

In principe had hij alle antwoorden gevonden op zijn vragen die via internet te achterhalen waren. Over de rest zou hij zich morgen wel weer druk maken, als hij terugging naar Puyloubier. Nu kon hij beter gaan slapen, als hij morgen tenminste helder wilde zijn. Het was drie uur in de nacht.

Hij graaide naar de afstandsbediening en zette de tv aan. Zapte nietsziend langs alle kanalen. Veel bood het driesterrenhotel er niet aan, en op CNN na waren ze Franstalig. Niets wat hem voldoende kon afleiden.

Zijn gedachten dwaalden af naar Susan. Ze was geen moment uit zijn systeem geweest. Geen seconde. Zelfs toen hij met Martha tussen de Beierse lakens had gelegen, had hij vooral aan Susan gedacht.

Ze had naast hem gezeten op de stadswal. Hij had haar hand vastgehouden, haar vingers nerveus gestreeld met zijn duim en met haar uitgekeken over de weilanden, naar de hardlopers die op het verkeersluwe asfalt tussen het groen hun dagelijkse ronde deden.

Vanaf het moment dat hij haar had losgeweekt van haar moeder en had meegenomen naar de rand van de binnenstad, was haar houding veranderd. Ze was langzamer gaan lopen, bijna als een kind dat niet naar school wilde. In zichzelf gekeerd. Ze wist het. Ze had het al die tijd al voelen aankomen.

Dat had het makkelijker moeten maken om erover te beginnen. Toch duurde het nog een halfuur voor hij de woorden over zijn lippen kreeg. Nee, hij ging niet mee naar haar zus in Amerika. Hij ging nergens mee naartoe.

Hij ging van haar weg.

Ze keek hem aan. Haar donkere ogen gleden over zijn gezicht. 'Wat ga je doen?' vroeg ze, zacht.

'Ik weet het nog niet. Ik denk dat ik eerst eens een poos ga reizen. Dan zie ik wel weer verder.'

'Waarom, Sil?'

Hij sloeg zijn ogen neer.

'Ik probeer het te begrijpen... Je had er genoeg van, toch?'

Hij staarde naar de snelweg in de verte. Kon de auto's hier horen, een constant geraas. 'Jawel. Nu wel. Nu denk ik dat ik rustig wil leven. Samen met jou. Een beetje werken, wat van de wereld gaan zien, naar Zuid-Amerika... dat soort dingen. Maar dat dacht ik een paar maanden geleden ook. Ik was ervan overtuigd dat ik het achter me had gelaten.' Hij keek haar indringend aan. 'Ik kan verdomme mezelf niet eens vertrouwen. Hoe kan ik dan van jou verlangen dat je mij vertrouwt?'

De blik in haar ogen was triester dan hij kon verdragen.

'Ik wil niet dat je het risico loopt dit nog eens mee te maken,' ging hij verder. 'Mensen die om elkaar geven, horen elkaar niet in gevaar te brengen. Maar dat is precies wat ik doe. Wat ik heb gedaan, sinds ik je ken.'

Ze perste haar lippen op elkaar, alsof ze met kracht een woordenstroom moest tegenhouden. Ademde diep in door haar neus.

'Ik weet dat je het begrijpt,' zei hij.

'Ik ben niet achterlijk.'

Hij kneep in haar hand. 'Sorry.'

Ze knikte, hield haar ogen gericht op een punt in de verte. 'Het zat eraan te komen.' Ze liet haar hand over zijn bovenbeen glijden. Er zat een stevig verband omheen, waarvan ze de contouren duidelijk voelde onder zijn jeans. 'Rottweilerbeet, zei je, toch?'

Hij grijnsde vreugdeloos, draaide zijn ogen beschaamd weg. 'Schotwond.'

'Juist.' Ze legde beide handen in haar schoot. 'Schotwond.'

'Sorry.'

'Het doet pijn, Sıl.'

'Misschien kom ik terug,' zei hij, in een opwelling.

'O, ja?'

Hij zweeg.

'Eén ding, Maier. Als je nu weggaat... dan ben ik er misschien niet meer als je terug zou komen. Want ik ga mijn uiterste best doen om een pokkenhekel aan je te krijgen. En elke enigszins acceptabele kerel die ik tegenkom mijn bed in te sleuren.'

Hij keek haar gealarmeerd aan. 'Pas je daar wel mee op?'

Ze ging staan, ritste haar jack dicht en keek strijdbaar op hem neer. 'Dat is vanaf nu jouw probleem niet meer, toch? Ga verdomme maar reizen, nadenken over je leven, zitten hummen op een berg, wat dan ook. Ik hoef het niet eens te weten.

Flikker maar een eind op. Maar als je terug durft te komen, terwijl ik hier net alles op een rij heb gekregen, trap ik allebei je knieschijven aan gort.'

Hij deed de tv uit, draaide zich op zijn zij en klikte door naar de openingssite van Hotmail.

S-a-g-i-t-t-a-r-i-u-s-1-9-6-8 typte hij in het eerste vak. Begon vervolgens een zoektocht naar de *at*. Die zat niet onder shift-twee. Waar hadden die fransozen dat fucking apenstaartje weggemoffeld? Hij vond het uiteindelijk als een van de drie functies van de nul-toets, maar moest onder andere eerst AltGr indrukken voor hij het op het scherm kreeg. Tegelijkertijd kwam er een irritante pop-up van Orange in beeld die hem waarschuwde voor het opraken van zijn internetminuten. Het ding begon meteen maar met aftellen.

'Bekijk het ook maar,' mompelde hij, en hij klapte de laptop dicht, schoof hem opzij en deed het licht uit.

Susan zou hem echt niet mailen. Het idee alleen al.

34

Vadim borg zijn gereedschap op in een katoenen rol en stopte het pakket in zijn rugzak. Liet de lichtbundel uit zijn Maglite door de woonkamer flitsen. Het licht bleef rusten op een ingelijste foto aan de muur. Ingeklapte parasols en verlaten strandstoelen met op de achtergrond een kalme zee. Hij liep ernaartoe om de foto beter te bekijken. 'Hurghada' stond er met potlood op de passe-partout geschreven, daarnaast S. Staal en een copyrightteken. Geen jaartal.

Hij liep naar Susans werkkamer en zette de pc uit. Haar opdrachtgever had het wel heel snel opgegeven. De klant had haar twee keer gemaild. Eerst om het adres van de server op te geven waar naartoe ze haar foto's kon uploaden. Vier dagen later volgde een mail dat ze geen moeite meer hoefde te doen. Daarnaast was er alleen nog een e-mail gekomen van haar moeder, vanuit de Verenigde Staten. Een lange mail die hij maar half had gelezen omdat hij vol stond met geouwehoer. Er zaten een paar foto's van een babykamer aan vast.

In een map had hij Susans mailgegevens en wachtwoorden gevonden, zodat hij nu overal en altijd haar e-mail kon controleren. Dat had hij eerder moeten doen, maar het deed hem te veel plezier om bezoeken te brengen aan dit appartement. Daardoor leek het alsof hij dichter bij Maier was. Die gast steeds beter ging begrijpen.

En verder had hij toch niets te doen.

Vadim liep door het appartement en controleerde nog één keer alle apparatuur die hij had aangebracht. Hij wilde er zeker van zijn dat hij niets had laten liggen, er nergens draden uit staken of een ongewone glinstering te zien zou zijn die iemand zou kunnen opvallen. Het zag er allemaal professioneel uit.

Hij trok de voordeur achter zich dicht en liep de donkere nacht in. Het was voorlopig de laatste keer dat hij in Susans appartement was geweest. Gisteren had hij net op tijd kunnen verdwijnen. Die lange gast die eruitzag als een junk had samen met een of andere griet staan aanbellen. Vadim had eerst afgewacht, maar toen hij merkte dat ze een sleutel hadden en die gingen gebruiken, was hij naar het dakterras gevlucht. Hij had hen de woonkamer in zien lopen, happend naar elkaar alsof ze elkaars enige zuurstofbron waren. Die gast maakte zich geen zorgen om Susans welzijn, zoveel was duidelijk. Die was allang blij dat ze opgerot was.

Eigenlijk leek het erop dat niemand zich zorgen maakte over haar verdwijning.

Ook Maier niet.

Het bleef oorverdovend stil aan het front. Maier had niet gereageerd op de foto's, die aan duidelijkheid toch weinig te wensen overlieten.

Toen Vadim ze verstuurde had hij Maier een maand de kans willen geven om te reageren. Nu vroeg hij zich af of een maand niet te lang was. Er waren tien dagen verstreken. Hoewel zijn werk voor het grootste deel uit wachten bestond, viel het hem nu zwaarder dan anders.

Misschien moest hij de boel eens wat gaan opporren.

Bijvoorbeeld door in Susans appartement een lijk achter te laten.

Of twee.

35

Maier meldde zich klokslag negen uur in de ochtend bij de *acceuil* van het domein. Het regende zacht. De top van de Mont Sainte Victoire lag verborgen achter een grijze nevel. Het sombere weer gaf het domein een heel ander aanzien. Grijs en grauw, zoals zijn bewoners. Daar konden de vele schelle stemmetjes die tussen de oude gebouwen weerkaatsten niets aan veranderen. Er liep een kinderklasje hand in hand het terrein op, aan kop een kleine, donkere vrouw die de kinderen met armbewegingen en in rap Frans maande om voort te maken.

Hij keek het groepje na, dat volgens de wegwijzers in de richting van de *fermette* liep.

Tot zijn ongenoegen kwam dezelfde set oud-strijders als gisteren naar buiten om hem te woord te staan.

'Ah, daar bent u weer.' De kleine man glimlachte, knikte en stak zijn hand uit. De ander bekeek hem alleen maar. 'De bezoeker die op vakantie was.'

Maier keek van de een naar de ander.

'Zoals we dat hier wel vaker zien,' vulde de lange man aan. Het cynisme droop van zijn gezicht.

Onder de sluwe oogopslag van de Franstalige Belg en de koele blik van de Duitser met het verwijderde strottenhoofd – of wat het ook was waardoor hij niet normaal kon praten –

kwam nog eens liegen over de reden van zijn bezoek hem ridicuul voor. Ze hadden hem gisteren al niet geloofd, en ze zouden dat vandaag ook niet doen.

'Nee,' zei hij in het Duits. 'Ik ben hier niet op vakantie.' Hij voelde zijn hartslag versnellen. 'Ik ben op zoek naar ene Flint... S.H. Flint.'

De mannen knikten om aan te geven dat ze het begrepen, keken elkaar even veelbetekenend aan en reageerden verder niet.

'Hij werkt hier misschien,' ging Maier door. 'Of hij woont hier... Kent u hem?' Hij keek de mannen indringend aan. Ze waren niet onder de indruk.

'*Peut-être*,' zei de lange man. Maier moest moeite doen om uit de stroom van elektronische geluiden die uit het gat in zijn keel ontsnapten, woorden te kunnen ontcijferen. 'Misschien.'

'U weet niet wie hij is?' vroeg de kleine. 'U weet niet wie u zoekt?'

Hij. Het was nu officieel. Geen Sandra of Sonja. Flint was een man.

Maier schudde zijn hoofd. 'Ik ken alleen zijn naam.'

'Waarom zoekt u hem?'

Hij ademde diep in. Wreef over zijn kin, die aanvoelde als schuurpapier. Hij had zich twee dagen niet geschoren. Keek daarna weer op naar de mannen. Wat hij nu moest doen, kostte hem moeite.

'Mijn moeder is gestorven toen ik acht was. Ze ligt begraven in München. Afgelopen week heb ik voor het eerst haar graf opgezocht. Flint betaalt de grafrechten. Dat doet hij al heel lang. Ik wil met hem praten, weten wie hij is.'

De Belg glimlachte. Zocht oogcontact met de Duitser. Die keek Maier nog steeds vorsend aan.

'Hij is vandaag in het ziekenhuis,' zei de Duitser uiteindelijk.

'U kent hem?' vroeg Maier, hoopvol.

De man knikte. 'En of we hem kennen.'

'Woont hij hier? Werkt hij hier?'

'Laten we niet te hard van stapel lopen.'

Maier klemde zijn kaken op elkaar. Hij wist niet goed hoe hij moest reageren. Het leek erop dat deze militairen als een soort van ballotagecommissie functioneerden. Een eerste schifting maakten, op basis van… op basis waarvan eigenlijk? Gevoel, een eerste indruk?

'Is Flint oud-militair?'

De mannen knikten bijna onzichtbaar. '*Légionnaire*,' corrigeerden ze hem tegelijkertijd.

Allerlei mogelijkheden flitsten door zijn hoofd. Ze schoten als stuiterballen door zijn brein. De ene nog wilder dan de andere.

'Is hij ziek?'

De Belg knikte instemmend, maar kreeg bijna onzichtbaar een berisping van zijn vriend. In een reactie draaide hij zijn hoofd weg en grijnsde verontschuldigend.

Even ontmoetten hun blikken elkaar. De Belg zou het hem allemaal graag willen vertellen, zeiden die ogen, alle details en met alle plezier. Maar zijn Duitse vriend had anders besloten. En die stond duidelijk hoger in de pikorde.

'Wat is uw naam?' vroeg de Duitser. 'Uw officiële naam?'

Maier begon kriegel te worden van dit eenzijdige vraaggesprek, maar begreep dat kwaad worden hem niet verder zou helpen. Integendeel zelfs. Hij was niet in het winkeltje van Hesselbach & Co, waar hij zijn zin kon doordrijven door middel van een grote bek en brute kracht. Deze mannen waren dan wel op leeftijd, ze straalden een natuurlijk overwicht uit dat respect afdwong. Uit de websites die hij vannacht had doorgelezen, had hij opgemaakt dat veel legionairs tijdens hun actieve dienst alleen maar oorlog kenden, ze van de ene brandhaard naar de volgende werden gestuurd. Wie weet wat die twee mannen die hiertegenover hem stonden hadden meegemaakt.

'Silvester Maier,' zei hij uiteindelijk.

'Uit München?'

'Ja.'

'Gisteren was het nog Nederland,' reageerde de Duitser. Zijn vingers drukten tegen zijn col.

'Ik ben geboren in München. Na de dood van mijn moeder ben ik...' Hij keek van de een naar de ander. 'Zeg... alles goed en wel. Wanneer kan ik Flint spreken? Is hij voor controle of zo in een ziekenhuis, of ligt hij er? Is hij ernstig ziek? Verdomme, ik ben hier niet helemaal naartoe gereden om spelletjes te spelen.'

De Belg boog even naar voren en kneep hem in zijn arm ten afscheid. Verdween in de richting van de ontvangstruimte. Een stilzwijgende berisping.

De Duitser bleef staan. Keek hem doordringend aan. 'We krijgen hier vaker mensen die iemand zoeken,' zei hij langzaam. 'Maar sommigen van ons willen niet gevonden worden. Ze willen geen contact met hun oude leven. Daarom zijn ze ook hier. Waar logeert u?'

Maier gaf de naam op van het hotel in Aix-en-Provence.

De Duitser schudde zijn hoofd en diepte een opschrijfboekje uit zijn zak op. Begon erin te schrijven met een afgekloven potlood. 'Ga hiernaartoe. Het is een *chambres d'hôtes* van de vrouw van een van de begeleiders. Als Flint contact met u wil, dan wordt u daar gebeld.'

Maier nam het papiertje aan en staarde ernaar. Er stond een

adres op in Venelles. De plaatsnaam was hij tegengekomen op borden, niet ver hiervandaan.

'En als hij geen contact wil?'

'Vanavond zal ik met hem praten. Misschien vanmiddag al.' Hij knikte en draaide zich van hem weg. *'Au revoir, monsieur Maieùr.'*

36

'*Zdraste*. Maksim hier.'

'Ik zou het prettig vinden als je me niet meer belde.' Vadim ging rechtop in bed zitten en keek op zijn horloge. Twee uur in de middag. Hij was vrijwel de hele nacht in het appartement van Susan Staal bezig geweest.

'Ik bel via een beveiligde lijn,' klonk het, geërgerd. 'Ik ben geen idioot.'

'Fijn dat te horen. Maar geen enkele lijn is honderd procent veilig. Dat hoor je te weten.'

'Geloof me nou maar,' snauwde Maksim. 'En luister. Het spijt me dat ik het moet zeggen, maar ik heb een probleem. Nee: *wij* hebben een probleem. Je kent die jongen die los-vast bij me werkt, die Nederlander?'

'Robby bedoel je?'

'Die, ja. Ik denk dat-ie gemold is.'

Vadim rekte zich uit en propte een kussen in zijn rug. 'Hoezo dat dan?'

'Zijn auto is gevonden op een doodlopende weg bij Valkenhorst. Uitgefikt. Er zat een verkoold lijk achter het stuur. En onze Robby is vanochtend niet komen opdagen om voor jouw vangst te zorgen, begrijp je?'

'We gaan dit gesprek nu beëindigen, vriend,' zei Vadim ijzig.

Hij keek nog eens op zijn horloge. 'Ik zie je over een halfuur in café De Hemel.'

37

Binnen een uur had hij zijn spullen opgehaald in het hotel en was hij ingecheckt in een van de *gîtes* van Brigitte Duchamps, een slanke, blonde vrouw die zich redelijk verstaanbaar kon maken in het Engels.

Maier haatte het gedwongen karakter van de verhuizing. De oude mannen solden overduidelijk met hem en hij liet het gebeuren.

Toch moest hij toegeven dat het een grote verbetering was ten opzichte van het onpersoonlijke toeristenhotel in de stad. Duchamps runde een tamelijk opmerkelijke chambres d'hôtes. Zijn onderkomen was uit een rots gehakt, met lage plafonds en onregelmatige vloeren en muren. Hier en daar staken stukken kalksteen uit. Een flinke glazen schuifpui aan de voorzijde van het 'hol' was tevens het enige raam. Het bood uitzicht op een klein privéterras en de bergwand aan de overzijde van de smalle dorpsstraat. Zijn tweepersoonsbed was opgemaakt met witte overtrekken en geplaatst op een rotsachtige verhoging. Er was een kleine keuken en een badkamer met een bad, wastafel en toilet. Ook daar was het thema rotsen en kalkstenen. Meteen al bij binnenkomst bekroop hem een Fred Flintstone-in-Bedrock-gevoel.

Daar kwam bij dat degene die de inrichting had verzorgd

klaarblijkelijk dol was op sfeerverlichting. In alle ruimtes wemelde het van de verlichte nissen, en zelfs het bed kon worden uitgelicht door talloze spots en indirecte lichtbronnen met dimmers.

Susan zou in een deuk hebben gelegen.

Nu viel er niets te lachen.

Hij schonk een mok koffie in en leunde tegen het aanrecht. Keek door de geopende schuifpui naar de bergwand. Het was twee uur en de zon was doorgebroken. Het weer was zacht en de lucht was helder en schoon. Nog niet zo lang geleden zou hij op een moment als dit zijn gaan hardlopen, maar sinds hij uit 's-Hertogenbosch was vertrokken en Susan somber en boos had achtergelaten, had hij er eenvoudigweg geen zin meer in gehad.

Misschien dat die drang ooit nog eens terug zou komen. Voorlopig stond zijn hoofd er niet naar.

Hij baalde ervan dat hij op school niet beter had opgelet met Franse les. In het kantoortje van Brigitte Duchamps had hij een Pages Jaunes zien liggen, de Gouden Gids van de regio. Er zouden vast wel ziekenhuizen in staan. Die had hij dan allemaal kunnen bellen om te vragen of hij met Flint kon spreken. Zo vaak zou die naam niet voorkomen. Maar zijn Frans was dusdanig slecht dat hij vermoedelijk niet eens voorbij de receptioniste zou komen.

Hij zette de lege mok in de spoelbak en ritste zijn weekendtas open. Er kwam een bedompte geur uit. Hij trok alle vuile kleding uit de tas en stortte alles naast het bad op de vloer. Draaide de hete kraan open en goot er shampoo in uit een klein flesje dat op de badrand stond. Shampoo was een uitstekend wasmiddel, had Susan hem geleerd.

Het deuntje van de Flintstones had zich in zijn hoofd genesteld en liet zich niet verjagen. Misschien ook omdat hij op zoek was naar iemand die Flint heette. De synchroniciteit was opmerkelijk, het woord 'flint' begon magische proporties aan te nemen. Hij begon het deuntje zacht voor zich uit te fluiten, liep naar de tv – een draagbaar ding – en zette hem aan. Alleen maar Franse zenders met praatprogramma's. Gelach en gebabbel vulden de ruimte.

Hij liep terug naar de badkamer, wierp de kleding in bad en spoelde alles uit. Een klein kwartier later wrong hij zoveel mogelijk water uit zijn broeken en shirts en hing ze buiten over de terrasstoelen te drogen. Ging vervolgens terug naar binnen.

Keek op zijn horloge. Halfdrie.

Mocht die achterdochtige Duitser tegen het einde van de middag nog niet hebben gebeld, dan zou hij Brigitte vragen om een kopie van de betreffende pagina uit haar Pages Jaunes en zou hij persoonlijk alle ziekenhuizen in de regio af gaan struinen. Handen, voeten, pen en papier zouden de taalhandicap voldoende kunnen compenseren.

Het was in elk geval beter dan afwachten tot iemand hem zou bellen – of niet. Wie weet was het de gewoonte bij de legionairs om mensen zoals hij naar Brigitte te sturen, zodat de familie Duchamps ook in het laagseizoen van gasten verzekerd bleef. Dan zaten die mannen nu in hun eigen café hun zelfverbouwde wijn te drinken en zich rot te lachen om die Duitse Hollander die ze tot nader order in Bedrock hadden gestald.

Klootzakken. Hij kon ze bijna horen lachen.

Er werd op de glazen pui getikt. Geschrokken keek hij op. Brigitte stond te zwaaien met een telefoon en wenkte hem.

Hij trok de pui verder open en nam de telefoon over. 'Hallo?'

'*Monsieur Maieùr?*'

'Ja.'

'Goed nieuws. Monsieur Flint is thuisgekomen. Hij wil u spreken.'

38

De Duitser nam hem mee naar de vertrekken waar de oudstrijders woonden. Het lange, smalle gebouw was duidelijk van recentere datum dan de panden die rondom de binnenplaats stonden. Het was op een lagergelegen terrein gesitueerd en borden lieten weten dat bezoekers hier niet welkom waren. Iedereen had een eigen kamer, vertelde hij aan Maier. Met een tv en een bed. Niemand had reden tot klagen. Alles was perfect geregeld, met dank aan het Legioen.

Toch leek hij allesbehalve gelukkig.

'Niemand woont hier uit weelde,' zei hij, toen Maier erop doorvroeg, en negeerde hem verder.

De man klopte op de deur van de een na laatste kamer op de gang, en opende die voor hem. Verdween daarna geruisloos.

Maier liep schoorvoetend het vertrek in. Dat was zo'n vijf bij vijf meter en had een minimum aan comfort. De gordijnen waren open. Door de dunne vitrage viel weinig licht naar binnen. Achter de doorzichtige stof zag hij de vallei liggen. Rijen wijnstokken slingerden in flauwe S-bochten in de richting van de Middellandse Zee.

Flint lag in een metalen bed op hoge poten. Het hoofdeind was in een hoek van zo'n vijftig graden omhoog gezet. Het hoofd van de man rustte op een stapel platte kussens met witkatoenen overtrekken. Zijn lichaam lag deels verborgen onder witte lakens en een olijfgroene deken, maar de contouren waren duidelijk zichtbaar. Hij was lang. Minstens zo lang als Maier zelf, maar hij zag er breekbaar uit. Mager.

Flint had zijn handen in zijn schoot gevouwen en zijn ogen waren gesloten. Zijn huid was gelooid als van iemand die een leven lang in de buitenlucht had gewerkt en veel aan zonlicht had blootgestaan.

'Ik ben er,' zei Maier in het Duits. Zijn stem trilde licht.

'Dat weet ik.' Flint opende zijn ogen en keek hem onderzoekend aan. Blauwe ogen die met ingehouden gretigheid elke centimeter van Maiers lichaam scanden en uiteindelijk bleven rusten op zijn gezicht.

Niemand hoefde Maier uit te leggen wat zijn relatie was met deze man. Die was meteen duidelijk toen hij hem in zijn ogen keek. Hetzelfde blauw. Flints haar was grijs en dun, maar hij had hoekige, donkere wenkbrauwen die nog vrijwel niets van hun pigment hadden verloren. Ze waren bijna zwart, zoals die van hemzelf. De man had dezelfde harde lijnen in zijn gezicht en scherpe jukbeenderen. Een rechte neus.

Dezelfde brede polsen en lange, benige handen.

Het lukte hem niet om verder te lopen, het was alsof hij aan de grond stond vastgesmeed. Hij zoog zijn wangen naar binnen en kauwde erop, onmachtig een woord uit te spreken.

Hij had hierop moeten zijn voorbereid. Deze ontmoeting zat er al aan te komen vanaf het moment dat hij een week geleden voor het eerst met de naam Flint was geconfronteerd. Dat had hij goed aangevoeld. Het was de reden dat hij aanvankelijk haast had gehad om in Puyloubier te komen, en vervolgens juist was blijven dralen in Oberaudorf, met Martha uit Zwitserland als een laf alibi, doodsbang dat een confrontatie zou uitdraaien op een teleurstelling.

Hij had twijfels gehad. Continu. Nu twijfelde hij niet meer. Hier lag de man wiens afwezigheid een gat in zijn leven had geslagen. Die voor de helft verantwoordelijk was voor zijn genetisch materiaal, en zo te zien het leeuwendeel van zijn fysiek.

Een legionair. Oud-strijder.

Maier had op voorhand niet goed kunnen inschatten hoe hij zou reageren. Hij had zich voorgesteld hoe het zou zijn en wat hij daarbij zou kunnen voelen. Alle mogelijke emoties waren de revue gepasseerd. Onverschilligheid. Woede. Nieuwsgierigheid.

Feitelijk reageerde hij nu niet. Toch liet deze ontmoeting hem allesbehalve koud. Hij voelde zijn hart tegen zijn ribbenkast bonken en probeerde te beseffen, daadwerkelijk tot zich door te laten dringen, wie die oude kerel in dat stalen bed in wezen was, en wat dat voor hem betekende.

'Je komst werd telefonisch aangekondigd door de Münchener Polizei,' hoorde hij Flint zeggen. Hij sprak vloeiend Duits, met een licht accent. 'Je hebt indruk gemaakt… Een gebakken eikel is het, die Hesselbach. Hij had mijn naam en adres natuurlijk gewoon kunnen geven.'

'Hij werkte me op mijn zenuwen.'

'Mij ook.' Flint staarde naar een plek op de muur.

Maier liep dichterbij. 'Was hij er erg aan toe?'

'Interesseert je dat?'

Maier haalde zijn schouders op. 'Niet echt.'

'Het viel wel mee, geloof ik. Niets wat niet binnen een maand of wat is geheeld. De politie heeft wel wat vragen voor je.'

'Ze wachten maar even.' Er stond een fauteuil bij het raam. Maier wist niet goed wat hij moest doen. Die stoel pakken? Op de rand van het bed gaan zitten? Hij besloot te blijven staan.

'Waar het om gaat is dat je er nu bent.'

Maier ontdekte alsmaar meer overeenkomsten. En minieme verschillen. Flint had amper oorlellen. Ze liepen zonder duidelijke markering over in de dikke leerachtige hoofdhuid.

'Ik hoorde dat je ziek was.'

'Daar wil ik het nu niet over hebben.'

Maier trok de fauteuil naar zich toe en ging zitten. 'Waarom niet?'

Flint keek hem indringend aan. 'Ik ben blij dat je er bent, jongen.'

'Je hebt anders niet veel moeite gedaan om me te zoeken.' Het was uit zijn mond ontsnapt voor hij het goed en wel besefte.

'Dat heb ik wel degelijk. Ik heb je vaak brieven gestuurd. Vraag maar aan Maria's moeder.' Flint keek op. 'Leeft ze eigenlijk nog?'

'Nee.'

'Dat spijt me. Is ze pas geleden gestorven?'

Hij schudde zijn hoofd. 'Al even terug. Toen ik achttien was.' Op een of andere manier voelde hij in deze setting de noodzaak om eraan toe te voegen: 'Toen ik in het leger zat.'

Flint trok zijn donkere wenkbrauwen op. 'Leger?'

'Dienstplicht, zestien maanden.'

'Als wat?'

'Sergeant, mortieren.'

De oude man glimlachte even. 'Sergeant... mooi.' Daarna keek hij Maier strak aan. 'Maar je bent er niet gebleven?'

'Nee.'

Hij knikte kort. 'Nog veel mooier.'

'Je zei dat je had geschreven.'

'Ik heb je brieven gestuurd. Ze kwamen nooit terug, dus ik hoopte dat je ze te lezen kreeg. Ik had natuurlijk beter moeten weten. Maria's moeder had een pesthekel aan me.' Hij keek Maier even aan. 'Daar had ze alle recht toe, hoor. Alle recht. Ik was geen lieverdje in die tijd. Nooit geweest. Ik begrijp wel dat ze je wilde beschermen. Daar deed ze goed aan.'

Maier dacht weer aan al die zogenaamde ooms van hem, die vreselijke kerels die hij zo gehaat had, van wie de armoe en uitzichtloosheid afdropen en die rond zijn moeder hadden gehangen als hinderlijke vliegen. 'Was mijn moeder een losse scharrel van je?'

Zijn ogen lichtten op. 'Nee!' klonk het verontwaardigd. 'Verre van. Ze was –' Hij bracht een vuist naar zijn mond en hoestte luidruchtig.

Maier keek een andere kant op. Flint was overduidelijk bezig te sterven aan een of andere kloteziekte. Was het kanker? Was het aids? Hij kreeg niet de kans om het te vragen. Wilde het eigenlijk ook niet weten. Nog niet.

'Weet je, ik heb in mijn leven een heleboel dingen gedaan waar ik achteraf, nu ik hier opgebruikt en ziek lig te wezen, spijt van heb gekregen. En boven aan die lange lijst staat de naam van jouw moeder. Dat ik haar heb laten zitten was het stomste dat ik heb gedaan. Vanaf dat moment is alles bergafwaarts gegaan. Ik heb lange tijd niet meer om iemand kunnen geven. Ook niet om mezelf. Die liefde voor haar, die zat diep. En ik, ik dacht...' Zijn stem stokte. 'Ik verveel je.'

'Absoluut niet.'

'Pak wat te drinken. Er staat een koelkastje bij –'

'Ik hoef niets.'

Flint richtte zich op de deken. Begon er aan te plukken. 'Als je hier maar een beetje ligt, dag in dag uit, wetend dat je niet lang meer hebt en er komt geen mens op bezoek, dan ga je dingen anders zien. In elk geval krijg je meer tijd dan je lief is om na te denken. Er is meer dan genoeg om over na te denken, in mijn geval. Herinneringen, beslissingen die ik heb genomen, in de volle overtuiging dat ik het juiste deed, dat ik koos voor mezelf, terwijl ik in werkelijkheid zo ontzettend stom bezig was... Ik had niet weg moeten gaan. Ik had gewoon bij haar moeten blijven, voor haar moeten zorgen.' Zijn ogen zochten Maier. 'En voor jou.'

Maier zweeg en keek Flint peinzend aan. Hij had geen idee wat hij moest zeggen. De hele situatie overviel hem zo hevig dat het bijna onwerkelijk leek.

'Ik zag het destijds niet,' ging Flint verder. 'Ik had het moeten weten, moeten voelen, dat het echt niet beter zou worden als ik ervandoor zou gaan.'

'Waaraan is mijn moeder gestorven?' vroeg Maier, in een poging de realiteit in dit gesprek terug te vinden, grip te krijgen. 'Niemand heeft me dat ooit verteld.'

'Toen ze stierf zat ik in Algerije.' Hij keek op. 'Ik kwam er pas achter toen ik Maria wilde bellen en de lijn afgesloten bleek. Via via heb ik contact opgenomen met je oma in Nederland. Alles was toen al lang en breed achter de rug, de begrafenis, alles. Het was een kort gesprek. Ze was ziedend. Volgens haar had ik Maria kapotgemaakt door weg te gaan. Vanaf dat moment was ze volgens haar geen dag meer nuchter geweest. Toentertijd was ik alleen maar kwaad, ik dacht dat ze me een trap na wilde geven... Maar inmiddels geloof ik dat je kunt doodgaan van verdriet.' Flints ogen stonden wazig en vulden zich met vocht. 'Dat geloof ik echt.'

'Ze heeft het goed gedaan,' loog Maier. 'Ik ben niets tekortgekomen.' Hij wist niet goed waarom hij het nodig vond om Flint gerust te stellen. Misschien omdat hij er moeite mee had om de man geëmotioneerd te zien, zo vol van spijt, wroeging, schaamte, schuldbesef. De woorden en gevoelens en beelden bulderden over hem heen met de kracht van een tsunami en hij wist niet goed hoe hij erop moest reageren.

Dus zei hij niet hoe het in werkelijkheid was geweest, en dat hij als achtjarig jongetje zijn moeder dood in bed had aangetroffen. Het was te zwaar om met deze man te bespreken. En te vroeg om een poging ertoe te wagen.

Het lukte hem niet meer zich te concentreren op het gesprek. De herinnering aan het moment dat hij zijn moeder aantrof, koud en hard en bleek – *lijkbleek* – drong zich aan hem op. Hij had geschreeuwd. Aan één stuk door, hysterisch, tot zijn keel rauw was en zijn stem hees en gebroken.

Na de begrafenis werd hij meegenomen door zijn oma die hij nauwelijks kende, naar een vreemd land waar hij de taal niet sprak. Hasenbergl was niet bepaald Utopia, en het Utrecht van de jaren zeventig bracht geen grote verbetering. In elk geval niet voor een Duitssprekende, boze en afstandelijke jongen die sterk in zichzelf was gekeerd, niemand vertrouwde en als enig kind opgroeide bij een oude vrouw, weduwe van een Nederlandse treinmachinist. Een vrouw die gebrekkig Nederlands sprak en door de buurt met de nek werd aangekeken, alleen maar omdat ze de Duitse nationaliteit had, en dat in die periode in Nederland geen aanbeveling was voor een bloeiend sociaal leven.

Het had jaren geduurd eer hij er zijn draai had gevonden. Hij was gaan knokken om een plaats in de wijk op te eisen, had bij het opgroeien slim gebruik weten te maken van zijn scherpe intelligentie en sociale voelsprieten, en was uiteindelijk boven zichzelf en alle verwachtingen uitgestegen toen zijn softwarebedrijf een schot in de roos bleek en hij zich op achtentwintigjarige leeftijd miljonair mocht noemen.

Mission accomplished. Hij had het gemaakt, met zijn mooie vrouw, zijn maatpakken, dure wagenpark en strak vormgegeven bungalow. In zijn tuinvijver zwommen rechtstreeks uit Japan ingevlogen koikarpers van drieduizend euro per stuk en hij stond op het dak van de wereld.

Tot de onrust aan hem begon te knagen en hij alles wat hij met zoveel moeite had opgebouwd aan de kant schoof om moedwillig levensgevaarlijke situaties op te zoeken. Vrienden van de ene op de andere dag dumpte. Zijn vrouw bedroog. Wapens ging verzamelen. Levens begon te nemen. Daar steeds minder moeite mee kreeg, omdat het toch allemaal klootzakken waren, die vroeg of laat een kogel met hun naam erop zouden vangen.

Hij had zichzelf wijsgemaakt dat het pure verveling was die hem ertoe had gedreven. Dat hij eenvoudigweg was afgestompt en grotere uitdagingen nodig had om het gevoel te krijgen dat hij leefde met een hoofdletter L.

Maar al die tijd had die leegte in hem gezeten, altijd voelbaar, dwingend, hem er in stilte aan herinnerend wat hij *niet* had – en nooit zou kunnen krijgen.

Het had niet eens zijn echte vader hoeven zijn. Een surrogaatvader was al goed geweest. Iemand die zich had opgeworpen als rolmodel, aan wie hij zich had kunnen spiegelen. Een kerel die hem raad had willen geven en hem mee uit vissen nam. Dat soort dingen. Een echte vader was ook goed geweest. Eentje die op zijn minst een naam en adres had achtergelaten, zodat hij er brieven naartoe had kunnen sturen, zo nu en dan.

Het was allemaal anders gelopen.

Het was dusdanig anders gelopen dat hij hier, op vijfendertigjarige leeftijd, in een bizar bejaardenhuis naar een man zat te staren die schokkend veel op hem leek en hem een ongemakkelijk gevoel gaf.

Een man die nu openlijk zijn tranen liet lopen.

'Ik wilde me niet opdringen,' hoorde hij Flint zeggen. 'Maria's moeder was laaiend op me. Dus wachtte ik tot ik weer in Beieren moest zijn en regelde daar ter plaatse het verlengen van de grafrechten. Het was het enige dat ik nog voor haar kon doen. Maar ook voor jou. Toen je niet reageerde op mijn brieven dacht ik dat je me misschien later zou willen opzoeken, als je eraan toe was. Als je contact wilde, zou je me via het graf kunnen vinden. Daar hoopte ik op. Ik heb altijd gehoopt op deze dag.'

Maier stond op. 'Ik ga even naar buiten.'

39

'Die auto is van hem,' klonk het mechanische geluid. '*Von Maier.*' De Duitser wees naar een donkerblauwe Porsche die onder een boom stond geparkeerd. Zijn vinger trilde. De vingers van zijn andere hand drukten tegen zijn keel, die verborgen zat achter een witte col.

'Dat weet ik.' Joyce keek schuw naar de lagergelegen gebouwen. 'Is hij hier al lang?'

'Een klein uur nu.'

'Is hij bij Flint binnen?'

'Ja.' Hij fronste zijn wenkbrauwen en zweeg even. 'Het gaat niet goed met hem. Slechter dan vorige maand. Hij is erg moe, slaapt veel. Maar dit zal hem goeddoen.'

Joyce knikte bijna onzichtbaar. 'Heeft Maier gezegd waar hij logeert?'

'We hebben hem naar Brigitte gestuurd, in Venelles.'

'Is hij er ook naartoe gegaan?'

De man knikte. 'Hij heeft de gîte op de begane grond, aan de straatkant. Zeg, heb jij al een slaapplaats voor vanavond?'

Ze schudde afwezig haar hoofd. Helder denken ging haar niet goed af. Gisteravond laat was ze met Ryanair naar Aéroport Marseille Provence gevlogen. Bij aankomst in de Franse havenstad was ze niet doorgereden naar Puyloubier – in de provincie had ze rond dat late tijdstip toch geen slaapplaats meer kunnen bemachtigen – maar had ze ingecheckt in een goedkoop creditcardhotel. Pas om één uur vanmiddag was ze bruut gewekt door de schoonmaakploeg. Ze was dwars door het alarm van haar mobiele telefoon heen geslapen.

Haar interne klok moest volledig van slag zijn.

'Jij slaapt ook altijd bij Brigitte? Zal ik haar bellen? Dan kan ze alvast een kamer gereedmaken.'

'Doe geen moeite.' Ze wierp nog eens een blik op de woonvertrekken. Zou Maier na het gesprek met Flint direct naar Venelles rijden? Het was link om daar zomaar van uit te gaan. Maier beleefde daar achter die gestuukte muren de eerste ontmoeting met zijn vader, een vader die op sterven na dood was. Ze had geen idee hoe hij daarop zou reageren.

'Moet ik iets tegen hem zeggen?' vroeg de Duitser. 'Of kan ik iets anders voor je doen?'

'Nee, dank je.' Ze legde haar hand op zijn onderarm. 'Ik ga nu. Ik wil in de auto op hem wachten.' Ze knikte naar haar huurauto, een lichtblauwe Citroën C3 die op de parkeerplaats schuin tegenover Maiers Carrera stond.

De man greep haar hand vast. 'Je komt hier niet zo vaak, maar steeds als ik je zie doe je me denken aan een vriendinnetje dat ik heb gehad, vroeger, in Afrika.'

'Was ze leuk?'

'Ze was de mooiste vrouw die ik ooit heb gezien,' zei hij, glimlachend.

Ze grijnsde en haar ogen twinkelden. 'Mannen zoals jij zijn van een uitstervend ras.'

'Ik mag hopen van niet.'

'Geloof me maar.'

40

Het was lang geleden dat Maksim zich zo opgefokt had gevoeld. Machteloos vooral. Hij voelde het fysiek, alsof er gif droop uit elke cel van zijn een meter tachtig lange lichaam. Uit frustratie krabde hij aan zijn ellebogen. Peuterde gedachteloos aan de ruwe huid en trok oude korsten tot bloedens toe open. Keek naar zijn bebloede vingertoppen en beende naar de keuken om zijn handen te wassen.

In het voorbijgaan ontweek hij de blik van Ilya, die hem al de hele tijd op de bank zat te observeren. Achter in de kamer hing Pavel Radostin op een barkruk. Die had niets door. Hij dronk een glas whisky en rookte er een sigaret bij terwijl hij een roddelblad doorbladerde.

Maksim draaide de kraan open en hield zijn handen eronder. Deze tent runde hij nu drie jaar. Hij woonde er zelfs, op de bovenste verdieping. Dit was zijn territorium, waar hij alleen het voor het zeggen had. En niemand anders.

Tot het telefoontje van Anton kwam en twee dagen later die ex-commando met die Hollandse griet op de stoep stond. Maksim had geen nee kunnen zeggen tegen de man aan wie hij nog twee ton moest terugbetalen. Hij kon Anton niets weigeren. Onmogelijk.

En nu hield dat wijf een kamer bezet die favoriet was bij een harde kern van vaste klanten. Ze mocht niet eens werken voor de kost, en hij moest haar verdomme ook nog laten voeren en wassen, alsof ze een prijskoe was.

Anton en Vadim gebruikten zijn pand als hun persoonlijke magazijn en hem als hun knecht. Ze scheten gewoon op zijn kop, en hij mocht na afloop dankjewel zeggen.

Hij draaide de kraan dicht, zocht om zich heen naar een handdoek, maar vond er geen. Geërgerd sloeg hij de druppels van zijn handen en liep terug naar de woonkamer. Schonk zichzelf een whisky in.

Anton was een steenrijke ondernemer in Moskou, die aan Maksim een lening had verstrekt om dit pand te kunnen kopen. De man droeg tevens zorg voor voldoende aanvoer van verse snollen. Sommigen kwamen via Italië of Duitsland en hadden al genoeg praktijkervaring opgedaan – zelfs specialisaties ontwikkeld, zoals Svetlana, maar het merendeel was zo groen als gras en werd pas hier ingereden. De eerste schifting deed hij graag zelf, samen met Ilya, dan wist hij dat het goed gebeurde. Toen Robby nog leefde mocht die ook graag mee doen. Heel soms liet hij die klus over aan een goed betalende, discrete klant. Het was uitstekende handel en het moest gezegd dat hij zonder Anton hier nu niet had gezeten.

Maksim was ooit begonnen als manusje-van-alles, maar nu, op zijn tweeëndertigste, kon hij de vruchten plukken van zijn inzet. Hij hoefde nog maar zelden met een pistool te zwaaien, want iedereen wist nu zo onderhand wel wie hij was en waar hij voor stond. Buiten dat had hij Ilya tegenwoordig voor dat soort dingen. Dat scheelde misschien ook wel.

Maar tegen Anton en Vadim kon hij niet op. Hij had het geprobeerd, en dat was dom. Overmoedig. Vadim had hem tot op het bot vernederd in zijn eigen tent.

Goddank had niemand het gezien.

'Ik ga zo even de deur uit, neem jij waar?' Maksim keek naar Ilya, die nu onderuit in de bank hing en een film lag te kijken. De bleke Pavel zat nog steeds aan de bar en keek niet op.

Ilya ging rechtop zitten en zette de tv uit. 'Iets belangrijks?'

'Ik heb een afspraak met die Vadim.' Maksim nam een slok. Het vocht brandde in zijn slokdarm. 'Over die griet. Nu Robby dood is wordt het te bont, begrijp je? Ik durf haar niet meer hier te houden.'

'Waarom mol je haar niet gewoon?'

Maksim zette grote ogen op. 'Móllen? Ben je levensmoe of zo? Die griet is van Vadim.'

Ilya haalde zijn schouders op. 'Die commando bloedt net zo goed dood als je een mes langs zijn keel haalt. Misschien ben je te soft geworden.'

'Ben je Anton vergeten? Die kust zo'n beetje de grond waarop die klootzak loopt.'

Ilya keek hem taxerend aan. 'Een ongeluk zit in een klein hoekje.'

Maksim wist dat hij het meende. Die jongen werkte al drie jaar voor hem, een Zuid-Rus met als bijnaam *sobaka*, de hond: de loyaliteit van een Duitse herder, de *will to please* van een retriever en het uiterlijk van een rottweiler. Nu Robby was weggevallen, was Ilya de enige die hij nog op pad kon sturen als er geënd moest worden. De andere jongens lieten zich nog weleens omlullen een dag later terug te komen. Ilya niet. Die schoot je eerst invalide en begon daarna pas vragen te stellen.

Hij schudde zijn hoofd. 'Misschien. Maar nu nog niet.' Hij goot de whisky in zijn keel en zette het glas met een klap terug op de bar. 'Nou, let een beetje op. Ik ben ervantussen. Kijken of ik wat kan regelen met die kloothommel.'

41

'Je bent geen Duitser,' zei Maier.

Flint zat rechtop in zijn bed, drie witte kussens tegen zijn onderrug gepropt. In zijn handen hield hij een mok hete thee vast die zojuist was gebracht. 'Klopt. Ik ben Amerikaan. Geboren in Phoenix, Arizona. Maar dat kun je meteen weer vergeten. Ik ben daar voor het laatst geweest in...' Hij fronste zijn wenkbrauwen en speurde met een wazige blik de muur naast Maier af. 'Ja, verdomd, in '66. In dat jaar moest ik in militaire dienst. Ik werd opgeleid voor onderhoudsmonteur.' Hij keek op. 'Hueys. Ken je die?'

'Die helikopters bedoel je?'

'Ze werden ingezet in de Vietnamoorlog. Het was de bedoeling dat ik die dingen leerde te onderhouden en te repareren. Daar heb ik me als broekie in het leger voornamelijk mee beziggehouden. Met Hueys.'

'Waar?'

'In Oberschleissheim, ten noorden van München. Ken je dat?'

Maier schudde zijn hoofd.

'Een oud vliegveld, stamt nog uit de Eerste Wereldoorlog. Het is nu een museum, geloof ik. Ik ben er sindsdien niet meer geweest. Ik heb er ook niets meer te zoeken.'

Maier trok een wenkbrauw op. 'Wat moet een Amerikaanse legereenheid in München?'

'De Koude Oorlog. Het halve Amerikaanse leger zat buiten Amerika. Alleen in München en omgeving waren er volgens mij al een stuk of zes, zeven Amerikaanse kazernes. In Oberschleissheim zat de enige vliegschool van het Amerikaanse leger buiten de landsgrenzen. Toen ik er gelegerd was werden er jonge militairen klaargestoomd voor Vietnam. Aan de lopende band, kan ik wel zeggen.'

Maier ging rechtop zitten. 'Heb je in Vietnam gezeten?'

'Nee. Mijn *tour of duty* zat erop toen de boel in Oberschleissheim werd opgedoekt. Ik was vrij om bij te tekenen – dan zou ik dus naar Vietnam zijn gestuurd – of om naar huis te gaan.' Flint nam een slok van zijn thee en keek naar buiten. 'Vietnam leek me toen wel wat. Naïef broekie als ik was. Je hoorde behoorlijk wat horrorstory's uit die contreien. Hoe bloederiger en ellendiger, hoe enthousiaster ik werd. Ik wilde het weleens met mijn eigen ogen gaan bekijken, daar. Maar ja. Het liep anders.'

'Wanneer was dat?'

'Dat ik afzwaaide? Dat is de zomer van '68 geweest. Ze waren toen al druk met het bouwen aan het Olympiastadion, voor de Spelen in '72, vlak bij de kazerne. Maar toen was ik al niet meer in München, in '72. Niet eens meer in Duitsland.'

Maier begon onrustig op zijn wang te kauwen. Hij was geboren in december 1968. In de zomer van datzelfde jaar was zijn vader afgezwaaid en moest zijn moeder zwanger zijn geweest.

Flint leek zijn gedachten aan te voelen. 'Ik heb je moeder op de kazerne leren kennen,' zei hij zacht, zijn blik nog steeds op de heuvels gericht. 'Ze werkte in de keuken, zoals wel meer meisjes die in de buurt woonden. Ze was me al eerder opgevallen. En ik was niet de enige die haar opmerkte. Ken je die film, *West Side Story*? Het is voor jou een ouwetje, denk ik. Dat nummer dat op een gegeven moment wordt gezongen door die jongen, Tony geloof ik dat-ie heette, 'Maria', zegt je dat iets?'

Maier knikte.

'Die melodie floten de jongens als ze voorbijliep. Ze kleurde ervan, daarom deden we het. Ze kon zo mooi lachen... Hoe dan ook, op een gegeven moment gingen we met een groep stappen in München. Zij en twee vriendinnen gingen ook mee. Vandaar.'

'Vandaar wat?'

'We scharrelden wat. En we werden verliefd.' Flints stem begon onvast te klinken. 'Meteen, dezelfde avond, bám. Heel erg verliefd. Het ging niet over. Het was ziekelijk. Ik vrat niet als ik haar een dag niet kon zien. Zij evenmin. Ik had nog nooit zoiets meegemaakt.' Hij nam een kleine slok. Het ging krampachtig, alsof drinken hem moeite kostte. Flint trilde van inspanning. Maier begreep dat niet zozeer die handeling hem moeizaam af ging, maar dat het ophalen van de herinnering pijnlijk was.

'Maria werd zwanger. Dat was niet gepland en het zette alles op scherp. Ik wilde niet terug naar huis, daar had ik niets te zoeken, en Vietnam was geen optie als aanstaande vader. Dat soort missies moet je doen als je vrijgezel bent. Dus bleef ik in München. Trok in bij Maria en Gerda, die vriendin van haar. Ze hadden een kleine flat in Hasenbergl, tweehoog, tussen twee zigeunerfamilies in. Flat is een groot woord, trouwens. Het was meer een hok. Maar het zou allemaal tijdelijk zijn, daar was ik van overtuigd. Ik was van plan voor haar te gaan zorgen. Voor haar en voor de baby. Gepland of niet, we hielden van elkaar.'

'Toch zijn jullie nooit getrouwd. Tenminste, niet dat ik weet.'

'Daar was geen geld voor. Als je moet kiezen tussen gouden ringen en babyspullen, dan is de keuze snel gemaakt. Trouwen zouden we later doen.'

Maier nam zijn vader zwijgend op. Uiteindelijk zei hij: 'En jullie zijn ook niet aan een nieuwe flat toegekomen. Toch?'

Flint wreef met zijn duim over zijn mok. 'We hadden alle goede wil, maar we waren nog erg jong en het was ingewikkeld. Ik sprak wel wat woorden Duits, maar verre van vloeiend. En ik was dol op techniek, nog steeds, maar ik had alleen die legeropleiding. Buiten het leger was er weinig vraag naar onderhoudsmonteurs voor Hueys. Snap je? Er was sowieso niet veel vraag naar Amerikaanse arbeidskrachten in Duitsland... Omscholen, denk je misschien. Daar was simpelweg geen geld en geen tijd voor.' Hij grijnsde hulpeloos. 'Dus, ja. Klotebaantjes die niemand wilde aannemen, daarvoor liet ik me strikken. Het ene moment sta je aan een Huey te sleutelen waar even later in alle vertrouwen mee gevlogen wordt, het volgende moment mag je niet eens een stomme burgerauto verplaatsen. Mag je ze alleen nog poetsen.' Hij snoof en haalde een hand langs zijn neus. 'De kazerne werd opgedoekt in oktober '68. Maria was toen hoogzwanger, die kon een andere baan wel vergeten.' Hij snoof nog eens en keek Maier recht aan. 'Het ging niet echt lekker, alles bij elkaar. Ik kreeg de kriebels.'

Maier bleef onbeweeglijk zitten. Zweeg.

Flint draaide zijn hoofd weg en richtte zijn blik op de heuvels. Het weinige licht dat door de vitrage binnenviel legde een grauwsluier over zijn gezicht. 'Ik was zo jong. Wist ik veel. Ik heb het geprobeerd, maar ik kon het niet aan... Alles werkte tegen. Dus ik ging ervandoor. Laffe hond die ik was.'

'Misschien een rare vraag, maar konden jouw ouders niet helpen? Of Maria's moeder?'

Flint trok ongelovig zijn wenkbrauwen op. Even zag Maier een glimp van de man die hij moest zijn geweest voor zijn ziekte hem in de houdgreep nam. Fel, lichtgeraakt. Hij lag in bed en zag er twintig jaar ouder uit dan hij in werkelijkheid kon zijn, maar Flint was iemand geweest om rekening mee te houden. Daar was geen twijfel over mogelijk.

'Míjn ouders?' Hij deed niet eens moeite om zijn minachting te verbergen. 'Die waren allang blij dat ik het leger in ging, hadden zij rust. Het is niet voor niets dat ik nooit meer terug ben gegaan. En Maria's moeder... Met alle respect voor wat ze later blijkbaar voor jou heeft gedaan; Maria en mij heeft ze laten stikken.' Flint zweeg even. Zei daarna, zacht: 'Een vrouw bij ons in de flat had telefoon. Eens in de maand ging Maria daar naartoe en dan belde ze naar haar moeder in Nederland. Vijf minuten, niet langer, dat was te duur. En veel langer lukte ook niet zonder dat die twee elkaar allerlei verwijten begonnen te maken. Maria ging echt niemand om hulp vragen, dat zat niet in haar aard. In de mijne ook niet, trouwens. Bovendien mocht Maria die Hollander niet, met wie ze hertrouwd was.'

'Hollander?'

'Zo noemde Maria hem: *der Hollander*. Ze haatte hem. Haar moeder had hem blijkbaar nogal vlot na het overlijden van haar vader leren kennen. Ze was met hem getrouwd voordat Maria goed en wel op de hoogte was gebracht van zijn bestaan. Kort na de trouwerij vertrok ze met hem naar Nederland.'

'Wanneer was dat ongeveer?'

'Maria zal denk ik negentien zijn geweest, zeg een jaar voor we elkaar leerden kennen.'

Maier telde in stilte terug. 'Oma heeft niet lang plezier van die vent gehad. Toen ze mij kwam ophalen was ze al weduwe. Vreemd eigenlijk, dat ze in Nederland is blijven wonen terwijl ze een dochter in München had.'

'Het zal wel een geldkwestie zijn geweest. Pensioen of zo. En er was al te veel kapot tussen die twee. Maria voelde zich door haar in de steek gelaten. En dan druk ik het nog zacht uit.'

'Wat was er eigenlijk gebeurd met mijn opa? Waaraan is hij gestorven?'

'Je oma's eerste man, bedoel je? Officieel zou het iets aan het hart zijn geweest, maar neem dat met een korrel zout. Volgens Maria was het drankmisbruik. Hij zoop veel, blijkbaar. Ik heb hem nooit gekend, die ouwe, maar Maria was dol op hem. Ze was een vaderskindje, ze leek op hem, zei ze.' Flint zette zijn mok naast zich op het nachtkastje.

'Wat deed hij voor werk?'

'Hij was architect.' Flint keek Maier recht aan. 'Misschien krijg je nu alles bij elkaar een slechte indruk, maar de familie Maier was geen verkeerd nest. Helemaal niet verkeerd zelfs. Tenminste, niet voordat die ouwe stierf. Want daarna ging alles bergafwaarts. Ze waren niet verzekerd, dus moesten ze verhuizen naar een flat van de sociale woningbouw. En het is, nadat ze emigreerde, nooit meer goed gekomen tussen Maria en haar moeder.'

Maier vouwde zijn handen in een omgekeerde V over zijn neus. 'Oké,' mompelde hij. 'Begrijp ik het goed? Mijn moeder verloor haar vader, en kort erna vertrok haar moeder met een nieuwe man naar Nederland. Dus bleef ze alleen achter. Ze woonde in bij een vriendin, armoe troef, kwam jou tegen en werd verliefd, raakte haar baan kwijt en vervolgens nam jij de benen, terwijl ze hoogzwanger van je was?' Hij keek Flint doordringend aan. 'Is dat het verhaal?'

Flint schudde gedecideerd zijn hoofd. 'Nee. Nee, verdomme. Ik stond op de gang toen je geboren werd. Dat moest van die vroedvrouw, ik mocht er niet bij zijn. Maar toen ik een baby hoorde huilen stormde ik naar binnen, ik kon mijn geluk niet op. Een jongen. Dik en gezond, een zevenponder, zwart haar. Helemaal geweldig.' Zijn ogen werden troebel. 'Het spijt me, jongen. Het spijt me echt dat ik er niet voor je ben geweest. Ik had er mijn schouders onder moeten zetten, maar toen je een paar maanden oud was, ben ik vertrokken.'

'Waarheen?'

Flint maakte een wegwerpgebaar. 'Weg.'

Maiers ogen bleven rusten op een witte ochtendjas die aan een haak in de hoek hing. Aan de binnenkant, bovenin bij de kraag, zat een label ingenaaid. Hij stond op en liep ernaartoe.

Haalde een revers opzij om het label goed te kunnen lezen. SILVESTER H. FLINT stond er in zwart op geborduurd. Hij streek er met zijn vingertoppen over. 'Waar staat de 'H' voor?'

'Harold. Mijn opa aan moeders kant heette zo.'

'Wie heette er Silvester?'

'Mijn vader.' Hij keek weg. 'En jij en ik.'

Maier liep terug naar de fauteuil en liet zich erin zakken. Buiten hoorde hij iemand roepen. Een andere stem reageerde met een kort '*Oui!*' Hij legde zijn hoofd tegen de rugleuning en staarde naar het plafond. Dat was grijs, net als de muren. De kamer deed hem nog het meeste denken aan een ziekenhuis. Alleen de lichtkoof ontbrak, bloemen, en niet te vergeten vrolijke kaarten aan het hoofdeind van zijn vaders bed. Zou iemand Flint ooit een kaartje sturen?

'Ben je teruggegaan naar Amerika?'

'Nee, dat zei ik al. Ik had er niets meer te zoeken. Ik kende een paar jongens van de Warner-kazerne. Ze hadden daar een bioscoop, vandaar dat wij er geregeld kwamen. Er werd ook druk in hasj gehandeld. Snel geld. Ik heb ze opgezocht toen ik mijn boeltje bij je moeder had gepakt.'

'Je bent in drugs gaan handelen?'

'Min of meer. Het was misschien geen eerzame business, maar ik kon er in elk geval goed van rondkomen.' Flint hield op met peuteren en zocht Maiers blik. 'Ik moest vaak aan jou denken. En aan je moeder. Ik stuurde jullie regelmatig geld, maar Maria stortte het consequent terug. Ze verrekte het gewoon om die centen aan te nemen.' Hij maakte een hulpeloos gebaar.

'Als ik iemand tegenkwam die oké was en in München moest zijn, stopte ik ze centjes toe om die persoonlijk naar jullie te brengen. Maria kafferde die lui van de deur weg. Die verdomde trots van haar. Op een gegeven moment ben ik ermee opgehouden. Ik was er klaar mee. Ik had mijn best gedaan, vond ik. Gelul, natuurlijk.'

'Er was nooit geld.'

'Nee, natuurlijk niet. Dat wist ik ook wel. Gerda is later verhuisd, had ik begrepen, maar Maria is met jou daar in die flat blijven zitten.' Hij keek aarzelend op. 'Ik wist niet dat het zo serieus was. Als ik het had geweten…'

'Wat dan?'

Flint schudde onwillig zijn hoofd en vertrok zijn gezicht alsof hij pijn had. 'Als, als, als. Zinloos geouwehoer. Het is gelopen zoals het liep. Klaar.' Even zei hij niets, keek daarna op naar Maier. 'Heb je tijd? Of moet je nog ergens zijn vandaag?'

'Tijd waarvoor?'

Flint maakte een hoofdbeweging naar het raam. 'Ik zou het fijn vinden om even een frisse neus te halen. Wandelen.'

Maier knikte naar de rollator die naast het bed stond. 'Met dat ding?'

'Als je het niet erg vindt om te duwen: er staat een rolstoel op de gang.'

42

Maksim zat tegenover Vadim in De Hemel, een grand café met hoge plafonds, niet ver van het station. De ruiten waren deels gezandstraald, zodat passanten alleen schimmen waarnamen van mensen die binnen aan de donkere, houten tafels zaten.

Het was zondagmiddag en als vanouds was er relatief veel jeugd op de been. Lawaaierig en overmoedig hing een groep studenten aan de bar. De muziek stond hard. Niemand besteedde aandacht aan de twee mannen die aan een ronde tafel in de hoek bij het raam zaten.

Maksim nam een slok van zijn wodka en keek Vadim verwilderd aan. Hij had rode vlekken in zijn nek, viel Vadim op. Het sierde hem niet. Hij leek nu nog sterker op een Poolse arbeider.

'Het was Robby's BMW, daar was Pavel heel stellig over,' verzekerde Maksim hem. Hij keek nerveus om zich heen. 'En Robby is vanochtend niet komen opdagen. Ik heb een paar keer geprobeerd hem te bellen, maar zijn mobiel staat uit.'

'Dat hoeft nog niet te zeggen dat –'

'Hij slaat nooit over.' Maksim maakte een gefrustreerd armgebaar. 'Geen dag. Sinds jij dat wijf hebt gebracht, is hij elke dag langsgekomen. Hij is geobsedeerd van d'r... Of wás... Hoe dan ook, ik klets niet uit mijn nek. Het kan gewoon niet anders. Robby is dat lijk. Iemand heeft hem gemold, ik zeg het je. Ik zie geen andere mogelijkheid.'

Vadim leunde wat naar achteren. 'Even rustig nu. Stel dat Robby iemand in zijn eigen auto heeft gemold. Alles is uit de hand gelopen, grote fik, Robby neemt de benen. In dat geval komt hij ook niet bij je langs de volgende dag, en staat zijn mobiel net zo goed uit.'

'Róbby? Iemand mollen? Nee. Is niet zijn ding.'

'Ook niet als het een vrouw is?'

Maksim schudde stellig zijn hoofd. 'Hij is wat typisch, maar moord? Uitgesloten.'

'En andersom?'

'Hoe bedoel je?'

'Misschien was een van zijn vriendinnen hem beu.' Bij het uitspreken van het woord vriendinnen krauwde Vadim met zijn vingers in de lucht en grijnsde er vreugdeloos bij.

'We missen niemand.'

Vadim nam een slok van zijn koffie en keek somber naar de vloer. Houten vloerdelen waarvan de meeste lak was afgesleten. 'Oké, goed,' zei hij uiteindelijk. 'Als je ervan uitgaat dat dat lijk Robby is, heb je dan een idee wie het gedaan zou kunnen hebben?'

'Als ik dat eens wist.'

Vadim zette zijn ellebogen op het tafeltje. 'Waarom heb je mij gebeld?'

'Snap je dat niet? Een verkoold lijk in een uitgebrande auto... Dat is niet best, man. De mensen weten dat Robby bij ons kind aan huis is. Iedereen weet dat. Straks komen de wouten vragen stellen. Dat gesodemieter moet ik niet hebben, verdomme. Die *suki* van mij zijn geïnstrueerd, die zeggen niets, die kijken wel uit. Maar dat wijf van jou, Vadim? Sta jij voor haar in? Ik niet. Begrijp je?'

'Rustig aan. Wanneer is hij gevonden?'

'Vanochtend.'

'En wanneer heb je hem voor het laatst gezien?'

Maksim haalde hoorbaar adem. Het had iets weg van hijgen. Hij was echt bang. 'Gisteravond halftien.'

'Is-ie daarna naar huis gegaan?'

Maksim schudde zijn hoofd. 'Hij gaat vrijdags altijd naar de kroeg. Vaste prik.'

'Gisteren ook?'

'Volgens Pavel wel. Die heeft hem daar nog gezien. Weet je… ik heb hier helemaal geen goed gevoel over. Helemaal niet. Wie zou Robby nou te grazen willen nemen? Niemand had iets tegen die jongen.'

Het lag op het puntje van zijn tong om te antwoorden: *Buiten de tientallen vrouwen die hij te grazen heeft genomen?* 'Dat weet je niet,' zei hij. 'Dat weet je nooit.'

Maksim kneep geërgerd zijn ogen tot spleetjes. 'Waarom zeg je dat? Weet jij hier misschien meer van?'

Vadim zweeg. Die Oekraïner wist prima hoe hij hem het bloed onder de nagels vandaan moest halen. En het trieste ervan was dat hij het niet eens met opzet deed. Dit was het niveau waarop Maksim opereerde.

'Je bazelt. Jouw personeel interesseert me niet.'

'Vadim, man, luister even.'

'Ik doe niets anders.'

Maksim boog zich over de tafel naar hem toe. 'Die wouten willen me pakken. Ze hebben eerder dit jaar al een inval gedaan, dat heb ik je verteld. Toen hadden ze niets, ze konden niets bewijzen. Maar ze zijn pissig. Ze zullen alles aangrijpen om me kapot te maken. Ik vind het te riskant. Die griet van jou moet weg.'

'Hou jij je hoofd er eens bij, man. Robby is voor het laatst in de kroeg geweest, dan gaan ze eerst daar vragen stellen. Heeft - ie familie?'

'Zijn moeder en twee zussen.'

'Nou, dat houdt ze wel bezig. Maak je niet druk. Die gasten hebben voorlopig hun handen vol. Als ze al bij jou aankloppen, is het alleen maar om een paar vragen te stellen. Zelfs als ze je van moord verdenken, zullen ze nog niet snel een huiszoeking verrichten. Daar hebben ze geen reden voor. *Chill.*'

'Lukt me niet.' Maksims stem kreeg een vertrouwelijke toon. 'Vadim. Je weet dat ik je niet zomaar zou bellen. Niet meer na... Nou ja, de vorige keer. Ik heb er gewoon geen goed gevoel bij. Ik ben...' Hij balde zijn vuisten. 'Verdomme, ik baal hiervan.'

'Goed. Duidelijk. Geef me de tijd om wat anders te regelen.' Vadim schoof zijn stoel naar achteren en ging staan. Legde zijn handen plat op de tafel. 'Maar wat je ondertussen ook doet, vriend: je houdt haar bij je. Als je haar kwijtraakt, heb je pas echt een probleem.'

43

Maier duwde de rolstoel over het hobbelige wegdek. Het ging niet zo vlot als hij zou willen. De weg naar het dorp leek vlak genoeg als je er met een comfortabele auto overheen reed. In werkelijkheid liepen de kanten verraderlijk steil af in grove asfaltbrokken, die zich vermengden met de rode klei en losse stenen in de berm. In het midden van de weg lopen was onmogelijk. Passerende auto's minderden nauwelijks vaart. De slipstream gaf hun steeds een zijdelings duwtje. Flints wollen sjaal wapperde over zijn knokige schouders.

Ze waren een klein halfuur aan het wandelen. Maier was enigszins opgelaten aan de tocht begonnen. Hij kende Flint nog maar net. Het leek hem misplaatst om nu ineens spreekwoordelijke rondjes in het park te gaan lopen alsof hij de oude man wekelijks bezocht. En zo oud was hij niet eens. Wel ziek. Ziek en uitgeteerd. Er zat een scherpe, wakkere geest opgesloten in een vermoeid lichaam dat eens sterk en gespierd moest zijn geweest, ontzag had ingeboezemd, maar er vroegtijdig de brui aan had gegeven.

Leverkanker, had Flint hem zojuist verteld. Met talloze uitzaaiingen. Niets meer aan te doen. Hij had zich ermee verzoend en wilde het bij deze informatie laten. Meer woorden eraan vuilmaken vond hij zonde van de schaarse tijd.

Eerder dan de verplichting die het bij aanvang had geleken, was de wandeling aan de voet van de Mont Sainte Victoire verbazingwekkend snel uitgegroeid tot iets wat hij mócht doen: de rolstoel duwen van zijn vader, zijn enige familielid, die overduidelijk genoot van het gezelschap en het buiten zijn. Die lange handen van hem gekruist op zijn schoot. Kin geheven. Ogen die alles nog zagen.

'Hoe en wanneer ben je eigenlijk hier terechtgekomen?' vroeg Maier.

'In Puyloubier?'

'Nee, dat geloof ik wel. Ik bedoel in het Legioen.'

'Toen ik er zo'n rotzooi van had gemaakt dat ik geen uitweg meer zag, heb ik me aangemeld. Ik mocht vijf jaar blijven. Daarna kon ik kiezen en heb ik weer voor de volle vijf jaar bijgetekend.'

'Waarom?'

'Het gaf structuur. Ze houden je bezig, zodat je zelf geen idiote dingen gaat verzinnen. Dat had ik nodig. Iedereen streeft naar vrijheid, het wordt als het hoogste goed gezien, maar uiteindelijk is vrijheid geen weelde maar een last, voor mij wel tenminste. Ik maakte mezelf gek.'

'Hoezo?'

Flint schudde zijn hoofd. Zweeg.

'Waarmee dan?' drong Maier aan.

'Die rusteloosheid.'

Maiers ogen vernauwden zich. 'Rusteloosheid,' herhaalde hij zacht. Hij had blijkbaar meer met die man gemeen dan alleen wat fenotypische eigenschappen, zoals blauwe ogen en donker haar.

'Ik weet niet hoe ik het anders moet omschrijven,' ging Flint door. Hij verhief zijn stem om zich verstaanbaar te maken. 'Moeite me te binden. Wilde niet te lang op één plek blijven.

Snel verveeld. Zodra het erop ging lijken dat ik gesetteld raakte, deed ik wel iets waardoor alles op zijn kop kwam te staan. Ik zocht grenzen op. Letterlijk en figuurlijk kun je wel stellen. Dat zag ik toen niet. Ik ben pas de afgelopen tijd gaan inzien dat ik verkeerd bezig was.' Hij draaide een slag in zijn stoel en keek Maier een moment indringend aan. 'Ik heb mensen pijn gedaan, Silvester. Ik heb hun levens verziekt, en het mijne erbij. Dat is niet iets om trots op te zijn.' Hij greep de leuningen van zijn stoel beet en keek weer voor zich. 'Eigenlijk is het allemaal heel simpel. Je wordt verliefd, je trouwt, je krijgt kinderen. Je krijgt die basis in de schoot geworpen, als je geluk hebt tenminste. Een vast omkaderd, veilig, duidelijk, warm geheel waarin je een plek hebt. Een functie. Verdomme, als je zoiets moois toegeworpen krijgt, dan is dat waarvoor je hoort te leven. Zodra je je daaraan onttrekt, zodra je je losscheurt en gaat zwalken, dan word je geconfronteerd met die vrijheid en met al die keuzes, richtingen, mogelijkheden. Daar draai je van door. Mensen zijn er niet voor gemaakt. Beperking is gezond. En structuur heb je nodig. Structuur van familie, een gezin.'

'Een leger.'

Flint knikte. 'Als je de rest hebt verkloot, ja. Als surrogaat. Vergis je niet: we hebben het verschrikkelijk goed hier. Allemaal. We zitten het hier met meer dan honderd man verschrikkelijk goed te hebben. Tot aan onze dood dagelijks ontbijt en twee warme maaltijden, een mooi klimaat en goede medische verzorging. Maar wat heb je eraan als je verdomme uitsluitend herinneringen hebt aan dingen die je hebt gesloopt? Kapotgemaakt?'

'Vermoord?' probeerde Maier.

'Ze leiden je hier niet op voor kleuterjuf,' zei Flint op een toon die niet uitnodigde erop door te vragen. 'En de drugsbusiness is ook al geen charitatieve instelling. Wil je cijfers?

Ik ben verdomme de tel kwijtgeraakt.'

Ik ook! wilde Maier schreeuwen. De drang om alles eruit te gooien werd met de seconde sterker. Om deze man – zijn vader – te vertellen wat hij allemaal had uitgevreten en waarom. Hij zou het begrijpen, misschien als enige écht begrijpen.

'En jij? Kun jij trots zijn?' vroeg Flint.

'Waarop?'

'Op jezelf, dingen die je hebt bereikt.'

'Misschien wel,' loog Maier. Hij ging het niet vertellen. Het zou hem tijdelijk verlichting bieden, en zijn vader onnodig belasten. 'Ik heb een groot bedrijf gehad, in software. Aan geld geen gebrek.'

'Mooi. Dus die dikke sportauto van je is met eerlijk geld gekocht?'

'Ja.'

'Is er liefde in het spel?'

'Niet meer.'

'Nee?'

Maier zweeg.

'Weet je wat ik bedacht, jongen?' ging Flint door. 'Je bent net op tijd. Dat is niet iedereen gegeven, om op tijd te komen. In werkelijkheid zijn mensen vaak te laat. Het zit in hun aard. Dingen uitstellen, eromheen draaien. Spijt en schuldgevoel zijn gangbaarder dan trots en dankbaarheid. Da's erg. Ik heb mijn korte leven vergooid omdat ik dacht dat ik mijn vrijheid nodig had. Dat was bullshit.' De man draaide zijn gezicht en lichaam een beetje naar hem toe. De rolstoel helde licht over naar rechts en Maier moest hem corrigeren. 'Misschien is het voor jou anders. Het zou fijn zijn als het voor jou niet op zou gaan. Als jij het beter zou doen dan ik. Als die gedachtecarrousel die je in je kop afspeelt voor je gaat slapen, voor er een definitief einde aan komt, ook positieve herinneringen bevat. Blije gezichten.'

Ongemerkt waren ze uitgekomen bij de begraafplaats die tussen het domein en het dorp lag en die hij sinds zijn komst al verschillende keren gedachteloos was voorbijgereden.

Flint maakte een armgebaar naar links. 'Kom, hierheen.'

De oprit naar de begraafplaats helde licht naar beneden. Maier verstevigde zijn grip op de handgrepen. De verzameling zerken was omzoomd met een hoge heg, die de laatste rustplaats voor legionairs scheidde van de zanderige parkeerplaats ervoor. Er stonden oude naaldbomen met zware, laaghangende takken die vlekkerige schaduwen wierpen over het perceel.

Ze kwamen aan bij een hek. In het midden was een ingang, een hoge poort, opzichtig afgesloten met een zwaar kettingslot.

Zwijgend zette Maier de rolstoel recht voor de poort, trok de rem op een van de wielen aan en ging naast zijn vader staan. De zoveelste begraafplaats, schoot het door hem heen. Hij haalde zijn neus op en probeerde zich te vermannen. Keek naar Flint, die strak voor zich uit staarde, zijn blik gericht op een plek ergens boven het sintelpad en de talloze, keurig naast elkaar gerangschikte zerken.

'Dit is de zekerheid die we hier allemaal hebben,' hoorde Maier hem zeggen. 'Dat we hier komen te liggen, vroeg of laat. Bij mij gaat het niet lang meer duren.' Flint greep Maiers hand beet en trok hem krachtig naar zich toe. Zijn stem trilde licht toen hij zijn hoofd oprichtte. De blik van de zieke man boorde dwars door Maiers ziel. 'Weet je wat ik altijd heb gehoopt, jongen? Dat ik niet begraven zou worden als soldaat, maar als mens. Als vader.'

44

Het was al donker toen hij de parkeerplaats op liep en in zijn jack zocht naar de sleutel. De parking werd matig verlicht door een halvemaan en wat lantaarns die aan de randen stonden.

Hij werd zo in beslag genomen door zijn gedachten dat hij in eerste instantie niet in de gaten had dat hij niet alleen was. Pas toen hij het portier van zijn Carrera vastgreep, zag hij vanuit zijn ooghoeken beweging.

Een vrouw kwam op hem afgesneld. Ze was redelijk slank, had een donkere huidskleur, hoge jukbeenderen en haar gitzwarte haar zat weggewerkt onder een bandana van rood katoen. Jeans, sneakers, geen sieraden. Voor hij ook maar iets kon zeggen of doen stak ze hem een hand toe.

'Meneer Maier? Joyce Landveld, recherche Brabant Zuid-Oost.' Ze toonde haar legitimatie. Een plastic kaartje met haar pasfoto. 'Ik moet u dringend spreken.'

Sil was meteen op zijn hoede. Een rechercheur uit Nederland die hem hier, in het diepe zuiden van Frankrijk, op een parkeerplaats opzocht?

Niemand wist waar hij was. Niemand kón dat weten.

Hij drukte haar de hand. Die voelde warm en droog. Haar ogen hadden een prachtige tint bruin, met goudkleurige stippen. Het was onmogelijk dat over het hoofd te zien. Eén oog zat enigszins dichtgedrukt, alsof ze had gevochten.

'Ik geloof niet dat ik dit begrijp,' zei hij, amper in staat om zijn argwaan te maskeren. De gesprekken met zijn vader hadden zijn scherpte doen afnemen. Zijn hoofd tolde van alle informatie.

'Dat kan ik me voorstellen. Ik overval u natuurlijk.' Ze had een prettige stem. Een warm, beetje hees geluid met een licht Surinaams accent.

Hij speurde de parkeerplaats af, maar er was verder geen mens te bekennen. Was ze echt alleen? Een eind verderop stond een Citroën C3 geparkeerd, die van haar zou kunnen zijn. Frans kenteken – gehuurd? In dat geval was ze per vliegtuig gekomen. Wat kon er belangrijk genoeg zijn om een rechercheur vanuit Nederland naar Frankrijk te laten vliegen? Had de politie in München hun Nederlandse collega's gealarmeerd? Nee. Belachelijk. Voor zoiets als mishandeling werden echt geen vliegtickets beschikbaar gesteld.

'Waar gaat dit over?'

'Mag ik Sil tegen je zeggen? Dat is je voornaam, toch?'

'Waar gaat dit over?' herhaalde hij, en hij keek speurend om zich heen.

'Ik ben hier alleen. Zullen we even ergens anders naartoe gaan? Ergens waar we rustig kunnen praten?'

'Zoals?'

'Ik heb van een legionair vernomen dat je in Venelles logeert. Dat zou hier niet ver vandaan zijn. Ik rij wel achter je aan.'

45

Vadim had het sneller geregeld dan hij had kunnen vermoeden. Een contact van Anton kon Susan in Duitsland opvangen, vanaf morgen kon hij haar daar kwijt. Geen bordeel deze keer, maar een gewone flat in een doorsneewijk, waar zo nu en dan hoeren een dag of dagdeel werkten. De kans op een politie-inval was er minimaal en Susan zou er voorlopig goed zitten.

Toch was het verre van ideaal. Er werd van hem verwacht dat hij wekelijks huur betaalde én een flink bedrag extra voor haar verzorging en bewaking. Daarbij lag Düsseldorf op twee uur rijden van Susans appartement, bijna anderhalf uur verder dan Eindhoven.

Desondanks was deze optie beter dan Susan in Eindhoven te laten. Vadim vertrouwde Maksim niet meer. Hij was geschrokken van de angst die hij bij de Oekraïner had bespeurd. Als Maksim zo snel van de kook was – een afgefikt lijk, een mógelijke ondervraging door de politie – dan was het niet verantwoord om haar nog langer onder zijn hoede achter te laten.

Hij moest Susan Staal zo snel mogelijk in Düsseldorf zien te krijgen.

46

Hij stond met zijn rug naar haar toe om koffie te zetten. Dat was in elk geval iets, een goed teken misschien, dat hij haar de rug durfde toe te keren. Tot enkele minuten geleden had hij haar namelijk onafgebroken geobserveerd, met een aan vijandigheid grenzende houding. Ze had haar charmes in de strijd gegooid in de hoop hem toegankelijker te krijgen. Zonder resultaat. Hij hapte niet. Sil Maier liet zich niet afleiden en leek dwars door haar pose heen te kijken. Ze wist niet tot hoever zijn blikveld reikte, en wat hij precies aantrof. Het had haar even verontrust. Maar nu stond hij koffie te zetten en daarmee leek zijn ergste wantrouwen overwonnen.

Nu pas kon ze hem in alle rust bekijken. Jeans, bergschoenen, en een beige katoenen shirt zonder opdruk, waarvan hij de mouwen tot halverwege zijn onderarmen had opgestroopt. Brede schouders, rechte rug. Hij had een goed lijf. Een bijzonder goed lijf zelfs.

Ze weekte haar ogen los van Maiers rug en keek op haar horloge. Tien over acht. Over een klein uur wilde ze in de auto zitten en onderweg zijn naar Nederland – mét Maier. Rijden zou langer duren, maar samen met hem in het vliegtuig stappen was onverstandig. Ze moest er rekening mee houden dat het uit de hand kon lopen, en dan waren passagiersgegevens makkelijk te traceren. Meerijden in zijn auto was het handigst. Zo bleef ze zelf zoveel mogelijk buiten beeld, kon ze hem in de gaten houden en hem tijdens de tien, elf uur durende trip beter leren kennen. De sleutel van de C3 kon ze ongetwijfeld hier achterlaten, Brigitte zou de wagen desgevraagd terugbrengen naar Hertz.

Maar voor het zover was, moest Maier wel meewerken. Tot dusver liep het gesprek allesbehalve soepel. Hij bleef op zijn hoede, was ongelooflijk moeilijk te peilen. Ze kon zich moeiteloos voorstellen dat zelfs een doorgewinterd stel rechercheurs zich op hem zou stukbijten.

Maar daar was ze op voorbereid.

Met twee mokken in zijn handen draaide hij zich om. Hij zette ze op de houten eetkamertafel, graaide wat suikerzakjes van het aanrechtblad en wierp ze erbij. Ging tegenover haar zitten. Plantte zijn ellebogen op tafel en keek haar indringend aan. 'Nou. Voor de draad ermee.'

Joyce bukte om haar sporttas naar zich toe te trekken, ritste een zijvak open en haalde er een kartonnen A5-envelop uit. Daarin zaten enkele foto's, die ze over het tafelblad naar hem toe schoof. 'Bekijk deze eens.'

Maier trok de foto's naar zich toe. De bovenste was zwartwit, een grofkorrelige afdruk op glanzend papier. Het leek erop dat de foto was gemaakt met een infraroodcamera en later was bewerkt om meer contrast te krijgen. De afbeelding was echter duidelijk genoeg: een man met een bivakmuts stond naast een allroadmotor, zijn helm lag op de zitting. In zijn hand stak een pistool met een dikke verlenging op de loop – een geluiddemper. Het kenteken van de motor was duidelijk in beeld. Op de volgende foto was dezelfde man te zien, met dezelfde motor, alleen droeg de man nu een volle rugzak. Op de derde zat hij gehurkt in een vensterbank, nog steeds gemaskerd, zijn pistool in de aanslag.

Maier keek even op. Zijn gezicht toonde geen expressie.

'We hebben dat op film staan,' legde Joyce uit. 'Dit zijn een paar *stills* uit die film.'

Hij reageerde niet.

'Venlo, Club 44,' ging Joyce door. 'Vorig jaar oktober. De data staan achter op de prints.'

Maier griste de volgende foto uit de stapel. Die toonde een kamer met omvergeworpen meubilair. Op de grond lag een gezette man in pak, zijn ogen staarden naar het plafond. Er zat een rond gat in zijn jukbeen en een ter hoogte van zijn hart. Een plas bloed lag om zijn hoofd en romp, zacht glanzend in het kunstlicht, als een inktzwarte aura.

'Die man moet je bekend voorkomen, toch?' zei Joyce.

Geen reactie, Maier knipperde niet eens met zijn ogen. Vluchtig keek hij de rest van de foto's door, maakte er vervolgens een stapeltje van alsof het een set kaarten betrof, en schoof ze over het tafelblad naar haar terug.

Pakte daarna zijn mok van tafel en nam een slok.

Zei niets.

Hij leek de rust zelve. Gewoon een man die aan een keukentafel zijn koffie dronk en in gedachten de gebeurtenissen van de dag doornam.

Zijn onverstoorbaarheid verontrustte haar. In haar werk en daarbuiten had ze vaak genoeg met mensen – mannen vooral – te maken gehad die op een of andere manier de mogelijkheid ontbeerden om wroeging te voelen of emoties te tonen. Empathische vermogens waren ook al niet iedereen gegeven. De wereld was vergeven van psychopaten. De meesten vertoonden hun kunsten onopvallend en betrekkelijk onschuldig in het bedrijfsleven. Het waren de nietsontziende ratten in kaderfuncties, met hun stropdassen en snelle babbel.

Af en toe had een psychopaat andere interesses. Waren ze schadelijker, donkerder. Ging het hun niet primair om geld of status, maar om andere kicks: de ultieme macht uitoefenen, een ziekelijke, onstuitbare drang om te heersen over leven en dood. En dan was er een levensgevaarlijke, angstaanjagende situatie geboren, die steeds penibeler werd naarmate het intelligentiequotiënt van de dader toenam.

Zelfbehoud was de reden dat ze zich nooit aan Maier kenbaar had willen maken. Want hoeveel ze ook over hem dacht te weten, als het erop aankwam wist ze niets. Haar gegevens bestonden uit data, foto's, films, het verloop van zijn bankrekeningen, zijn actieradius en creditcardaankopen. Omdat ze zijn e-mail onderschepte wist ze dat hij foutloos schreef en zijn berichten – behalve die aan Susan – zakelijk en kort hield. En ze wist dat hij net als zijzelf geen talent had om dingen in leven te houden. De mensen die hij om zich heen verzamelde stierven al net zo vlot als de kamerplanten in haar woonkamer. Toch was er nooit iemand van haar collega's, niet van haar eigen korps noch van andere, op het idee gekomen om serieuze vraagtekens bij de persoon Sil Maier te zetten en een onderzoek naar hem te starten. Dat zei wat over haar collega's. Maar het zei vooral veel over Maiers capaciteiten. Heel veel.

Als ze niet tijdelijk op de CIE had gewerkt, had ze de foto van Susan Staal niet onder ogen gekregen. Dan had ze zich nog steeds kunnen wentelen in de geruststellende wetenschap dat Maier niet van haar bestaan op de hoogte was, en haar daarom logischerwijs ook nooit iets zou kunnen of willen aandoen.

Maar ze hád die foto nu eenmaal gezien. En ze zat vol – *boordevol* – frustraties over mannen als Maksim Kaloyev en waar ze voor stonden. En ze was er rijp voor om een risico te nemen, de protocollen aan de kant te schuiven.

Alles klopte. Dat al die dingen zo naadloos op elkaar aansloten, met zo'n genadeloze precisie, was geen toeval.

Het was een teken.

Ze keek opnieuw op haar horloge. Kwart over acht.

'Moet je ergens heen?'

Joyce keek geschrokken op. 'Sorry?'

'Je schijnt de tijd nogal belangrijk te vinden.' Hij wierp een blik op de glazen schuifpui. Buiten was het donker, het glas fungeerde nu als spiegel.

Ze zag zichzelf zitten. Rug recht, benen gekruist onder haar stoel. Eén voet die onophoudelijk heen en weer schoot – een zenuwtrek.

'Ik ben hier alleen,' zei ze.

'Om deze foto's te laten zien? Ik heb er niet echt verstand van, maar ik denk niet dat je er veel prijzen mee gaat winnen. Ze zijn niet eens scherp.'

'Het kenteken van de motor stond op jouw naam. Jouw adres.' Ze greep haar mok met beide handen beet. 'De meeste lijken zijn geruimd door de boeven zelf. Die waar wij over struikelden, hadden toevalligerwijs schotwonden die volgens de collega's van wondballistiek waren veroorzaakt door hetzelfde wapen. Vrijwel zeker een .45. Mooi kaliber.'

Maier nam een slok koffie. Zijn adamsappel bewoog op en neer onder zijn eendagsbaard. 'Kan zijn.'

'Het slechte nieuws is nu wel duidelijk, lijkt me: we zijn op de hoogte van je activiteiten. We hebben je zo'n anderhalf jaar gevolgd en weten in grote lijnen waar je mee bezig bent, van een aantal zaken zelfs tot in de details.'

Hij luisterde met lichte desinteresse. Alsof haar verhaal hem verveelde, ze iemand was die op een verjaardag bij hem was komen zitten en maar bleef doorzaniken over de handel en wandel van mensen die zij alleen kende.

Joyce liet zich niet ontmoedigen. 'Voor ik in Eindhoven

kwam werken,' ging ze door, 'was ik onderdeel van een team dat zich bezighield met vrouwenhandel. Je kwam scherp in beeld toen je je ging bemoeien met Club 44. Jij postte daar lange tijd, vooral in een café schuin tegenover de hoofdingang. Ik en een paar collega's waren daar ook geregeld. Jij was alleen, altijd alleen. Met snor en bril, nauwelijks herkenbaar. Knap gedaan. Als je niet al eerder mijn aandacht had getrokken, had je me met die vermomming om de tuin kunnen leiden.' Ze pauzeerde even. Haar ogen zochten de zijne. Hij keek nog steeds onbewogen terug. 'Moet ik doorgaan, Maier? Wat wil je nog meer weten? Want ik weet verrekte veel over je.'

'Gelul.'

Ze grinnikte vreugdeloos. 'Dat zou ik in jouw plaats ook zeggen.'

'Wat is het goede nieuws?'

'Ik ben hier op persoonlijke titel. Je geheim is veilig bij me. Er is nooit een officieel dossier aangemaakt.'

'Waarom niet?'

Joyce greep de foto's en borg ze weg in de envelop en vervolgens de tas. 'Omdat ik dat niet wilde. Ik had een vermoeden dat deze kennis en bewijzen me nog eens van pas konden komen.'

Hij nam nog een slok koffie en keek haar taxerend aan. 'Leg uit.'

'Laat me eerst dit vertellen. Ik ben niet meer officieel in executieve dienst. Een paar maanden geleden heeft de korpsleiding me naar aanleiding van een akkefietje overgeplaatst naar een administratieve functie. Er is een goede kans dat ik terug kan naar mijn team, maar voorlopig is daar nog geen sprake van. Het houdt in dat ik geen recht meer heb om een wapen te dragen en dat er van mij verwacht wordt dat ik me niet meer actief bemoei met de lopende zaken. Ik spreek geen verdachten, ik verricht geen aanhoudingen.' Joyce had er moeite mee haar verhaal te doen. Het kostte tijd en de klok tikte door. Er was nog zoveel te doen als ze hem eenmaal over de streep had getrokken. Maar het was van het grootste belang dat wat ze te zeggen had duidelijk overkwam. Alleen dan zou Maier er niet te veel vraagtekens bij zetten.

Ze wilde dat hij haar vertrouwde. In wezen kon hij dat ook. Ze vertelde hem grotendeels de waarheid. Uit puur lijfbehoud moest ze een deel voor zichzelf houden.

'Wat heb je gedaan?'

'Ik heb twee maanden geleden tijdens een verhoor mijn pistool op iemands hoofd gezet. De betrokkene was een beruchte crimineel. Vuurwapengevaarlijk, honderdtwintig kilo pure verdorvenheid.' Haar gezicht betrok. 'Om hem een hond te noemen zou een belediging zijn voor de *canis familiaris*. Hij was twee keer veroordeeld voor verkrachting, zo'n acht jaar geleden voor het laatst. Daar was hij echt niet zomaar mee opgehouden, zoiets wéét je gewoon, je voelt het, dat soort types gaat niet ineens braaf bij moeder de vrouw thuiszitten. Hij was alleen slimmer geworden, uitgekookter. Gevaarlijker. We hadden zijn gangen nagetrokken en hij bleek alleen al in het afgelopen jaar drie keer naar Thailand op vakantie te zijn geweest. Maar ja, dat gegeven op zich zegt niets natuurlijk, in de rechtszaal. Je mag naar Thailand op vakantie, dat is niet tegen de wet.' Ze gromde van frustratie. 'Ik had graag gehad dat het stuk stront die 9mm had opgevangen, dat hij te dood was geweest om me nog verder te kunnen tegenspreken, naar me te spugen en gore opmerkingen te maken... Maar een collega greep in.'

Het waren slechts kleine verschillen in lichaamshouding en de lijntjes rond zijn ogen en mond, maar ze herkende ze. Daar was ze op getraind.

Hij hing aan haar lippen.

'Waarom vertel je me dit?' vroeg hij.

Joyce trok een zakje open en schudde de suiker in haar koffie. Omdat een lepel ontbrak, liet ze het vocht in de mok rondwalsen. 'Ik vind het belangrijk.'

'Belangrijk?'

'Dat je de context kent.'

'O, dit is alleen nog maar de introductie?' zei hij sarcastisch.

Ze legde haar onderarmen op het blad en negeerde zijn opmerking. 'Er is een tent in Eindhoven, bij het station. Een naamloos bordeel waar je niet zomaar even naar binnen loopt. Het pand en de vrouwen die er werken zijn in handen van Maksim Kaloyev, geboren en getogen in Odessa, Oekraïne. We hebben er afgelopen lente met een tactisch team een inval gedaan, omdat we tips hadden gekregen dat er sprake was van gedwongen prostitutie. Zes vrouwen zaten er binnen, van wie vijf onder de twintig. Maar we hebben niets kunnen bewijzen. Kaloyev lachte ons in het gezicht uit.'

Joyce wilde zo koel mogelijk blijven, maar de emotie dreigde het over te nemen. Het zat te diep. Ook al kon een blinde kip nog weten wat er zich tussen die vier muren afspeelde, voor de wet hadden ze onvoldoende kunnen bewijzen. De vrouwen deden geen aangifte. Ook al zaten ze onder de blauwe plekken, werden er vage brandwonden in hun liezen aangetroffen, brandmerken op hun voetzolen, hadden ze beurse plekken en oppervlakkige snijwonden: dat had allemaal niets te betekenen. Ze deden alles uit vrije wil.

Zeiden ze.

En dus gingen de klootzakken stuk voor stuk vrijuit.

De vrouwen van wie de papieren niet in orde waren, werden gezien als illegale prostituees en het land uitgezet. In hun bronland – Roemenië, Bulgarije, Litouwen, Rusland – zouden ze met een beetje pech al op de luchthaven worden onderschept door een omgekochte douanier, en opgehaald door hun 'eigenaars', die hen opnieuw tewerk zouden stellen of zouden doorverkopen, maar dan naar elders: Italië, België, Scandinavië. Overal was vraag naar seksslavinnen.

Jim had haar zo vaak gezegd dat ze zich ervoor moest afsluiten. Dat ze op een dag nog zou doordraaien als ze dat niet snel genoeg leerde. Hij werkte in het ziekenhuis op de eerstehulp en hij werd zo vaak geconfronteerd met mensen die onder zijn handen stierven dat het bijna routine was geworden. Als híj zich al die doden persoonlijk zou aantrekken, zou hij zelf geen normaal leven meer kunnen leiden.

Joyce kon niet zo denken. Ze zat anders in elkaar. Hoe kon ze plezier maken in de wetenschap dat zoveel vrouwen – meisjes nog – op hetzelfde moment doodsbang waren?

Zij zou ze moeten beschermen, dat was haar werk. Zij zou die kerels moeten pakken, zorgen dat ze werden opgesloten. Maar in plaats daarvan werd ze in haar gezicht uitgelachen.

'Het zijn klootzakken, Maier. Ze kennen de wet en ze weten precies wat ze wel en niet kunnen maken. Ze kunnen in de meeste gevallen werkvergunningen en visums van hun "personeel" overleggen. En die meisjes zijn op hun beurt te bang om met ons te praten. Die kijken wel uit. Je kunt ze verhoren wat je wilt, maar ze zitten stug naar hun tenen te kijken en ontkennen alles.' Ze snoof. 'Eén keer heb ik een meisje ondervraagd dat zichtbaar zwanger was. Ze zei dat het van haar vriendje was, maar toen we daarop doorvroegen hield het verhaal geen stand. Ze had geen vriendje en was al zeven maanden in Nederland, het moest van een klant zijn. En weet je hoe oud ze was? Véértien! Een kind! En ik kon niets anders doen dan haar laten uitzetten, húp, terug naar Roemenië. En ik wist op dat moment dat ze daar ook niet veilig zou zijn. Die vrouwen zijn handelswaar, geen mensen. Ze hebben geen rechten.' Ze hief haar kin strijdbaar en haar ogen flikkerden. 'Ik ben het beu. Ik ben dat tuig zo godvergeten beu, dat wil je niet weten. De wereld zou zoveel beter zijn als monsters zoals Kaloyev er niet meer op zouden rondlopen.'

'Het is een grote, boze wereld,' merkte Maier op. 'Wat heb ik hiermee te maken?'

Joyce draaide haar hoofd weg en keek naar het bed, dat op een verhoging van rots was vastgeschroefd en indirect werd verlicht door talloze spots met een laag wattage. Ze had er twee maanden geleden nog in geslapen, toen ze voor het laatst in Puyloubier was geweest.

'Ik ben bij de politie gegaan om verschillende redenen,' zei ze zacht. 'Misschien was het naïef van me, maar één ervan was dat ik wilde meehelpen aan een veiliger wereld. In werkelijkheid doen we verrekte weinig. We vergaderen, worden bedolven onder het papierwerk, achterlijke regelgeving, politieke willekeur, opgelegde targets, we moeten alle stappen die we nemen verantwoorden én we mogen niet met dezelfde wapens vechten als onze tegenstanders. De types die we ondanks alles bij hun kloten kunnen pakken, krijgen een straf opgelegd die vaak in geen verhouding staat tot het leed dat ze hebben berokkend. Levens die ze kapot hebben gemaakt. We hebben het hier over kerels die…' Ze haalde diep adem. Haar hartslag was versneld. *Rustig aan, Joyce, rustig, rustig.* Ze haalde nog eens diep adem en haar stem klonk een octaaf lager toen ze verderging: 'Laat maar, vergeet het. Waar het om gaat is dat ik het zat ben om me aan de regels te houden, want die slaan nergens op. Ik wil actie. Ik wil verdomme voor het eerst in mijn leven een keer iets nuttigs doen met mijn opleiding en kennis en vaardigheden.'

'Je wilt je frustratie afreageren.'

Ze wierp haar handen omhoog. 'Noem het zoals je wilt.'

Hij nam een slok van zijn koffie. 'Nou. Vooruit. Wat moet ik met dit verhaal? Kom to the point, mevrouw de rechercheur. Ik heb een zware dag gehad en ik wil wat eten en gaan slapen.'

'Ik ben nog niet klaar.' Haar ogen schoten vuur. 'Ik heb je anderhalf jaar lang geobserveerd. Op plekken waar jij je handtekening achterliet, was steeds een flinke som geld verdwenen. Veel geld. Had je dat nodig? Nee, je had genoeg. Bijna dertien miljoen euro op de Rabobank, over drie rekeningen verspreid. Drie ton op de ABN AMRO. Nog eens een half miljoen bij Van Lanschot.'

Maiers gezicht bleef in de plooi. Hij verroerde zich niet. Alleen zijn ogen schoten zoekend heen en weer, alsof hij razendsnel nadacht.

'Ik weet nog veel meer. Ik weet wat je aan hypotheek betaalde in Zeist, hoeveel je maandelijks kwijt bent aan vaste lasten. Je hebt vrijwel geen kosten, je geeft verhoudingsgewijs niets uit. Toch beroof je criminelen en laat je hun lijken achter. Ik heb een aantal van die schoften mogen ondervragen, voordat jij een paar gaten in hun donder schoot, of hun de nek omdraaide.' Haar ogen straalden een en al fanatisme uit. 'Weet je, als je iemand zo lang volgt is het op een gegeven moment bijna alsof je hem kent, alsof je naar je eigen bloed zit te staren.' Ze trommelde met haar vingers op tafel. Ze kon zich niet meer beheersen, het lukte niet meer. De woorden stroomden uit haar mond. 'Jij, Maier, jij bent iemand die ik zou willen zijn. Wees gerust, hier zit een fan. Ik zal je niet aangeven bij mijn collega's. Nooit. Je was van begin af aan mijn geheim en dat zul je blijven. Want jij bent zoals ik. Jij haat die kerels net zoals ik en je ruimt ze vele malen effectiever op. Jij gaat me helpen om een einde te maken aan Maksim Kaloyev en zijn kameraden. Een *definitief* einde.'

Maier viel volledig stil.

Buiten reed een auto voorbij. Het geluid van de motor weerkaatste tussen de rotswand en de glazen pui. Het glas trilde in de metalen sponningen.

Na lang stilzwijgen zei hij: 'Je bent gestoord.'

'Hoor wie het zegt.'

'En als je niet gestoord bent,' ging hij door, met een dreiging in zijn stem die haar alarmeerde, 'dan ben je met een uiterst gevaarlijk spelletje bezig. Je bent hier alleen, zeg je. Niet in functie. Waar of niet waar?'

Ze knikte aarzelend. Er zat een busje pepperspray in haar jaszak dat ze in Marseille bij een jachtartikelenwinkel had gekocht. Haar hand zocht zich een weg erheen, geleidelijk, zo vloeiend en onopvallend mogelijk, terwijl ze Maier onbeweeglijk aan bleef kijken.

'Ervan uitgaande dat ik de dingen doe die jij me blijkbaar hebt toegedicht,' zei hij, terwijl hij opstond en naar de schuifpui liep, 'moet ik iemand zijn die vrij makkelijk elimineert. Niet van losse eindjes houdt. Ik werk alleen, zei je. Heb je er ook over nagedacht wat voor type mensen het verkiest om alleen te werken? Het is niet makkelijk, lijkt me, met maar één set zintuigen, armen en benen een pand ingaan waar vier, vijf zware jongens je opwachten met hun vuurwapens...' Maier drukte op een knop, waardoor het rolluik automatisch begon te sluiten. Het maakte een zacht ratelend geluid. 'Ik denk dat mensen die alleen opereren hun privacy dus wel extreem belangrijk moeten vinden. Mee eens?'

Er zat een lichte trilling in haar stem die ze niet kon onderdrukken. 'Ik heb liever dat je het rolluik openlaat.'

Hij bleef de knop ingedrukt houden. Ratelend klikten de lamellen in elkaar. 'Nou, wat denk je?'

Ze reageerde niet meer. Ze zag hoe zijn ogen heen en weer

flitsten tussen haar gezicht en haar hand.

Hij had haar door.

'Niemand weet iets over mij, zeg je, mijn zogenaamde geheim is veilig bij jou.' Hij kwam achter haar staan en legde zijn handen op de rugleuning van haar stoel. 'Maar ís dat wel zo?'

Joyce bleef zitten. Ze moest proberen rustig te blijven, controle te houden. Paniek zou daar niet aan bijdragen. Rustig in- en uitademen en concentratie wel.

'In mijn ogen ben jij, Joyce Landveld, een tikkende tijdbom. Iemand die zoveel van me weet, stiekem dossiers van mij bijhoudt, mijn bankrekeningen controleert, dat voelt niet lekker... helemaal niet fijn, kan ik je vertellen. Het komt een beetje over als stalken, nietwaar? Obsessief gedrag.' Hij boog zich naar voren en bracht zijn gezicht bij haar oor.

Hij kwam erg dichtbij. Ze kon zijn lichaamsgeur ruiken, zijn hart horen bonken, zijn adem streek langs haar oor en wang.

'Je spoort niet, griet. Je bent niet goed in je bovenkamer als je denkt dat ik met je mee naar Nederland ga om een stel Russen te grazen te nemen. Waarom zou ik? Ik heb wel wat anders te doen.'

In een flits greep hij haar arm beet, trok hem naar boven, naar achteren en draaide hem, zodat haar bovenlichaam vooroverklapte op het tafelblad. Met zijn andere hand trok hij de pepperspray uit haar jaszak. 'Jou te grazen nemen bijvoorbeeld,' snauwde hij.

Ze verzette zich niet. Bleef stilliggen, op haar linkeroor, starend naar het witte bed.

'Wat houdt me tegen?'

'Susan Staal.' Het klonk als een snik.

'Wát?'

'Ze wordt in dat pand in Eindhoven vastgehouden, in dat bordeel.'

Hij liet haar meteen los, alsof ze onder stroom stond, en was in een paar passen terug aan zijn kant van de tafel, het bewerkte eikenhout als buffer tussen hen in. De spray verdween achteloos in zijn zak.

Zijn ogen flitsten onderzoekend over haar gezicht, als laserstralen. 'Je lult uit je nek.'

'Dat doe ik verdomme niet.' Ze haalde de kleurenkopie uit het CIE-dossier uit haar achterzak, vouwde hem open en schoof hem naar het midden van de tafel. 'Deze kreeg ik afgelopen week van een informant die in dat pand is geweest. Volgens hem is dit een van de vrouwen die er wordt vastgehouden.'

Maier staarde ernaar. Hij reageerde niet.

De foto's die Vadim had gestuurd brandden in haar sporttas, die naast haar op de grond stond. Ze riepen haar, trokken aan haar benen als jengelende kinderen, maar ze wilde ze pas tevoorschijn halen als ze Maier niet kon overtuigen. Ze waren dusdanig schokkend dat hij, als hij echt van deze vrouw hield, makkelijk door emotie overmand kon raken en volledig onbeheersbaar zou worden.

Het was niet nodig.

Nu pas voor het eerst schoot er iets over zijn gezicht dat op betrokkenheid duidde, ongerustheid. Heel even maar, toen was het weer weg.

'Waar is dat pand?' vroeg hij alleen, en daarmee gaf hij aan dat hij al drie stappen verder was dan een ander in zijn plaats zou zijn.

Er waren niet veel mensen zoals Sil Maier, besefte ze, die scherpe intelligentie, hardheid en intuïtie in zich verenigd zagen. Ze benijdde hem erom, zoals ze hem altijd al benijd had, sinds ze hem was gaan volgen. Om zijn geld, zijn flair, zijn winnaarsmentaliteit. Om alles wat hij deed en wat zij niet durfde of kon. Tegelijkertijd beangstigde het haar.

In een paar passen was hij bij haar en greep haar gezicht beet. Zijn ogen schoten vuur. 'Wáár, vroeg ik je!'

Joyce probeerde haar hoofd los te trekken. 'Laat me godverdomme los! We doen dit samen. De wapens liggen klaar. Het pand is voorbereid, ik heb álles voorbereid. Ik weet hoe en waar we naar binnen kunnen, wanneer, wie er binnen zijn, álles.'

Zijn greep verslapte. 'Sámen? Je bent niet goed bij je hoofd.'

Ze keek hem koortsachtig aan. 'Als je dit alleen wilt doen, heb je weken nodig om die informatie in te winnen, en zoveel tijd heb je niet.'

Hij liet haar los, draaide zich om en begon haastig zijn spullen bij elkaar te zoeken. 'Pak je tas en de rest van je rotzooi,' hoorde ze Maier zeggen. 'We gaan.'

Joyce keek op een klokje dat naast het bed stond.

Het was halfnegen.

47

De deur ging aarzelend open. Susan knipperde met haar ogen tegen het licht dat uit de gang de donkere kamer in scheen. Samen met het licht kwam er frisse lucht binnen. Lucht die niet stonk naar urine en oud zweet.

In de deuropening verscheen een vrouw. Ze knipte de tl-verlichting aan en deed weinig moeite haar reactie op Susan te verbergen: walging, die snel veranderde in medelijden.

Susan sloeg haar ogen neer. In de afgelopen dagen waren er wel vaker meisjes naar haar komen kijken. Ze spraken haar niet aan, groetten niet eens, maar bleven op afstand rondhangen en keken naar haar zoals je naar een dier in de dierentuin kijkt – een dier dat iets mankeert. Dan mompelden ze onderling, sisten elkaar dingen toe, en schoten bij het minste gerucht van de benedenverdieping alle kanten op, nadat ze de deur snel en geluidloos hadden gesloten.

Robby de Hyena was al een paar dagen niet meer komen opdagen. Zijn taak was overgenomen door de kerel met een licht getinte huidskleur en een baard van een dag. Hij had eenzelfde postuur als Robby – breed en indrukwekkend – maar haalde in tegenstelling tot zijn voorganger duidelijk geen plezier uit de situatie. Hij ging niet op zijn hurken voor haar zitten wanneer ze een plas deed. Hij keek er niet eens naar. Het brood kreeg ze gewoon in haar mond gestopt, waarbij hij wachtte tot ze die weer opende voor hij het volgende stuk tussen haar lippen duwde. Ook dan wendde hij zijn blik vaak af, alsof hij ergens anders wilde zijn en zich daar geestelijk alvast naartoe had verplaatst.

Dat gaf Susan meer lucht. Ze hoopte dat Robby nooit meer terugkwam, dat hij met zijn hyena-ogen onder een trein was gekomen en zijn schedel in duizend stukken was verbrijzeld.

De jonge vrouw in de deuropening had felrood haar en droeg een korte, zwarte jurk. Ze sloot de deur achter zich en trippelde nerveus dichterbij. Susan rook haar parfum, of misschien was het talkpoeder of shampoo.

Ze zakte op haar knieën en streek plukken haar uit Susans gezicht. Een paar strengen plakten vast aan haar voorhoofd en bij haar slapen. Ze haalde ze geduldig los en legde ze met duim en wijsvinger opzij. '*I am so sorry they did this to you*. Het kunnen zulke klootzakken zijn, soms.' Ze keek even naar de deur, alsof ze bang was dat iemand het hoorde.

'*Untie me* – maak me los, alsjeblieft,' fluisterde Susan. 'Ik moet hier weg. Ze gaan me vermoorden.'

'Maak je niet ongerust. Je gaat ergens anders naartoe. Een ander adres. Misschien is het daar beter.'

Susan keek gealarmeerd op. 'Ander adres?'

'Je wordt morgen opgehaald en naar een andere plek gebracht.'

De schrik sloeg haar om het hart. 'Ze gaan me vermoorden,' stootte ze uit.

De jonge vrouw schudde haar hoofd. Haar lichtbruine ogen waren theatraal opgemaakt met allerlei tinten grijze oogschaduw. Het maakte haar een stuk ouder dan ze kon zijn – hooguit achttien.

'Het gaat om mijn vriend,' ging Susan door. 'Mijn ex-vriend.

Sil Maier. Ze willen hem pakken via mij.' Ze rukte aan de tieribs en de verwarmingsbuis. De wonden op haar polsen begonnen opnieuw te bloeden.

'Niet doen!' Ze greep Susans onderarmen beet en probeerde ze op hun plaats te houden. 'Hou op, je verwondt jezelf.'

Susan ging door, worstelde en kronkelde op het matras en riep: 'Alsjeblieft! Maak me los. Je ziet toch wat ze met me doen? Je ziet het toch!'

De jonge vrouw kneep hard in haar onderarmen. 'Hou hiermee op, je alarmeert de mannen! Hou op!' Er brak angst door in haar stem en ze keek paniekerig naar de deur.

Susan signaleerde het en hield abrupt haar mond. Het laatste dat ze wilde was dat die Vadim binnen zou komen lopen om haar nog eens af te tuigen. Hijgend en trillend probeerde ze rustig te worden. Dat lukte maar half.

'Goed zo. Rustig maar.' De jonge vrouw streek over haar wangen en slapen. Ze had koele, gladde handen en haar aanrakingen hadden een rustgevend effect.

'Dit is een bordeel, toch?' vroeg Susan uiteindelijk.

Ze kreeg een korte hoofdknik als antwoord.

'Vind je het dan niet vreemd dat ik nooit bezoek krijg van mannen? Nooit?'

'Praat alsjeblieft wat zachter,' fluisterde ze. 'Er staat iemand op de gang.'

Susan fluisterde zo zacht als ze kon: 'Ze komen hier alleen om me eten te geven en vragen te stellen. En om me in elkaar te trappen. Je moet me helpen, alsjeblieft. Ik weet zeker dat ze me willen vermoorden.'

Op de gang werd iets geroepen. Het klonk als een snauw.

De vrouw liet Susan los en sprong op. 'Ik kan niets voor je doen, sorry. Niet zulke dingen. Ik moet je wassen, je kunt zo niet reizen.'

'Ga niet weg!'
'Ik kom zo terug.'

Ze kwam terug. Ze sjouwde met een halfvolle emmer water waar de damp vanaf sloeg, en hield een roze handdoek en wat washandjes tussen haar linkerarm en haar borst geklemd. Ze legde de spullen naast Susans matras en trippelde opnieuw de gang op, om even later met een stapeltje kleren terug te komen. Sloot de deur zorgvuldig achter zich en zakte op haar knieën.

'Ik heet Olga,' zei ze. 'Jij hoeft je naam niet te zeggen, als je dat niet wilt. Ik zal je kleren uit moeten trekken. Deze spullen zijn vuil.'

Susan schudde haar hoofd. 'Dat wil ik niet.'
'Jawel. Laat me maar. Vertrouw me.'
'Weet je waar ik naartoe word gebracht?'
'Nee, sorry.'

Susan hoorde geschuifel op de gang. Keek gespannen naar de deur.

'Dat is Ilya.'
'Ilya?'
'De man die je eten geeft.'
'Die heet Robby.'
'Nee, degene die je nu te eten geeft. Robby is dood.'
Susans ogen werden groter. 'Dood?'
'Hij is vermoord. Doodgeschoten.'

Susans hart schokte achter haar ribben. Ze kon het niet helpen dat ze meteen aan Maier dacht.

Zou hij...? Alleen al die gedachte gaf haar weer wat van haar oude energie terug – maar misschien, dacht ze meteen, was het alleen maar hoop. Laboratoriumrattenhoop.

'Ik moet je armen losmaken, anders krijg ik je vest en zo niet uit. Probeer alsjeblieft niet om me iets aan te doen, Ilya wacht op de gang tot we hier klaar zijn. Goed?' Zacht fluisterend voegde ze eraan toe: 'Ik heb mijn uiterste best gedaan om hem buiten de deur te houden, dus alsjeblieft, gedraag je. Voor je eigen bestwil.'

Susan had amper naar Olga geluisterd. 'Wie heeft Robby vermoord? Is dat bekend?'

Olga trok Susans sokken uit en stopte ze in een vuilniszak. 'Nee, niemand weet het. Ze zijn zelfs bang dat de politie hiernaartoe komt om ons te ondervragen. Maar ze hebben geen idee wie het gedaan heeft.'

'Moet ik daarom weg?'

'Dat weet ik niet.' Olga trok een keukenmesje tussen de kleding vandaan, boog zich over haar heen, leunde met één knie op het matras en begon de plastic boeien door te snijden. Een paar seconden later kon Susan haar handen en armen voor het eerst in tijden weer in een andere positie houden. Ze bracht ze voor zich, bekeek haar handen en polsen, hield ze vlak bij haar gezicht, rekte en strekte haar vingers. Er zaten diepe, paarse striemen rond haar polsen. Op sommige plaatsen waren stukken korst losgekomen en zat vers, lichtrood bloed.

De veranderde positie gaf geen opluchting, integendeel, de spieren en pezen in haar armen deden gemeen pijn. Tranen sprongen in haar ogen. Ze liet haar armen zakken en legde ze naast haar lichaam op het matras.

'Die pijn trekt weg,' zei Olga, terwijl ze Susans vest openritste en daarna de mouwen een voor een van haar armen stroopte. 'Ik dacht ook altijd dat ik niet meer kon hebben, dat ik dood zou gaan, dat ze me minstens invalide zouden stompen, of dat ze alles vanbinnen kapot zouden maken. Wij allemaal, trouwens. Maar je kunt veel meer hebben dan je denkt. Je verlegt steeds je grenzen. Je moet wel.'

'Vanbinnen...' herhaalde Susan. Er ging een huivering door haar heen.

De vrouw trok een somber gezicht en zweeg. Probeerde daarna Susans jeans open te knopen. Die was vochtig en werkte niet mee. 'Mijn nagels...' zei ze. Daarna iets wat Susan niet verstond.

'Ben je Russisch?'

'Ja, ik kom uit Naro-Fominsk. Dat ligt niet ver van Moskou.' Ze gromde ingespannen. 'Ha. Ik heb hem.' Ze stroopte de broek verder naar beneden en trok een afkeurend gezicht. 'Ik zal dit eerst wassen. Goed?'

Susan sloeg haar ogen beschaamd neer. Niemand had haar nog in de gelegenheid gesteld om te douchen. De eerste dagen was zelfs toiletbezoek haar ontzegd en ze droeg nog steeds dezelfde kleren als toen ze in haar eigen gang was vastgegrepen. Jaren geleden was ze eens in Parijs geweest en daar was in de metro een zwerver naast haar komen zitten. Een kerel met grijs, vervilt haar en verschillende truien en jassen die hij over elkaar droeg. Ze had gewalgd van de penetrante geur die de clochard verspreidde en was bij de volgende halte uitgestapt. Ze vermoedde dat haar huidige lichaamsgeur er niet zo ver vanaf lag.

Ze keek op naar het meisje, dat een washandje in de emmer doopte, het uitwrong en met zachte hand haar bovenbenen en kruis begon schoon te maken. Olga was zo schoon, zo mooi opgemaakt, zo gaaf. Een groter contrast was niet denkbaar. 'Dank je wel,' fluisterde Susan.

Olga schudde haar hoofd. 'Jij kunt er niets aan doen.'

Even sprak geen van beiden. Olga duwde zacht tegen haar heupen en Susan draaide zich met moeite op haar zij. Ze ging door met wassen, depte de huid daarna meteen droog.

'Ik zal zo meteen een sprei pakken om eronder te leggen,'

hoorde Susan haar mompelen. 'Dit matras is hartstikke vies.'

Susan draaide haar hoofd naar haar toe. 'Ik hoor jullie.'

Olga trok haar mondhoeken omhoog, maar haar glimlach bereikte haar ogen niet. Die stonden uitdrukkingsloos. Ze spoelde het washandje uit.

'Jullie worden geslagen.'

'Alleen als je niet gehoorzaamt.'

Op de gang klonk opnieuw gerommel. Susan zag Olga schuw naar de deur kijken. Ze riep iets in het Russisch en kreeg antwoord van een mannenstem. Olga sloot geërgerd even haar ogen en siste iets wat leek op een verwensing, zo zacht dat de man op de gang het niet kon hebben gehoord.

Het viel Susan op dat Olga's bewegingen minder gecoördineerd werden.

'Je bent bang van hem,' merkte Susan op.

'Van Ilya? Die stompt je. Hij slaat en schopt. Meer fantasie heeft hij niet. Het doet alleen maar pijn, en dat soort pijn went.' Ze keek op. 'Heb je Maksim weleens gezien?'

Susan schudde haar hoofd. Ze had geen idee wie Maksim was.

'Hij heeft heel kort blond haar, blauwe ogen, gedrongen, stevig... Nou ja, maakt ook niet uit.'

'Wat is er met Maksim, dan?'

'Hij is de baas. Hij slaat je niet, zoals de anderen.'

'Wat doet hij dan?'

Olga zweeg even en schudde daarna haar hoofd. 'Laat maar. Blijkbaar hoef je niet te werken, dus is die vent niet jouw probleem. Je bent hier straks toch weg.'

'Nee, ik wil het graag weten. Wat dan?'

'Sorry, ik snap niet eens waarom ik erover ben begonnen.'

'Wat *doet* hij?' vroeg Susan dwingend. 'Is hij gevaarlijk? Gek?'

Olga hield op met wassen. Haar handen hingen als bevroren boven Susans buik en ze keek wazig voor zich uit. 'Hij pakt je van achteren,' fluisterde ze. 'Dáár, weet je wel. Tot het bloedt. Dan pas houdt hij op.'

Susan durfde niets meer te zeggen. Het was haar duidelijk genoeg dat Olga uit persoonlijke ervaring sprak. En het was al even duidelijk dat hetgeen zijzelf hier te verduren had gekregen in geen vergelijk stond met de mishandelingen die deze meisjes moesten ondergaan.

Olga hervatte haar taak. Ze streek met het washandje over Susans schouders en hals en waste haar armen, waarbij ze zo voorzichtig mogelijk over haar polsen wreef. Tilde haar armen een voor een op en gebruikte extra veel water onder haar oksels. Depte haar bovenlichaam uiteindelijk droog. 'Draai je je om? Dan doe ik je rug en dan is het klaar.'

Susan draaide zich op haar linkerzij en staarde naar de radiator. Olga was zorgzaam en lief, ze straalde zoveel vriendelijkheid uit dat het Susan moeilijk viel om te geloven dat het lichaam van deze vrouw elke dag beschikbaar was voor wie er maar voor wilde betalen. Dat ze mishandeld werd, duizenden kilometers van huis was, altijd in angst leefde, min of meer het bezit was van een stel kerels zonder enig moreel besef of empathie.

Het water was afgekoeld en het kippenvel sprong overal op. Ze begon te rillen.

'Nog even volhouden,' hoorde ze Olga zeggen. 'Je krijgt zo meteen kleren aan.'

'Waar zijn we eigenlijk? Waar staat dit huis?'

'Weet ik niet.'

'Je weet het niet? Weet je dan wel in welk land?'

'Jawel, Nederland. In een stad in het zuiden van Nederland. Maar waar precies weet ik niet.'

'En als ik de plaatsen opnoem? Misschien komen ze je bekend voor?' Susan wachtte niet op een reactie, ze begon meteen met opsommen, haar stem klonk onvast: 'Maastricht, Heerlen, Geleen, Venlo, Eindhoven, Breda...'

Olga droogde haar rug af en legde haar weer ruggelings op het matras. 'Hou maar op. Ik weet het echt niet. We komen toch nooit buiten, wat maakt het uit.' Ze duwde haar dikke, rode haar – Susan vermoedde dat het was geverfd – achter haar oor weg, stond op, greep de emmer beet en liep ermee naar de deur. 'Ik ga een sprei halen, goed?'

Toen Olga weg was, draaide Susan zich naar de deur. Die stond op een kier. Ze hoorde mensen praten in het Russisch. Waarschijnlijk was het Ilya die iets tegen Olga zei.

Ilya en Olga, dacht ze. Maksim en Vadim. Robby. Namen die ze tot voor kort nog nooit had gehoord en die nu het allerbelangrijkste in haar leven waren.

Olga kwam terug met een dikke, paarse deken. 'Kun je staan?'

'Ik weet het niet.'

'Probeer eens?'

Susan zat nog steeds met haar enkels vast aan de verwarmingsbuis. Ze keek hulpeloos naar Olga. 'Hoe dan?'

Olga schudde haar hoofd. 'Ik mag je niet losmaken. Sorry. Probeer het zo eens.'

Susan zette haar handen langs haar zij op het matras en drukte zich in zittende positie. Het kostte belachelijk veel inspanning. Daarna draaide ze zich om, zodat ze op haar knieën terechtkwam en zocht steun bij de muur om omhoog te komen. Robby en Ilya hadden haar steeds opgetild of ondersteund, het was de eerste keer in lange tijd dat ze letterlijk op eigen benen moest staan. Het lukte. Trillerig en onbeholpen, maar het ging.

Olga legde de sprei dubbel over het matras. '*Spasibo*. Ga maar weer liggen.'

Ze liet zich weer zakken. De verwarming stond hoog, maar de sprei voelde koud aan onder haar naakte, vochtige huid. Ze rilde nog erger.

Olga begon haar aan te kleden. Een elastisch zwart T-shirt met glitters dat te kort was zodat haar buik zichtbaar bleef, en een grof gebreid hemelsblauw vest met capuchon, dat slobberde en juist weer tot over haar heupen kwam. Olga ritste het dicht tot boven haar borsten. 'Dit is lekker warm,' zei ze.

'Zit je hier al lang?'

'Twee maanden. Hiervoor heb ik in België gewerkt, en in Italië. Daarvoor in Antalya, Turkije. We werken nooit lang op dezelfde plek. Maar ik ben hier begonnen. Ooit.' Ze haalde een plastic strip tevoorschijn, melkwit en een halve centimeter breed. 'Ik moet je polsen weer vastmaken.'

'Dat kan niet.' Susan liet haar polsen zien, de handpalmen omhoog. 'Kijk dan.'

Olga pakte haar handen vast en keek haar indringend aan. 'Ik weet het. Maar het moet. Als ik het niet doe, krijg ik straf. Ik zal ze aan de voorkant vastbinden, goed? Dan kun je zo meteen op je rug gaan liggen. Het is ook makkelijker voor je evenwicht, als je moet lopen.'

Susan sloeg haar blik neer. Verbeet de pijn toen Olga haar polsen tegen elkaar aan drukte en de tie-rib straktrok.

Daarna sneed ze de strips bij haar enkels door. De vochtige jeans, die tot op haar kuiten was afgestroopt, kon nu helemaal worden uitgetrokken.

'Is er hier nooit politie geweest?' vroeg Susan.

'Politie? Die doen niets.' Ze trok Susan een zwarte stretchbroek aan van een dik soort joggingstof.

Susan drukte haar bekken omhoog zodat ze de band over het

breedste gedeelte van haar heupen kon trekken. 'Hoe kom je daarbij? Wie heeft je dat wijsgemaakt? Als de politie dit zou weten, dan –'

'Doen ze niets, echt niet,' onderbrak Olga haar fluisterend. 'In Italië ben ik ontsnapt en heeft de politie me zelfs terúggebracht naar die klootzak. Toen heeft-ie me de hele tent door getrapt en mijn arm gebroken. Ik heb zes weken niet kunnen werken.' Ze keek Susan indringend aan. 'Al zou er een heel leger politiemensen voor mijn neus staan, dan nog zou ik zweren dat ik uit vrije wil dit werk doe. Ik kan niet anders. Maksim vermoordt me. Of hij betaalt iemand die het voor hem doet. Hij vindt je altijd.'

'Maar wat als...'

Olga legde een vinger op Susans mond. Ze beet even op haar onderlip alsof ze erover twijfelde of ze Susan deelgenoot wilde maken van haar geheim. Daarna zei ze, heel zacht: 'We zijn allemaal aan het sparen. We verstoppen het geld op geheime plaatsen. Onder de vloerbedekking, in onze matrassen, achter plinten. Op een dag heb ik voldoende geld en dan blijf ik hier geen moment meer. Dan vlucht ik terug naar Rusland, en ga ik mijn studie afmaken.'

'Hoe kom je aan dat geld?'

Olga glimlachte samenzweerderig. Ze wierp een snelle blik in de richting van de deur en fluisterde: 'Als we alleen zijn met een klant, vragen we extra geld voor speciale wensen. Je moet goed weten wat je doet en bij wie, sommigen zijn bevriend met Maksim. Je wil echt niet dat hij erachter komt. Maar vaak lukt het. En soms pakken we wat geld van Maksim. Hij heeft een kluis in zijn woonkamer boven, die doet hij bijna nooit op slot. Steeds maar een paar briefjes, dat merkt hij niet. Zo sparen we geld bij elkaar. Iedereen doet het.'

Geld.

Natuurlijk.

Waarom had ze daar niet eerder aan gedacht?

'Ik kan aan geld komen,' fluisterde Susan, dwingend. 'Veel geld. Als je me helpt…'

Op de gang begon een mannenstem ongeduldig te roepen. Olga keek verschrikt op, gaf antwoord.

Snel richtte ze zich tot Susan. Stak haar handen uit, met de handpalmen naar Susan toe alsof ze haar wilde wegduwen. 'Nee, stop. *Pozhalujsta*, niet meer praten nu.' Ze sprong op en begon haastig haar spullen bij elkaar te graaien. 'Ik kan je niet helpen. Begrijp je het? Ik kan het niet. Ik kan mezelf niet eens helpen.'

48

Twee uur in de nacht. Een eindeloze stroom auto's stond rijen dik zo goed als stil op de A6. Hun achterlichten legden de cabine van de Porsche in een rode gloed.

Maier keek somber voor zich uit.

Ze hadden nu op de helft kunnen zijn, ergens in de buurt van Dijon, er al voorbij misschien, maar ze stonden zo'n honderd kilometer ten zuiden van die stad muurvast.

De ruitenwissers zwiepten op de hoogste stand heen en weer om het regenwater van de voorruit te schuiven. Felle wind trok aan de Carrera en nam takken en bladeren mee die neerkwamen op de auto's en het wegdek van de Autoroute du Soleil.

Dit kon je met recht noodweer noemen.

Joyce sliep al even, of anders deed ze uitstekend alsof. Opgekruld als een kat, met één arm beschermend over haar sporttas heen geslagen. Ze had haar gezicht van hem afgewend. Bij vertrek had hij haar verzocht om voorlopig niets meer te zeggen, hem tot nader order alleen te laten met zijn gedachten. Hij wilde zijn hoofd vrij hebben, zodat hij na kon denken en zich bezig kon houden met wat echt belangrijk was, de essentie van alles. Susan.

Hij had de gedachte aan haar amper toegelaten, toch was die

er steeds geweest. Susan zat in zijn systeem en ze zou daar blijven tot zijn vlees bestierf en wegrotte of tot as werd verbrand.

Er mocht haar niets overkomen. Dit ging niet om Susan, dit ging om hém. Het was zijn schuld dat ze was opgepakt. Dus moest hij haar daar weghalen.

Met of zonder die merkwaardige politieagente.

Ze sliep nog steeds. Mooi was ze wel, dacht hij, met dat dikke, licht golvende haar, een lichtbruine huid zonder sporen van acné of littekens, volle lippen en die aparte, goud gespikkelde ogen. Mooi, maar corrupt. Hij moest er rekening mee houden dat Joyce zou kunnen bijklussen voor die Russische gasten.

Het maakte alles nog gecompliceerder.

Hij werd zo in beslag genomen door zijn malende gedachten dat het hem niet eens opviel dat hij geen muziek had opgezet, dat zijn reis uitsluitend werd begeleid door het geluid van opspattend water tegen de wielkassen en het ontevreden, lage gebrom van de 3,8-litermotor achter zijn rug.

Sinds hij door de file was opgeslokt en het ernaar uitzag dat de reis langer zou gaan duren, waren er allerlei wilde ideeën in hem opgekomen. Daarvan was er slechts één – misschien – realiseerbaar. Lyon en Dijon zouden als alle andere grote Franse steden de beschikking hebben over verschillende luchthavens. Hij had alleen geen idee waar ze precies lagen en bij welke daarvan hij moest zijn om ad hoc een privévlucht naar Eindhoven te kunnen regelen. Dat het al ver na middernacht was zou er niet aan meehelpen; de kans was te groot dat er alleen nog bewakingspersoneel rondliep. Hij kon met een pak geld gaan zwaaien, maar ook dan moest hij er rekening mee houden dat het nog uren kon duren voor hij naar Eindhoven werd gevlogen – en dan alleen nog als hij geluk had.

Hij had het idee laten varen.

Met de auto had hij meer zekerheid dat hij morgenvroeg op de plaats van bestemming was. Die file zou echt wel een keer oplossen.

Maar de vermoeidheid begon hem parten te spelen. 'Hoe lang weet je dit eigenlijk al?' vroeg hij.

Joyce kreunde, probeerde zich uit te rekken, maar de cabineruimte stond dat niet toe. Slaapdronken trok ze haar tas verder op schoot en ging rechtop zitten. 'Ze zit er nu een dikke week,' antwoordde ze, hees. 'Maar ik weet het pas een paar dagen.'

'En je laat het me vandaag pas weten?'

'Ik heb die tijd nodig gehad om inlichtingen in te winnen. En om jou te vinden.'

'Hoe heb je dat voor elkaar gekregen?'

'Via je Visa Card.'

'Het wordt geloof ik tijd dat ik eens omkijk naar een andere creditcardmaatschappij,' gromde Maier.

'Bespaar je de moeite. We kunnen bij allemaal gegevens opvragen.'

'Fijn is dat.'

'Ik had net zo goed je gsm kunnen laten uitpeilen. Er zijn zoveel methodes om iemand op te sporen, en het wordt almaar makkelijker als mensen niet weten dat ze worden gezocht.'

Er kwam beweging in de file. Hij gaf gas, schakelde door naar de tweede versnelling. Zijn auto was niet gemaakt voor filerijden en reageerde nerveus op elke minieme aansturing. De snelheidsmeter bleef hangen tussen twintig en dertig kilometer per uur.

'Ik denk dat het om mij gaat,' zei hij, zijn blik strak voor zich op de weg gericht. 'Dat Susan wordt vastgehouden vanwege mij.'

'Dat weet ik wel zeker.'

'Hoezo?'

'Heb je ooit een probleem gehad met Russen? Een serieus probleem?'

'Misschien. Vertel.'

Voor hem gloeiden tientallen rode achterlampen op. Hij trapte op de rem. De Carrera schoot licht bokkend door over de laag water die zich op het asfalt had verzameld en kwam net op tijd tot stilstand.

'Verdomme,' mompelde Maier. 'Kutweer.'

'Ken je een Rus die Vadim heet?'

'Nee.'

'Hij is degene die Susan heeft ontvoerd.'

Hij draaide zijn gezicht naar haar toe. 'Hoe weet je dat?'

'Van die informant. Ik heb geen reden om aan te nemen dat hij me voorliegt.'

'Vadim, zei je?'

Ze knikte. 'Dat was wat hij zei. Zijn achternaam weet ik niet.'

'Vadim, Vadim...' fluisterde Maier voor zich uit. 'Nee. Onbekend.' Hij verhief zijn stem. 'Maar dat zegt niets. Ik ben wel vaker Russen tegengekomen die zich niet hebben voorgesteld.' *En die zijn dood, Joyce Landveld. Allemaal. Geen losse eindjes, geen enkele.*

'Volgens mijn informant is die Vadim een huurmoordenaar. Hij had een tweelingbroer, eeneiig.'

Maiers hart begon harder te kloppen. Hij voelde het bloed door zijn lichaam pompen, steeds dikker, steeds trager, steeds kouder.

Joyce nam hem zijdelings op. Het was niet te zeggen of ze zijn onrust opmerkte. 'Er wordt gezegd dat die broer is vermoord op een klus in Frankrijk. Sindsdien werkt Vadim alleen. Hij is degene die Susan bij Maksim Kaloyev in bewaring heeft gebracht. Zegt het je iets? Die naam zou je toch wel iets moeten zeggen, lijkt me.'

Maier reageerde nog steeds niet.

Het kan niet. Ik heb hun auto over de rand geduwd, dat bizar diepe rode kloteravijn in. Er kan niets meer van zijn overgebleven. Dat kunnen ze niet hebben overleefd.

Dat was menselijkerwijs onmogelijk.

'Onmogelijk,' stootte hij uit.

'Wat bedoel je?'

'Ik heb—' Zo snel als hij begon te praten, stopte hij.

'Nou?'

Hij schudde zijn hoofd. 'Ik heb werkelijk geen idee. Ik ken geen Vadim, het zegt me niets.'

Maar als ik hem zie, scheur ik zijn zak van zijn romp.

Ze keek voor zich uit. 'Wat je wilt... Waar zitten we ergens?'

'Ongeveer tachtig, negentig kilometer voor Dijon.'

'Heb je misschien iets te eten bij je?'

'Er ligt een Snickers in het handschoenenvak.' Hij schakelde door naar de derde versnelling. 'Zeg, je wilt met mij dat pand binnenvallen, maar ik begrijp niet goed waarom. Je kunt doodgeschoten worden, of worden opgepakt door je eigen mensen.'

Joyce scheurde de wikkel kapot en brak de reep in tweeën. 'Jammer dan.'

Vanuit zijn ooghoeken zag hij blauwe en gele zwaailichten op de vluchtstrook naar voren kruipen. Wat er ook was gebeurd verderop en deze file had veroorzaakt, het was nog niet opgelost.

Hij nam een helft van haar aan. 'Waarom neem jij zulke risico's voor iemand die je niet eens kent?'

'Ik doe het niet voor Susan.'

'Voor mij? Nog idioter.' Hij stak de halve Snickers in zijn mond en begon erop te kauwen.

Ze keek strak voor zich uit. 'Ik doe het ook niet voor jou.'

'Voor wie dan?'

'Je hebt geen idee hoeveel frustratie je kunt opbouwen als je probeert op een legale manier dit soort klootzakken opgesloten te krijgen.' Joyce haalde diep adem, hield de lucht vast in haar longen en blies langzaam weer uit. 'De enige juiste aanpak zou zijn om die kerels niet eens de gelegenheid te geven om handel te drijven. We zouden al die panden moeten binnenvallen, geen enkele overslaan, tot de tanden bewapend, met traangas, kogelvrije vesten, kalasjnikovs. Elk fucking pand dat we kennen en waarvan we keihard wéten dat er vrouwen worden misbruikt en vastgehouden. Elke dag opnieuw, tot al die gasten murw zijn, totdat geen enkele klootzak het meer in zijn zieke, op geld beluste kop haalt om Nederland als uitvalsbasis voor zijn praktijken te gebruiken. Niet alleen wij zouden het moeten doen, ook de korpsen in België, Duitsland, Italië. Overal. Elke dag, elke nacht. Niet wachten, niet aftappen, niet zo nu en dan eens een paar vrouwen inrekenen en over de grens zetten, maar de boel rigoureus aanpakken. En we zouden de klanten moeten stalken, want geen vraag betekent geen handel.'

'Stalken?'

Ze kuchte. 'We zouden een aantal agenten in uniformdienst van de parkeerplaatsen of langs de snelweg vandaan kunnen plukken, en ze in een barak pal voor de deur van dat soort verdachte tenten neerzetten. Geen hoerenloper die er dan nog gezien wil worden. Maar dat doen we niet.'

'Want?'

'Stomme regels. En het heeft geen prioriteit.'

'Denk je echt dat het zou schelen als jij ingrijpt?'

'Er zou in elk geval íéts gebeuren,' zei ze, zacht. 'Iets wezenlijks. Het zou me een beter gevoel geven over mezelf.' Ze keek hem afwachtend aan.

Hij schudde zijn hoofd. 'Niet doen. Vandaag heten ze Kaloyev, morgen Gonzalez, overmorgen Jansen. Mensenhandel, drugs, diefstal... Het houdt echt niet op. Nooit. Als je drastisch ingrijpt, maak je alleen plaats vrij voor de volgende, die intelligenter is dan zijn voorganger en die nieuwe wegen zoekt. En vindt.' Hij keek even opzij. 'Je raakt erdoor besmet, Landveld. Als je in de stront roert, ga je er onherroepelijk naar ruiken. En je tast er alles en iedereen om je heen mee aan. Wil je dat?'

'Je klinkt alsof je er alles vanaf weet.'

'Lul niet.'

Ze zweeg.

'Waarom ik?' vroeg hij.

'Ik herkende Susan als jouw vriendin.'

'Ze is mijn vriendin niet meer.'

'Niet?'

Hij schokschouderde.

'Vadim denkt van wel, vermoed ik.'

'Blijkbaar.'

De weg versmalde naar een enkele baan. Op de twee rechterrijstroken stond achter rode pionnen en ziedend knipperende waarschuwingslichten een aantal auto's met flinke beschadigingen. De voorste werd opgetakeld. Mannen in reflecterende vesten maakten met bezems het wegdek vrij van rondslingerend glas en plastic, hun hoofden gebogen tegen de regen en windvlagen.

'Waarom ik?' herhaalde Maier. Hij reed beheerst langs het ongeval en zag de file voor zich oplossen. Schakelde door naar de derde versnelling, maar liet de motor weinig toeren maken.

'Hoe bedoel je?'

'Wat is de reden dat je een dossier over mij hebt aangelegd? De wérkelijke reden? Want ik zal je vast vertellen dat ik niet in toeval geloof.'

'Geloof je dan wel dat een rechercheur, als het goed is, op een gegeven moment een zintuig ontwikkelt voor wat mensen drijft?'

'Misschien. Maar je kent me niet.'

'Ik heb gezien waartoe je in staat bent.'

'Dat zijn aannames. Je hebt niets gezien.'

'Als ik met een pollepel in een pan aangekoekte rijst roer, voel ik die koek op de bodem zitten. Die hoef ik niet te hebben gezien om er zeker van te zijn dat hij er zit. Je weet het gewoon.'

Hij schakelde door naar de vierde versnelling. De weg was zo goed als vrij. Toch kon hij niet echt doorrijden. Er lag te veel water op het wegdek en de wind was verraderlijk.

'Je hebt alles geregeld, zei je?'

Ze knikte.

'Heb je gedacht aan bewapening? Want met alle respect, dat busje pepperspray –'

'Is aan gedacht. Is geregeld. Ik wil het terug, trouwens.'

'Later. Wat heb je verder in huis?'

'Genoeg. Dat zie je morgenvroeg wel.'

Hij trok een wenkbrauw op.

'Laten we het erop houden dat het korps uitstekende tertiaire arbeidsvoorwaarden heeft.'

'Heb je plattegronden?'

'Ja. Alles. Ik kom niet onder een steen vandaan gekropen.'

'Heb je al nagedacht over een tijdstip?'

'We zouden het beste rond etenstijd kunnen binnenvallen. Zes uur.'

'Waarom?'

'Het is dan donker en er zijn geen klanten.'

'Weet je dat zeker?'

'In principe draait het daar altijd door. Kaloyev woont er zo'n beetje, op de zolderverdieping, maar we hebben dat pand in het voorjaar goed in kaart kunnen brengen, en tussen vijf en halfzeven is er vrijwel geen beweging.'

Maier keek op het klokje. Halfdrie. Hoewel er geen files meer waren, bleef het spoken. Als hij zonder ongelukken kon doorrijden dan zou hij rond negen uur, misschien tien uur, in Eindhoven kunnen zijn. Maar wat had het voor zin?

Er was nu al een lome zwaarte in zijn botten en spieren neergedaald en hij wist dat het slechts een voorproefje was van hoe hij zich morgenmiddag zou voelen, nadat hij nog eens honderden kilometers door dit kloteweer had gereden, duizend-en-een dingen had voorbereid, plattegronden uit zijn hoofd geleerd en bewapening en materiaal had uitgekozen en getest. Natuurlijk, de adrenalinekick zou hem echt wel wakker schudden, maar het gebrek aan slaap en de vermoeidheid zouden zich onherroepelijk wreken in een minder vaste schiethand en een afgenomen reactievermogen.

Er zouden ongelukken van komen. En er stond nu meer op het spel dan zijn leven alleen.

Ze konden beter proberen om wat slaap te pakken, al was het maar een paar uur. Dat konden ze straks doen, bij aankomst in Nederland, of nu meteen, nu zijn lichaam erom vroeg en het weer allesbehalve meewerkte.

'Luister,' zei hij. 'Bij Dijon gaan we van de weg af en een hotel zoeken. Een B&B of een Formule 1, er zullen vast nog wel ergens een paar slaaphokken vrij zijn.'

49

Vadim had zijn auto in de buurt van het station geparkeerd en liep via een andere weg dan de vorige keer naar het bordeel. Een gewoonte die hem in het leger was aangeleerd: nooit dezelfde route kiezen. Voorspelbaarheid kost je op een dag je leven. Ook al had hij geen enkele reden om aan te nemen dat iemand het op hem had gemunt, dan nog bleef hij deze veiligheidsregel hanteren.

Maier had geen haast. Het begon nu echt te lang te duren. Hij had nog steeds geen teken van leven van hem vernomen. Het ergerde hem dat zijn doelwit zich blijkbaar nergens van bewust was. Misschien was hij wel op vakantie in een of ander tropisch oord en liet hij zich pijpen door een hele rits plaatselijke schonen, terwijl zijn vriendin langzaam wegrotte op haar stinkmatras.

Die dingen gebeurden, ironisch genoeg.

Het werd hoog tijd dat hij een volgende stap ging nemen. Hij moest de boel eens stevig opporren, de tamtam in werking zetten. Iets ondernemen wat het nieuws zou halen, internationaal bij voorkeur. Zo vergrootte hij de kans dat het Maier ter ore kwam.

Onrust stoken was niet zo ingewikkeld als het leek. In feite was het kinderlijk eenvoudig. Het ging erom mensen te laten schrikken. Veel bloed en verminkingen deden het altijd goed, zeker in combinatie met een behoorlijk aantal toeschouwers. Want dan konden de autoriteiten de informatiestroom niet meer reguleren.

Vannacht had hij op het punt gestaan om zijn plan ten uitvoer te brengen. Ze waren weer in Susans appartement geweest, die lange gast met dat hopeloze gele haar en die griet die er qua kleur zo bij vloekte. Hij had ze laten begaan. De volgende keer dat hij ze er aantrof zou hij beide liefdesduifjes moeten opensnijden en daarbij zo creatief mogelijk te werk gaan, zodat het indruk maakte.

Een smerig karweitje.

En helemaal niet zijn ding.

Maar één ding was zeker: het nieuws zou inslaan als een bom. Omdat de plaats delict Susans appartement was, zou haar vermissing ontdekt worden. Mogelijk zouden ze haar zelfs verdenken van de dubbele moord en ervan uitgaan dat ze op de vlucht was geslagen na een – noem maar wat – uit de hand gelopen paddo-experiment. Het was immers haar appartement, ze was er niet én zou al zeker niet komen opdagen.

Dat het setje junks nog steeds leefde was louter uit praktische overwegingen. Want als het mediacircus losbarstte, dan kon Susan maar beter in het buitenland zijn. Dus moest ze eerst in Düsseldorf worden geparkeerd.

Terwijl hij de hoek van de straat om liep, hoorde hij de kerkklok één keer slaan. Het was één uur in de middag. Hij was exact op tijd.

Uit gewoonte scande hij de auto's die aan weerszijden van de straat stonden geparkeerd. Zijn blik werd meteen getrokken naar een nieuw model Ford, die in een slakkengang langs hem heen de straat inreed. Vadim hield zijn pas in.

De politiewagen stopte pal voor Maksims voordeur. Glanzend wit in de bleke novemberzon, met fluorescerende oranje en blauwe strepen. Precies op de plaats waar Vadim zijn auto had willen zetten, nadat hij zich ervan had vergewist dat Susan inderdaad vervoersklaar was.

Twee kerels stapten uit. Een van hen stak een sigaret op. Ze leken geen haast te hebben.

De politie ging op de koffie bij Maksim.

Hadden die klootzakken niet een dagje kunnen wachten? Over een uur zou hij hier vertrokken zijn en had wat hem betrof het hele huizenblok mogen instorten.

Binnensmonds vloekend draaide hij zich om en liep in een rustig tempo terug naar het station.

50

'Hoe kom je eigenlijk aan dat oog?' vroeg Maier.
'Daar ben ik mee geboren. Aan elke kant van mijn neus één.'
'Grappig hoor.'
'Het was een inkoppertje.'
'Nee, zeg eens.'
Joyce glimlachte raadselachtig. 'Ik ben politieagent.'
'Ja, en?'
'Dan ondervind je weleens weerstand.'
'Een tik gehad bij het bonnen uitschrijven?'
'Ik zit al jaren niet meer in geüniformeerde dienst, wijsneus. Hier rechts de parkeerplaats op. We zijn er. Zet hem maar naast die Golf.'

Maier reed de Carrera in een parkeervak dat van de weg werd afgeschermd door manshoge gemeentestruiken. Hij keek naar de flat. Lange galerijen, allemaal dezelfde rechthoekige ramen met witte ventilatieroosters. Felblauwe voordeuren met ronde raampjes, als patrijspoorten. Hier en daar hing een mand met uitgebloeide eenjarigen, soms had iemand een uitgesproken smaak op het gebied van gordijnen, maar voor de rest waren alle woningen – het zouden er bij elkaar zo'n tachtig kunnen zijn – volstrekt inwisselbaar.

Joyce las de afkeuring in zijn ogen. 'We hebben niet allemaal jouw banksaldo.'

'Ga je nu ook al proberen mijn gedachten te lezen?'

Ze grinnikte zuur en stapte uit.

Hij volgde haar voorbeeld, sloot zijn auto af en legde zijn hoofd in zijn nek om de flat in zich op te nemen. 'Waar woon jij?'

'Op de zesde etage. Zesde deur van links.' Ze liep in de richting van de hoofdingang, die onder in een zeven verdiepingen hoog blok van glanzende gele baksteen zat, een immense zuil die uit de rechterflank van het gebouw stak en zo te zien een lift en trappenhuis herbergde. Ook in deze kolos zaten ronde patrijspoorten. Het gebouw had er als maquette waarschijnlijk spectaculair uitgezien, maar oogde in de grauwe realiteit vermoeid, met zijn witte doorslag op de muren en de donkere roestaanslag onder de balustrades.

Maier moest stevig doorlopen om haar bij te houden. Er was niets aan te merken op de conditie van Joyce Landveld.

In de grijs betegelde hal keek hij op zijn horloge. Vijf over één. Om kwart over vijf wilden ze naar het bordeel rijden. Hun restte nog ruim vier uur om te doen waar hij normaal gesproken maanden voor uittrok: de plattegrond uit zijn hoofd leren, de tegenspelers doorlichten, bewapening en ander materiaal regelen en controleren, en de aanpak bepalen. Daar kwamen twee dingen bij die hij nooit eerder had hoeven doen: de taken verdelen en in noodtempo op elkaar ingespeeld raken.

Het leek gekkenwerk. Maier was een einzelgänger, gewend om alles alleen te doen. Daar voelde hij zich het beste bij en het was hem tot nog toe prima afgegaan. Hij was zich ervan bewust dat fouten maken bij een inval als deze nogal vlot dodelijke gevolgen kon hebben. Lik-op-stukbeleid in optima forma: één verkeerde beweging, één inschattingsfout, en het was over en sluiten. Daar had hij steeds zijn kick uit gehaald. Maar alle tientallen keren dat hij actief problemen had opgezocht, was het in feite nergens over gegaan. Het was als *buiten spelen* geweest, met als inzet zijn leven en dat van zijn tegenstanders. Mensen die aan elkaar waren gewaagd, die het gewend waren om op het randje te leven.

Nu was Susan de inzet. En dat maakte alles anders.

Het maakte een andere aanpak noodzakelijk.

Maier besefte dat hij op het punt stond om iets te doen wat hij nooit eerder zelfs maar had willen overwegen: samen met iemand anders een inval doen. Een inval waarbij met scherp geschoten zou worden. Schieten met maar één doel: doden. En dat samen met een rechercheur – een gefrustreerde, boze rechercheur, die het allemaal meer dan zat was.

Hij vroeg zich vrijwel continu af of het allemaal wel klopte, in hoeverre ze betrouwbaar was. Hij lette op elke aanwijzing, haar lichaamstaal, mimiek, woordkeus, zelfs de stiltes waren veelzeggend. Ontegenzeglijk was ze licht gestoord, wat op zich geen verkeerde eigenschap was. Je moest in zekere mate gestoord zijn om uit vrije wil een pand vol gewapende klootzakken binnen te vallen. Verder was ze een vrouw met een sterke drive die moeilijk kon omgaan met onrecht en een grondige hekel had aan gewetenloze schoften die ze liever afknalde dan inrekende. Tot dusver een vrouw naar zijn hart.

Er was maar één ding mis met Joyce Landveld. Dat verhaal van haar, en meer specifiek de manier waarop ze hem oorspronkelijk op het spoor zou zijn gekomen. Kon het waar zijn? Zou ze hem inderdaad per toeval in het vizier hebben gekregen tijdens een observatie in Venlo, geïntrigeerd zijn geraakt door zijn modus operandi en ter plaatse hebben besloten om haar collega's niet op hem te wijzen – nóg niet tenminste – omdat ze dacht dat hij haar in een later stadium nog eens van pas zou kunnen komen? Gaandeweg had ze blijkbaar in het geheim een stevig dossier over hem samengesteld. Dat was op z'n zachtst gezegd merkwaardig.

In elk geval was haar obsessie niet van seksuele aard. In het hotel vannacht was ze uit zijn buurt gebleven, ze had zelfs met haar kleren aan geslapen. Vanochtend in de auto had ze uitgelegd dat ze een vaste vriend had, Jim. Ze had die jongen op een geforceerd aandoende manier ter sprake gebracht en onnodig hoog opgegeven over zijn fysieke en mentale kwaliteiten, daarmee nogal doorzichtig duidelijk makend dat ze geen verliefde stalker was. Het was plausibel. Joyce was uiterst charmant, ze lachte graag en veel en haar benadering hing soms tegen flirten aan, maar hij moest toegeven dat ze inderdaad niet als een verliefde vrouw op hem overkwam. Eerder gefocust.

Er smeulde een vuur in die donkere ogen dat weinig nodig had om op te laaien. En wat hij daar heel af en toe zag branden, was pure haat, vernietigingsdrang, het destructieve eindresultaat van jarenlang opgebouwde frustratie. Ze leek die Maksim werkelijk tot op het bot te haten en de ontvoering van Susan te zien als een teken om zich eindelijk kenbaar te maken aan haar geheime project. Het kon geen toeval zijn dat juist Susan bij die kerels werd vastgehouden, had ze gezegd. Ze moesten dit samen doen. Ze hadden elkaar nodig, ze vulden elkaar aan. Ze waren een geweldig team.

Dat en nog veel meer had ze vanochtend onderweg hierheen gezegd. Hij had het allemaal aangehoord en zo nu en dan geknikt of een instemmend gebrom laten horen. Dat hele gedoe over toeval of geen toeval, hij had er niets mee. Joyce had wapens, plattegronden, belangrijke gegevens en een zinderende drive om dit te laten slagen. Het was alles wat hij nodig had om Susan daar snel en veilig weg te kunnen halen en het was de enige reden dat hij met Joyce in zee ging.

Verder wilde hij er niet meer over nadenken. Voorlopig ging hij met haar verhaal mee, in ieder geval tot kwart over vijf vanmiddag, zodat hij zoveel mogelijk informatie en materiaal kon vergaren. Vanaf daar zag hij wel verder.

    Feitelijk had hij in dit scenario maar één enkele zekerheid: mocht Joyce voor de Russen werken, dan was hij ten dode opgeschreven.

51

Olga streek met een borstel door Susans haren. In het begin was het pijnlijk geweest, omdat het haar door het vele liggen op het vochtige matras verward was geraakt en in elkaar gedraaid. In Susans nek en bij haar oren hadden dikke klitten gezeten, die volgens Olga bijna waren vervilt. Nu gleed de borstel er moeiteloos doorheen en was de behandeling alleen nog maar prettig.

Susan had haar ogen gesloten. Ze was Olga's gezelschap op prijs gaan stellen. 'Heb je familie?'

'Mijn ouders, een jongere broer en een oudere zus. En mijn *babushka* woont ook bij ons in huis.'

'Dus je hebt een plek om naartoe te gaan, als je voldoende geld hebt gespaard? Je kunt naar huis?'

'Ja. Daar ben ik dankbaar voor, want dat geldt niet voor alle meisjes. Er zijn er ook die nooit terug kunnen of die dat niet meer willen, omdat ze met de nek worden aangekeken.'

'Hoezo?'

'Je bent toch een hoer geweest, in sommige dorpen en in sommige families wordt je dat niet in dank afgenomen... En jij, Susan, heb jij een thuis, om naartoe te gaan?'

Ze gebruikte het woord *home*, niet *place*. 'Een thuis?' Susan sloeg haar ogen neer en dacht angstvallig na.

Het begrip thuis was jarenlang abstract geweest. Het oude, vrijstaande herenhuis waarin ze was geboren en opgegroeid met haar beeldhouwende vader, haar vijf jaar oudere zus en grotendeels afwezige moeder, was eerder een topografisch feit dan dat ze er iets bij had gevoeld. Er was geen warmte geweest in dat huis, geen gevoel van thuiskomen. Het was gewoon een plek waar je naartoe fietste als de school uit was, waar je bed stond en als het meezat eten in de koelkast lag. Haar ouders, met name haar vader, hadden zich vooral beziggehouden met hun buitenlandse vrienden. Susan en Sabine hadden in dat gezelschap altijd wat verloren gelopen.

Haar moeder, die kortgeleden bij haar was ingetrokken, deed haar uiterste best de verloren jaren goed te maken. Daarin slaagde ze niet zo heel goed en daar kon Jeanny weinig aan doen. De familie Staal had nu eenmaal niet vooraan gestaan bij het uitdelen van nestwarmte.

De eerste keer dat Susan iets had ervaren wat thuiskomen het dichtste benaderde, was toen ze al jarenlang het huis uit was. Om precies te zijn vorig jaar. Haar kleine stadsappartement was een thuis geworden toen Sil bij haar introk. Toen zijn Asics nog in de woonkamer rondslingerden, zijn scheerapparaat op de oplader in haar badkamer stond, zijn kleren in haar wasmand tussen die van haar lagen. Zijn muziek uit haar stereotoren knalde en zijn lichaam 's nachts naast haar lag.

En toen ging hij weg, en met hem en zijn muziek en spullen verdwenen ook de gevoelens van verbondenheid, van liefde en het gevoel een thuis te hebben.

Wat kon ze zeggen? Zou Olga haar begrijpen? En zo ja, wat had het voor zin om haar ermee op te zadelen? In het licht van de realiteit kwam haar klacht zo banaal, zo ontzettend verwend en onbelangrijk voor.

'Ik woon op mezelf,' zei ze, uiteindelijk. 'En mijn moeder woont bij me in.'

'Da's fijn.' Olga pakte een roze elastiek en begon Susans haar bij elkaar te trekken. Haar gezicht stond ineens serieus. 'Je bent echt bang. Je trilt helemaal.'

'Ik wil je niet in de problemen brengen. Maar dit gaat niet om mij, het gaat om mijn vriend. Hij moet een van deze mensen iets hebben aangedaan. Ze willen hem pakken via mij. Dat weet ik zeker.'

'Dan hadden ze dat toch...'

Er werd beneden aangebeld. De zoemer ging twee keer achter elkaar, alsof het dringend was.

Susan verstijfde. 'Daar zul je hem hebben.'

'Nee, dat is hem niet.' Olga keek over haar schouder naar de deur en bleef stil zitten. 'Dat is Vadim niet. Klanten en bekenden bellen aan in een bepaald ritme, drie keer kort, drie keer lang. Dat doen ze altijd. Zo weten de mannen of er problemen zijn.'

Susan reageerde niet. Ze spitste haar oren.

Meteen klonken er voetstappen op de trap. Ze kwamen naar boven toe, roffelden op de treden. Zware, stampende voetstappen. De deur werd bijna opengetrapt.

Ilya kwam naar binnen gebeend, nam in een tel het tafereel in zich op en baste iets in het Russisch naar Olga. Die sprong meteen op.

'*What's the matter?*' vroeg Susan.

'Politie. Er staat politie voor de deur,' zei Olga snel, en ze verdween de kamer uit.

Ilya trok een rol dikke tape uit de zak van zijn trainingsbroek en beet er een stuk af, bukte en plakte het zwarte plastic over Susans mond. Hij herhaalde de procedure twee keer.

Beneden werd opnieuw gebeld, nu aan één stuk door.

De deur werd opengetrokken. Susan hoorde mannen praten. Nederlandse stemmen. Het leek eeuwen geleden dat ze Nederlands had horen praten.

Ilya keek haar strak aan. Legde zijn wijsvinger tegen zijn mond, balde zijn vuist en deed alsof hij haar ging stompen.

Ze kneep haar ogen dicht en wendde haar gezicht af, zette zich schrap voor de klap die niet kwam. In plaats daarvan greep hij haar paardenstaart vast en dwong haar hem aan te kijken. 'You quiet.' Zijn ogen stonden woest, hij straalde een en al agressie uit.

Ze knikte, slikte zichtbaar. Sloeg haar ogen neer, om hem te laten merken dat ze zou luisteren. Haar hart schokte in haar borstkas en ze had moeite om voldoende zuurstof door haar neusgaten naar binnen te krijgen. Haar hele lichaam beefde ongecontroleerd.

Ilya liet haar staart los, liep terug de gang op en sloot de deur achter zich.

Pas toen ze zijn voetstappen op de trap hoorde, begreep ze ten volle wat er aan de hand was. Politie.

Ze moest iets doen.

52

Maier bekeek de plattegronden, foto's en computeruitdraaien. Joyce had niets te veel gezegd, ze had een goudmijn aan informatie bij elkaar gesprokkeld via de computers van de CIE. Zelfs geschetste plattegronden van elke verdieping ontbraken niet. Als de gegevens klopten dan werd Susan vastgehouden op de eerste etage aan de linkerzijde van het pand, een kamer die ingeklemd zat tussen de trap en een afwerkruimte.

Joyce had alles uitstekend voorbereid, hij had het niet beter kunnen doen. Zelfs de inval stond in grote lijnen uitgewerkt op papier.

Er tintelde iets vanbinnen wat hij al even niet meer had gevoeld. Precies zo zou hij het ook gedaan hebben: weten hoeveel man wanneer aanwezig is en dus wat het beste tijdstip is om naar binnen te gaan. Waar je naar binnen kan, welke vluchtweg je vrij moet zien te houden. Het maximale aan data verzamelen en alles opslaan op je biologische harde schijf, de inval keer op keer visualiseren, met alle mogelijke variabelen die je maar kunt bedenken en dan, als het moment is aangebroken dat je daadwerkelijk die deur intrapt, de rest overlaten aan je snelheid en je instinct.

Hij bekeek de schetsen, liet zijn vingers over de pennenstreken gaan en stelde zich de gangen voor, de deuren, de kamers, de geuren, geluiden. Voelde als vanzelf weer die onweerstaanbare drang opkomen om in de schemer een vreemd pand binnen te dringen, met een betrouwbaar pistool met demper klemvast in zijn vuist, zijn lichaam te laten volstromen met adrenaline, die zijn geest schoonspoelde en zuiverde tot er alleen nog maar die ene, pure, bijna zenachtige toestand was waarin nog maar één ding telde: overleven. Winnen, ongeacht hoe sterk de weerstand. Ongeacht hoe hachelijk de situatie.

Maar nu was het anders. Er was meer dan alleen maar die verslavende opwinding. Maier kookte van woede. En hij was dodelijk ongerust. Geen beste combinatie. Hij moest gecontroleerd blijven, zijn hoofd erbij houden. Het mocht verdomme niet misgaan. Niet nu.

'Dit zou de ideale plek zijn geweest.' Joyce tikte met een pen op de situatieschets. 'Eerste etage, achterzijde. Het is een afwerkkamer en de kans dat daar iemand is rond etenstijd, is erg klein, dus we hadden er ongezien naar binnen kunnen gaan. Van daaruit is het een paar passen naar de centrale hal.'

'Maar...?' Maier deed geen moeite zijn ongeduld te verdoezelen.

'Geblindeerd, bijna het hele pand. Alle ramen voor en achter, op de begane grond en de eerste etage. Ik weet genoeg methodes om twee centimeter dikke multiplex uit die sponningen te krijgen, maar geen daarvan is geruisloos. Kortom: eerste etage gaat niet.'

'En de keukendeur?'

'Gepantserd, net als de voordeur. Plaatstaal aan de binnenkant, geen lullige sloten.'

'Het lijkt verdomme wel een fort.'

'Dat is het ook. Het werkt twee kanten op: ze houden die meiden binnen en ongewenste gasten buiten.' Haar ogen schitterden in het lamplicht. 'Die Vadim wist wat hij deed toen hij voor dit pand koos.'

Maier strekte zijn arm, liet zijn wijsvinger rusten op de derde schets. TWEEDE ETAGE, stond erbij, en omcirkeld: MAKSIM.

'Dakraam?' vroeg hij.

'Precies, en op ontluchtingsstand, in principe altijd.'

'Je hebt er geobserveerd.'

'We zijn in dat pand geweest, vergis je niet. Er is relatief veel info.'

Hij staarde naar de tekening. Tweede etage, derde woonlaag. Dat moest hoog zijn. Verschrikkelijk hoog. Minstens negen meter boven straatniveau. Het dakraam zat in het pannendak, dat betekende langs de gevel omhoog, over de dakgoot – waarschijnlijk een met zink beklede houten bak – en dan via de dakpannen op het schuine gedeelte verder. Hij keek op. 'Is die klim te maken? Wérkelijk te maken?'

'Voor mij wel.'

Hij trok geërgerd een wenkbrauw op.

'Als je vijfenvijftig kilo weegt,' ging ze verder, 'en je bent een geoefend klimmer, dan zou ik zeggen ja, het is te doen. Goed te doen zelfs. Maar voor een hardloper van negentig kilo? Qua geluidsniveau denk ik dat we net zo goed gelijk een heli op het dak kunnen laten landen.' Abrupt haalde ze haar pen van de plattegrond af en plantte hem met een hoorbare tik van de punt op de eerste schets. 'Jij gaat gewoon hier naar binnen. Door de voordeur.'

'Hoe dan?'

'Ik maak hem voor je open. Tijdens etenstijd zit iedereen in de woonkamer en keuken beneden, dus loop ik zo de twee trappen af.' Ze keek hem opgetogen aan. 'Dat kan. Geloof me. Ik heb erover nagedacht.'

'En als je iemand tegenkomt?'

'Die kans is klein, maar dan schiet ik. We moeten rekening houden met drie man. Niet meer.'

'Weet je dat zeker?'

'Zeker weet je het nooit, toch? Er kunnen mensen ziek zijn, er kan nieuw personeel zijn aangetrokken. Daar heb je geen invloed op. In elk geval zijn er op de maandagen rond etenstijd tot dusver steeds drie mannen binnen geweest. Maand in, maand uit. Dus moeten we daarvan uitgaan.'

'Nummer één is die Rus, die Vadim?'

'Nee, die is er vrijwel nooit. Het gaat om Maksim Kaloyev, zijn rechterhand Ilya Makarov en nummer drie is Pavel Radostin.' Ze trok een foto tussen de stapel vandaan. 'Hier heb je hem.'

Een bleke jongen van achter in de twintig staarde boos in een politiecamera. Zijn haar was aan weerszijden van zijn schedel weggeschoren.

'Hij heeft een staart in zijn nek en een slangentatoeage op de binnenkant van zijn linkerarm,' zei Joyce op zakelijke toon. 'Een manusje-van-alles, hij doet boodschappen, is chauffeur, dat soort dingen. Hij is waarschijnlijk niet echt gevaarlijk.'

'Je moet ze nooit onderschatten.'

'Doe ik ook niet.'

'Hoe komt het dat jullie hun bewegingen zo goed kennen? Zelfs hoe laat en waar ze eten?'

'We hebben een informant binnen gehad. In dat pand.'

Maier keek op. Er zat een lichte trilling in haar stem, amper merkbaar, maar zijn sociale voelsprieten stonden hypergevoelig afgesteld en pikten het feilloos op. 'Wat is er met die informant?'

'Hij is dood. Vermoord.'

'Wanneer?'

'Een paar dagen geleden.'

Maier ging rechtop zitten. 'Zijn ze erachter gekomen dat hij hen verlinkte?'

Ze ontweek zijn blik. 'Zoiets.'

'Nee, verdomme. Niet "zoiets". Vertel op.'

Ze schudde haar hoofd. 'We hebben niet veel tijd. Het is onbelangrijk. Het heeft geen zin om –'

Hij sprong op, zette zijn vingertoppen op het tafelblad. 'Landberg, ik sta op het punt om met jou dat pand binnen te vallen. *Alles* doet ertoe. Elk klein kloteding, en dat is de moord op een informant niet bepaald. Ben verdomme concreet.'

'Ik heb hem...' Ze richtte zich op het tafelblad. Zweeg.

'Verlinkt?'

'Vermoord.' Ze wreef met duim en vingers onrustig over haar wenkbrauwen. Keek Maier daarna recht aan. 'In zijn buik en door zijn kop geschoten met zes kleinkalibers, in zijn eigen auto.'

Geleidelijk zakte Maier terug in zijn stoel. De plotselinge hardheid in haar stem en blik verbaasden hem niet, die stelden hem juist op een vreemde manier gerust. Hij had haar goed ingeschat. 'Wie weet dit?'

'Niemand.'

'Hoe weet je dat zo zeker?'

'Omdat ik het goed gedaan heb.'

Hij knikte zwijgend. Zei daarna: 'Waarom knal jij eigenlijk informanten overhoop? Moet je daar niet juist heel zuinig op zijn van je baas?'

'Ik had informatie nodig. Hoe het zat met Susan, wie haar daar had gebracht, wat ze met haar van plan waren... Robby wist dat, die werkte voor Kaloyev. Maar hij werd gerund door een collega die ik amper ken. Dus was het vreemd dat ik bij Robby op de stoep stond. Hij reageerde er niet goed op. Hij wilde mijn collega gaan bellen om een en ander te verifiëren. Ik had geen keus.'

'Dat had je van tevoren kunnen weten.'

'Wat?'

'Dat een informant achterdochtig kan worden als iemand anders dan zijn contactpersoon om inlichtingen komt vragen.'

Ze haalde haar schouders op. 'Misschien wel.'

Onverwacht greep Maier haar beide polsen vast en zocht haar blik. 'Zijn er eigenlijk nog meer "onbelangrijke" dingen die ik moet weten?'

Ze keek naar haar polsen en terug naar Maier. 'Niet echt. Wat ertoe doet, weet je nu. Ik denk dat we zo de bewapening wel kunnen gaan doornemen.'

Hij voerde de druk op. Staarde haar recht aan.

Ze knipperde niet eens met haar ogen.

'Ik heb geen zin in verrassingen,' zei hij en zijn ogen lieten de hare niet los.

'Ik net zo goed niet.'

'Hoe weet ik dat je niet corrupt bent? Dat je me geen oor aannaait?'

'Dat kun je niet weten. Je moet me vertrouwen.'

'Mensen vertrouwen is niet mijn sterkste kant.'

'Dat was me al duidelijk geworden.'

'Dus waarom zou ik met dit verhaal meegaan?'

Ze hief haar kin. 'Omdat je zonder mij niet vandaag nog die inval kunt doen. Dat weet je zelf net zo goed.'

'Maar de vraag is, Joyce Landveld: is die inval nodig? Zit Susan daar eigenlijk wel?' Hij liet met opzet een stilte vallen. 'Nou?'

Als ze corrupt was, dacht Maier, dan was ze een begenadigd actrice.

Haar reactie was beledigd, kwaad. Ze balde haar vuisten en snauwde: 'Ik begin die paranoia van jou spuugzat te worden, Maier. Misschien moet je je mail eens wat vaker lezen. Wanneer heb je dat verdomme voor het laatst gedaan?'

Maier liet haar polsen los alsof ze stroom gaven.

Joyce klapte met een nijdig gebaar haar laptop open en draaide hem met het scherm en toetsenbord naar Sil toe. Gaf het apparaat een vinnig zetje. 'Hier. Succes.'

Hij trok het ding naar zich toe, wachtte ongeduldig tot de draadloze internetverbinding contact had gemaakt en ratelde vervolgens met zijn vingers over de toetsen.

Hij had al weken zijn e-mail niet meer bekeken, of misschien zelfs maanden. Hij kon zich de laatste keer niet meer heugen.

Eenmaal in zijn Hotmail-account klikte hij door naar 'Postvak in'. Er was niet veel nieuws. Eén e-mail was afkomstig van Susan. Ze had niets in de mail zelf gezet, niet eens een kus of groet, en dat was vreemd. Een vreemd lege e-mail met twee fotobestanden eraan vast.

Ongeduldig klikte hij op de eerste, die snel erna geleidelijk op het scherm verscheen. Daarna op de tweede.

Aan de overzijde van de tafel zat Joyce hem gade te slaan, haar armen over elkaar. 'Vandaag een week geleden verstuurd,' zei ze, zacht. De woede was uit haar stem verdwenen. 'Ik had ze je liever niet laten zien, ik had ze je willen besparen. Het is niet het goede moment.'

'Het is juist een uitstekend moment,' zei hij schor. Klapte de laptop dicht. 'Waar heb je die verdomde wapens?'

'In het souterrain. Maar we gaan eerst nog een fikkie stoken.'

'Fikkie?'

'Deze papieren moeten weg. En jouw dossier.'

53

Ze gingen niet zitten. Dat deden ze nooit. Het ergerde hem mateloos, dat opzettelijke gezwerf door zijn tent. Hij wilde ze op zijn bank hebben, in het zalmroze leer waar hij ze in de gaten kon houden: naast elkaar, braaf ingekaderd. Maar de twee rechercheurs deden precies het tegenovergestelde en dat deden ze expres, om hem te zieken.

Het team dat was belast met het onderzoek naar de moord op Robby had hem twee kerels op zijn dak gestuurd. Ze vertegenwoordigden elk een uiterste van dezelfde loopbaan, 'voor en na': een fris, vastberaden ogend jochie van een jaar of zevenentwintig en een grijze, vermoeid ogende vent met opzichtige paarse wallen onder zijn ogen. Ze sjouwden door de kamer alsof ze een bod op de boedel moesten uitbrengen – een te laag bod welteverstaan. Ze pakten allerlei voorwerpen op, draaiden ze om in hun hand en keurden ze, alsof champagneglazen van IKEA hen echt interesseerden, of anders wel gipsen engeltjes met een goudkleurige laklaag, en zetten ze daarna steevast elders terug.

Maksim kon er slecht tegen als iemand aan zijn spullen zat. Als ze weg waren, zou hij een halfuur bezig zijn om alles terug op zijn plek te zetten.

Hij werd afgeleid door een zachte bonk die van de eerste

etage leek te komen. Hij luisterde ingespannen, maar hoorde niets meer. Misschien had hij zich vergist.

Met zijn armen over elkaar keek hij zuur naar de rechercheurs. Hij haatte de Nederlandse politie. Het waren zulke eikels. In elk land waar hij tot nu toe had gewerkt waren bankbiljetten een prima middel geweest om ongestoord je gang te kunnen gaan. Soms moest er wekelijks worden betaald, soms maandelijks en incidenteel wat extra, als er zaken uit de hand dreigden te lopen. Hij woonde en werkte hier nu al jarenlang, maar hij had nog steeds onvoldoende grip op de politie kunnen krijgen.

Twee jaar terug had hij een poos een rechercheur in zijn zak gehad, een oude viezerik die een oogje toekneep in ruil voor een uurtje stoeien met de meiden. Dat was een goede tijd geweest, zo kort als die duurde. Zijn opvolger weigerde het spel mee te spelen. En hij bevond zich in het gezelschap van collega's die er precies zo over dachten.

Ze haatten hem. Daarom kwamen ze ook met zo'n achterlijke, opvallende politieauto voorrijden, zo'n bak die de klanten afschrikte en hem een slechte naam bezorgde. Rechercheurs wilden nog niet dood gevonden worden in zo'n opzichtig bestickerde auto-van-de-zaak, ze fietsten nog liever, maar als ze hem ermee konden treiteren, sprongen ze er met plezier in.

Maksim spitste zijn oren. Hij had zich niet vergist. Het bonken kwam wel degelijk van de eerste verdieping. En het werd heviger.

Hij merkte dat hij licht begon te transpireren. De rechercheurs hadden bij binnenkomst duidelijk gezegd dat hun bezoek te maken had met Robby. Dus was er in wezen niets aan de hand. Hij wist naar eer en geweten niets van die moord en dat zou hij goed aannemelijk kunnen maken.

Maar die griet lag boven. Als die werd ontdekt, waren de

rampen niet te overzien. Het gebonk kwam van haar, en van niemand anders. Ze was de enige die reden had om herrie te schoppen en bovendien lag haar kamer boven de voormalige achterkamer. Pal boven zijn hoofd. Schuw loerde hij in de richting van de twee bezoekers aan de andere kant van de kamer.

De oude agent keek even omhoog. Streek daarna over een stuk behang dat had losgelaten. 'Je mag het hier weleens opknappen, Kaloyev.'

'Kom ter zake,' zei Maksim. 'Ik heb meer te doen vandaag.'

Ze negeerden hem en gingen door met hun inspectie, die was bedoeld om hem op de kast te krijgen, zodat hij zijn geduld zou verliezen en slordige uitspraken zou doen. Dat laatste was *wishful thinking* – hij was niet achterlijk – maar op de kast zat hij al wel.

In feite, dacht Maksim, mocht hij zich nog gelukkig prijzen dat die twee rechercheurs nu al hier waren. Als ze hun neus een halfuurtje later hadden laten zien, dan hadden ze kunnen assisteren bij het inladen van die griet.

Hij hoorde nu duidelijk bonken. Onmiskenbaar. Het was een fucking wereldwonder dat die twee bromsnorren er niets van merkten, of er in elk geval niets van zeiden.

Achter de rug van de twee rechercheurs wenkte hij Ilya. Die was in een paar passen bij hem.

'Ga naar boven,' mompelde Maksim in het Russisch, 'en zorg ervoor dat die *suka* indimt.'

Ilya verdween de kamer uit.

'Dat is niet zo netjes van je, Kaloyev, een taal spreken die wij niet verstaan.' De oude rechercheur kwam op hem afgelopen. 'Is er iets wat we moeten weten?'

'Ik geloof het niet. Nou, stel je vragen en donder op, we hebben hier een business te runnen en met een politiewagen voor de deur krijg je geen klandizie. Alleen maar praat.'

'Misschien zit je in het verkeerde vak,' merkte de oude man op.

Achter hem kwam Svetlana de kamer in. Ilya moest haar naar beneden hebben gestuurd. Ze droeg een zwarte top en een glanzende heupbroek met pantermotief, de zijsplitten kwamen tot op haar heupen. Een topgriet. Op zeventienjarige leeftijd gedwongen aan dit werk begonnen had ze de smaak van het geld te pakken gekregen. Nu was ze drieëntwintig. Maksim mocht haar wel. Daarom was ze nooit doorverkocht. Svetlana deed maar een paar klanten per week en hield zijn bed 's nachts warm. Ze was als een vriendin voor hem. Eentje die vrijwel nooit aan zijn hoofd zeurde. Ze kookte zelfs voor iedereen.

En ze deed het momenteel uitstekend als bliksemafleider.

Svetlana glimlachte naar beide mannen, sloeg haar gladgeschoren benen bevallig over elkaar, schikte haar top zo dat er een flinke geul tussen haar opbollende borsten ontstond. Vervolgens stak ze een sigaret op en blies de rook langzaam uit.

De jonge vent liet zich afleiden. Eén agent minder die zijn hersens kon aanspreken.

'Wat was dat voor herrie, daarboven?' vroeg de grijze man.

'Herrie?' Maksim trok beide wenkbrauwen op.

'Dat bonken.'

'Het is hier een bordeel, heren. Er wordt hier de hele dag door gebonkt.' Maksim lachte hardop om zijn eigen grap, diepte een pakje kauwgum op uit zijn zak en tikte twee pastilles in zijn mond. Bood de rechercheurs niets aan. 'Nou. Ik weet niet hoeveel tijd jullie hebben, maar ik moet zo meteen weg. Dus vooruit met de koe.'

'Met de geit,' corrigeerde de grijze rechercheur, die hem nu geamuseerd aankeek. 'Het is vooruit met de *geit*. Je zou een inburgeringscursus kunnen overwegen.'

Maksim snoof luidruchtig, telde inwendig tot tien. Alleen als hij rustig bleef zouden deze kerels binnen een halfuur weer buiten staan.

En als die kutgriet zich daarboven koest hield.

'Robby Faro. Die naam zal je bekend voorkomen, niet, Kaloyev?'

Maksim keek naar de oude rechercheur. 'Robby werkte hier weleens, zoals jullie weten.'

Het bonken was opgehouden. Eindelijk.

'Kan ik Svetlana iets voor de heren laten inschenken?'

'Doe mij maar een jus.'

'En jij?' vroeg hij aan de jonge kerel.

Die keek verstrooid op, had moeite zijn ogen los te trekken van Svetlana's USP's. 'Maakt me niet uit. Water is goed.'

Ilya kwam terug de kamer in, zocht zijn blik en kneep geruststellend zijn ogen toe.

Alles onder controle. Mooi.

Maar voor hoe lang? Maksim hoopte niet dat dit onverwachte bezoekje ertoe zou leiden dat Vadim hem vandaag met die griet liet zitten. Hij zou hem meteen bellen zodra die twee wouten waren opgerot.

Feitelijk kon hij niet wachten tot hij van alles en iedereen was verlost. Hij was ze allemaal meer dan zat. De politie die voor de tweede keer dit jaar kwam snuffelen, Anton die hem er steeds aan herinnerde dat hij zonder hem nog steeds een manusje-van-alles was, Vadim die hem in zijn eigen tent de les las, die kut-Robby die zo nodig doodgeschoten had moeten worden – Joost mocht weten door wie –, en niet in de laatste plaats die verdomde Hollandse klotegriet die al veel te lang een kamer bezet hield.

Maksim kauwde wild op zijn kauwgum. Hoorde hij nou verdomme weer bonken, of zat het in zijn oren?

'Svetlana,' blafte hij.

De blondine sprong meteen op.

'Nou, wat sta je daar stom te kijken?' snauwde hij in het Russisch. 'Schenk die twee heren eens wat in.'

Ja. Hij vergiste zich niet. Hetzelfde gebonk als daarnet.

Waar was Ilya nou verdomme weer gebleven?

54

Het geluid van hun voetstappen weerkaatste tussen de betonnen muren en haar sleutelbos rammelde luidruchtig terwijl ze zocht naar de juiste sleutel.

Het souterrain deed Joyce denken aan een gevangenis. Niet de gevangenissen die ze kende van het werk, die waren veelal wit en licht en efficiënt, maar die van sombere films, die zich afspeelden in een troosteloze toekomst en de kijker achterlieten met een unheimisch gevoel en een knoop in de maag.

Het was prettig hier samen met Sil Maier te zijn. Hij liep achter haar, gaf letterlijk rugdekking. Met hem in haar kielzog voelde ze zich nu al een stuk veiliger en slagvaardiger.

Haar angst dat hij gevaarlijk kon zijn, gevoelloos en vrij van enig schuldbesef, was grotendeels verdwenen. Hij was voorzichtig, wat introvert, hij wist niet goed wat hij aan haar had en hield daarom reserves. Dat was normaal in deze situatie.

Ze wist zeker dat de inval succesvol zou verlopen. Samen waren ze onoverwinnelijk. Een beter team was niet denkbaar.

'Hier is het.' Joyce draaide het slot om en duwde de deur open. Haar rechterhand zocht naar de lichtknop. 'Kom binnen.'

Niemand anders dan zijzelf was ooit in deze ruimte geweest. Het was vreemd en tegelijkertijd opwindend om Maier hier te zien staan, zijn voeten in Asics gestoken, benen iets uit elkaar.

Hij keek om zich heen, nam de opslagruimte in zich op. Groot was die niet, krap drie meter breed en vier meter diep. Ramen ontbraken en er was geen enkele moeite gedaan om de ruimte aan te kleden: de vloer was van beton met een doorzichtige afwerklaag en de muren bestonden uit grote grijze blokken met cement ertussen. Er hing een stoffige fiets waar de ketting van af was gelopen, in een rek waren dozen opgestapeld en ernaast balanceerde een oude schemerlamp op een scheve voet. Op het eerste gezicht een normale opbergruimte.

Met uitzondering van de twee wapenkluizen die tegen de rechtermuur stonden. Ze waren bijna manshoog en een goede halve meter breed.

Joyce tikte een viercijferige code in van de linkerkluis. De mechanische piepjes werden gevolgd door een gedempte, metalige klik van het slot van de vuistdikke deur. Ze haalde de hendel over en trok de kluis open.

Maier floot zachtjes tussen zijn tanden. In het met een dunne laag grijze foam beklede binnenste waren vijf schappen, en op elke plank lagen vuistvuurwapens of accessoires zoals holsters en onderhoudskits, zaklampen, portofoons en dozen munitie.

Joyce pakte een fors, donker pistool van de derde plank. 'Kijk maar of je dit wat vindt. Voor mij is hij te groot, maar toen ik hem zag, moest ik hem hebben.'

Ik dacht meteen aan jou, voegde ze er in gedachten aan toe. *Hij past bij jou, Sil Maier.*

Hij nam het wapen aan. Een Sig Sauer P226, legerpistool van Zwitserse makelij met een schroefdraad op de loop. Zonder demper was het ding zo'n twintig centimeter lang en woog het ruim een kilo.

Nog voor hij kon vragen of ze er een geluiddemper bij had,

stak ze hem die toe. Hij draaide hem op het wapen, klikte het patroonmagazijn uit de handgreep. Het was volledig geladen. Vijftien zacht glanzende patronen lagen strak tegen elkaar te wachten tot iemand de trekker overhaalde.

'9mm's,' zei Joyce, en ze zakte op haar hurken. Op de bodem van de kluis stonden doosjes munitie opgestapeld. Ze bekeek ze, zette er een paar opzij en stopte hem een doosje toe. 'Ik heb er geen extra magazijn bij, je zult ze los mee moeten nemen. Wat denk je, kun je er iets mee?'

'Heb je geen .45?'

Ze grijnsde. 'Je bent niet in een wapenwinkel. Sorry. Ik heb twee 9mm's en drie .22's. Die andere 9mm gebruik ik liever zelf. Dus je doet het er maar mee.'

Hij keek op de plank. 'Die Walther P5?'

'Een kloteding, maar ik ben eraan gewend.'

'Wat is er mis mee?'

'Op de schietbaan krijg ik er blaren van op mijn handen, en hij is wat mij betreft onhandig groot.' Ze gespte een schouderholster om en stak de Walther weg. 'Maar ja. Het is het standaardvuurwapen bij het korps, je hebt ze niet voor het uitkiezen. En hij is in elk geval een stuk lichter dan die Sig.'

'Hoe kom je eraan? Van een collega?'

'Nee. Hij is bij een inval buitgemaakt, afkomstig uit een illegaal wapendepot. Die Sig ook, trouwens. En deze idem dito.' Ze liet hem de Walther TPH zien. 'Superhandig ding, dit.' Ze ging op de grond zitten en trok haar broekspijp omhoog. Sloeg er een zwarte klittenbandholster omheen en stak de TPH er in weg, trok er een bandje overheen en stond weer op. 'Jij ook een kleintje, voor nood?'

'Kan geen kwaad.'

'Kies er maar een uit.'

Terwijl Maier de twee kleinkalibers bekeek, tikte Joyce de

cijfercode van de andere kluis in en ontgrendelde de deur.

'Ik zou me kunnen voorstellen dat je liever geen wapens leent,' mompelde ze. 'Dat je liever je eigen materiaal gebruikt.'

'Ik heb geen wapens,' zei hij mat. Voegde er daarna aan toe: 'Niet meer, althans. Ik had niet gedacht dat ik ze ooit nog nodig zou hebben.'

Joyce besefte dat hij begon te ontdooien. Het verbranden van zijn dossier had zijn vertrouwen in haar doen toenemen. Ze kon een glimlach niet onderdrukken.

Zijn keuze viel al snel op een klein, hoekig pistool, zilverkleurig met zwarte grepen. Hij hield het kleine wapen in zijn rechterhand en testte de speling op de slede.

'Een AMT Backup,' zei ze. 'Ik had er nog nooit van gehoord, maar een fabrikant die een kleine .22 "back-up" noemt, heeft mijn sympathie. Voor zo'n klein, licht ding is hij trouwens redelijk goed hanteerbaar. Ook voor jou, vermoed ik.'

Maier gromde iets onverstaanbaars. Op de tweede plank lagen een enkel- en een schouderholster. Hij nam ze allebei en trok de laatste over zijn T-shirt aan. 'Heb je ook aan messen gedacht?' vroeg hij.

'Onder andere.'

Maier keek over haar schouder in de kluis die ze net had geopend. 'Jezus,' mompelde hij. 'Wat ben jij allemaal van plan?'

55

Haar hoofd tolde van de pijn, van de klappen die het had moeten opvangen. Zout van haar opgedroogde tranen prikte op haar wangen. Ze kon niet meer. Haar lichaam was uitgeput.

Ze luisterde ingespannen. Waren die politiemensen er nog? Onmogelijk te zeggen. Ze hoorde alleen nog een fluittoon.

Ze had een gruwelijk risico genomen. Zich de woede van Ilya op de hals gehaald door met haar hoofd op de grond te blijven bonken, met zo'n enorme kracht dat ze bijna was flauwgevallen.

En het was allemaal voor niets geweest.

Ze had zichzelf voor de gek gehouden. Gevochten en verloren.

Laboratoriumrattenhoop.

Door gezwollen oogleden staarde ze voor zich uit, naar het laagje braaksel dat op nog geen handbreedte van haar gezicht op het gladde zeil was terechtgekomen. De zurige lucht ervan rook ze al niet meer. Ze was al nagenoeg vergeten dat ze had overgegeven.

Ze had met de zijkant van haar hoofd op de vloer geslagen, omdat dat de enige manier was waarop ze de grond hard genoeg kon raken om gehoord te worden. Ze was tekeergegaan als een waanzinnige, maar dat was het niet geweest waardoor ze buiten bewustzijn was geraakt.

Dat kwam door de trap die Ilya haar had verkocht, toen hij voor de tweede keer naar boven was gekomen.

Toen ze bijkwam, was ze alleen en lag dat braaksel er. Haar handen zaten weer vastgebonden achter haar rug, in plaats van voor haar buik. En ze had geen idee van tijd meer.

Eén ding wist ze wel. Vadim zou haar komen ophalen, en dan bracht hij haar ergens naartoe om haar af te maken. Ze wist het gewoon. Dat had Sil haar zo vaak verteld: laat je nooit door iemand verplaatsen, het wordt niet beter – geloof dat nooit als ze je dat zeggen –, het wordt alleen maar erger. Vécht, zolang je nog kunt, met alles wat je in je hebt: vecht voor je leven.

Hij had het haar zo vaak op het hart gedrukt.

Ze voelde opnieuw tranen opwellen.

Er viel niets meer te vechten. Het was op.

56

Ilya sloot de deur achter de rechercheurs en richtte zich tot Maksim. 'Mooi dat die opgelazerd zijn. Alsof we verdomme niets te doen hebben op een dag.'

Svetlana trok zuchtend haar hakken uit, liep naar de keuken en bekeek haar make-up in een kleine, in blauw plastic gevangen spiegel aan de binnenkant van een keukenkastje. Bevochtigde haar duim en haalde hem voorzichtig langs de onderzijde van haar ogen.

'Wat een lul hè, die oude vent,' riep Ilya.

'Homo,' was haar oordeel. 'Hij stond naar jou te loeren. Misschien had jij een beetje vriendelijker tegen hem kunnen zijn.' Ze trok een lade open om een kam te pakken en begon verwoed een paar blonde lokken te touperen. 'Ik heb honger. Zal ik zo frites gaan halen? Of chinees?'

Ilya trok zijn wenkbrauwen op. 'Denk je dat echt?'

'Wat?'

'Dat-ie homo was?'

'Zeker weten.'

Maksim hoorde hen praten, maar de woorden drongen niet tot hem door. Zonder dat zijn personeel het in de gaten had, was hij in een andere dimensie beland.

De hele middag lang hadden de verdomde rechercheurs

door zijn woonkamer annex ontvangstruimte geslenterd en overal met hun klauwen aan gezeten alsof het hun eigen kantine was. Uur na uur hadden ze hem de ene na de andere lastige vraag gesteld – steeds dezelfde, in andere bewoordingen – zodat hij werd geforceerd om steeds opnieuw eenzelfde soort antwoord te formuleren, waarmee hij de mannen duidelijk kon maken dat ze bij hem absoluut aan het verkeerde adres waren. Hij wist niets van Robby's dood.

De hele tijd had Maksim alles en iedereen vervloekt, maar had die zure glimlach als gebeeldhouwd op zijn gezicht geramd gezeten, terwijl het vanbinnen raasde en tierde en alle vezels in zijn een meter tachtig lange lijf schreeuwden om een uitlaatklep. De haat, de frustratie. Het had zich al die weken opgebouwd. Hij had het allemaal nog kunnen *hendelen*. Maar die twee rechercheurs waren net te veel geweest.

Er was iets geknapt vanbinnen.

Svetlana en Ilya hadden dat niet meegekregen.

'Moet je die Vadim niet even bellen dat-ie dat mokkel kan komen ophalen?' vroeg Ilya.

Maksim reageerde niet. Hij beende naar de gang en bleef staan, onder aan de trap. Keek omhoog.

Die kloterecherche.

Kut-Robby die zich zo nodig had moeten laten doodschieten.

Die vieze, vette Anton met zijn stinkgeld, dat hij zo hard nodig had.

Die fucking Vadim, de kwal, de zelfingenomen, arrogante, omhooggevallen voetsoldaat.

Die vuile *teringhoer*, daarboven. Ze had moeten luisteren.

'Hoor je me wel?'

Maksim keek op. Fronste geërgerd zijn wenkbrauwen.

'Wát?'

'Dat je die Vadim effe moet bellen?'

'Vadim kan naar de hel lopen.'

Maksim nam de trap met twee treden tegelijk, moeiteloos, alsof de zwaartekracht geen vat meer op hem had.

'Wat ga je doen?' hoorde hij Svetlana onder aan de trap roepen.

'Ik heb Vadim lang genoeg gewaarschuwd,' snauwde hij. 'Hij kan verdomme kapotvallen en dat wijf van hem erbij.'

'Maksim? Nee!'

Hij hoorde haar niet. Beende de gang op, ramde de deur open.

Ze lag op haar buik op het matras, haar ogen dicht. Haar enkels waren geboeid en lagen vast aan de verwarmingsbuis. Haar polsen waren strak op haar rug gebonden – dat moest Ilya zojuist hebben gedaan. Een achterlijk staartje zat als een bruine fontein boven op haar hoofd. Ze had Svetlana's oude stretchbroek aan. Een zwart, afgedragen ding met glitters dat Susan te klein was. Dat wijf had een prima kont. Dat was hem al eerder opgevallen. Hollandse vrouwen konden nog niet in de schaduw staan van Russische, maar deze kon er redelijk mee door voor haar leeftijd.

'Maksim!' hoorde hij Svetlana gillen.

De paniek in haar stem alarmeerde de bundel vrouw op het matras. Er kwam beweging in, alsof ze had liggen slapen en wakker schrok. Ze begon te kronkelen, tilde haar hoofd op en probeerde te schreeuwen, maar de zwarte tape verhinderde dat en haar schreeuw bleef steken in onduidelijke keelgeluiden.

Hij gespte zijn broekriem open en trok hem los.

'Niet doen, alsjeblieft!'

Svetlana trok aan zijn schouders, hij merkte het amper. Maksims lichaam was gereduceerd tot een pulserende, razende machine waarin liters bloed onder hoge druk in werden rondgepompt, propvol adrenaline die zijn hart opjaagde tot een nog hogere capaciteit, nog sneller, nog harder, als een oververhitte ketel die op het punt stond te ontploffen.

Vadim kon doodvallen.

Anton kon doodvallen.

Iedereen kon doodvallen.

Dit was *zijn* toko. *Zijn* territorium.

Hij maakte uit wat hier gebeurde.

Niet die twee Russische klootzakken. Niet de politie. En al helemaal niet zo'n stomme Hollandse griet.

De druk moest van de ketel. En dat kon maar op één manier.

Hij had dit veel eerder moeten doen.

Hij negeerde Svetlana's gejammer, bukte, greep de band van de zwarte legging beet en gaf er een harde ruk aan. De stof scheurde alsof het papier was. Ze droeg er een rode string onder. Hij trok het ding in een krachtige haal van haar lijf.

Deze reet had nog nooit een zonnebank gezien. Wit, trillend vlees met doorzichtige, blauwe aderen en roze drukplekken.

'Niet doen,' huilde Svetlana achter hem. 'Alsjeblieft, je brengt ons in de problemen!'

Hij hoorde het amper. Liet zijn ogen dwalen over het witte, worstelende vlees op het matras, absorbeerde wat hij zag, de manier waarop de griet haar vastgebonden lichaam van hem weg probeerde te draaien, de angst, de worsteling. Hij luisterde naar de gedempte geluiden die ze produceerde en die hem alleen maar meer opfokten. Het luide, benauwde gesnuif dat uit haar neusgaten kwam. Keek naar haar ogen, die wild ronddraaiden in hun kassen, als die van een kalf dat naar het slachthuis werd geleid.

Hij knoopte zijn gulp open en trok de rits naar beneden. Greep in zijn boxershort.

'Maksim!'

Geërgerd draaide hij zijn hoofd naar zijn vriendin. 'Svetlana, klaar nu. Rot op!'

'Laat Ilya hem anders bellen, iemand! Alsjeblieft, man. Dit brengt ongeluk!'

Hij voelde Svetlana's hand op zijn schouder, weerde haar met een ruk van zijn bovenlichaam af en gaf haar een flinke zet na, zodat ze met een klap ruggelings tegen de muur aan viel. Ze kon zich nog net staande houden.

'En nou wil ik je niet meer zien,' schreeuwde hij. 'Stomme trut! Ga wat te eten halen.'

Snotterend snelde ze de kamer uit.

In een flits zag hij Olga op de gang staan. Haar mond hing open en ze keek vol ontzetting toe, haar handen fladderden aan haar polsen als paniekerige vogeltjes en grepen in haar rode haar.

'En dat geldt ook voor jou, stomme snol,' bulderde hij. 'Oprotten, verdomme, allemaal, al die wijven hier, vort, wégwezen!'

Ilya wurmde zich haastig langs de vrouwen naar binnen, smakte de deur voor hen dicht en sloot hem zorgvuldig af. Kwam op hem toegelopen.

Hij deed zijn colbertjasje uit en wierp het op het bed, stroopte zijn mouwen op. Zocht Maksims blik en keek hem peilend aan. Keek daarna naar Susan, die wanhopig probeerde om in elkaar te kruipen.

Een mondhoek krulde omhoog. 'Zal ik haar vasthouden?'

'Ja,' gromde Maksim. 'Doe maar.'

57

'De chemie klopt niet, het voelt hier niet oké. In sommige wijken is dat nu eenmaal zo… Je kunt er doen wat je wilt, het blijft tobben. De verdorvenheid zit hier gewoonweg in de grond.'

Sil reageerde niet. Hij had amper naar Joyce geluisterd. De geschiedenis van de wijk zou hem een rotzorg zijn. Hij leunde tegen de vochtige binnenmuur en keek door een opening in het houten schot naar het pand aan de overkant van de straat.

Susan was ergens daarbinnen. Nog even, en hij zou die deur inbeuken en haar daar weghalen.

Hij voelde een onaangename tinteling over zijn ruggengraat lopen. Het was de spanning die hem te grazen wilde nemen, die zijn lichaam deed trillen van onrust en gejaagdheid. Alle andere keren was hij erop voorbereid geweest dat het zijn laatste actie kon zijn, en daar had hij vrede mee gehad. Nu mocht het niet misgaan.

Ze waren er niet vooraf langsgereden om het pand te inspecteren. Joyce had dat te riskant gevonden. Er hing een camera bij de voordeur die bezoekers en voorbijgangers registreerde, en haar auto kon besmet zijn. Net zoals de recherche gegevens verzamelde over criminelen, gebeurde dat andersom soms net zo goed. Privéauto's van rechercheurs zouden daarom mogelijk te veel in het oog springen – haar felblauwe

Subaru Impreza en Maiers Porsche deden dat sowieso al van zichzelf.

Joyce' auto stond in een woonwijk, op een kleine parkeerplaats achter een winkelcentrum, waar graspollen en onkruid tussen de straatklinkers groeiden. Vanuit daar waren ze te voet verder gegaan. Hij had zijn arm om Joyce' schouders heen geslagen en ze waren als een verliefd stel door de regenachtige, donkere avond gewandeld, hun capuchons over hun hoofden. Ze hadden dikke ski-jacks aangehad die de zwarte kleding en wapens en andere uitrusting die ze op hun lichaam droegen effectief bedekten. De rest van het materiaal zat in hun rugzakken.

Een straat terug waren ze over een muur geklommen, door een verwilderde tuin geslopen en had Maier met een stuk ijzer een deel van het houten beschot bij het raam weggebroken, zodat ze erin konden.

In het leegstaande huis rook het sterk naar schimmel en de planken vloeren kraakten vervaarlijk. Maar het was een prima plek om het pand van Maksim te observeren.

'Wat doen we met de vrouwen die we daarbinnen eventueel aantreffen?' fluisterde Maier.

'Er is geen sprake van eventueel. Je moet ervan uitgaan dat er daar vier, vijf, misschien zes meisjes binnen zitten, en voor hen kunnen we niets doen.'

'Wat gaat er met ze gebeuren?'

'Ik zou na de inval M kunnen bellen, meld-misdaad-anoniem, dan worden ze opgevangen door mijn collega's. Maar dat ga ik niet doen. Ze hebben er namelijk niets aan. Een nacht in de cel, een week in een asielzoekerscentrum of vul maar in, en dan worden ze uitgezet. Dat schiet niet op. Ik ga ervan uit dat ze straks van hun bazen verlost zijn, voor altijd. Als ze een beetje nadenken dan plunderen ze de boel, en gaan ze er als een haas vandoor voordat iemand er lucht van krijgt en de volgende pooier met losse handjes zich meldt.'

'Plunderen?'

'In dit soort panden vind je altijd geld. Contant, en veel. Daar weet jij toch alles van? Zodra wij onze hielen hebben gelicht, kunnen die meiden gaan graaien. Altijd prijs.'

'Tussen de lijken door, ja. Is dat niet —'

'Cru? Die vrouwen haten die kerels. Die hebben ze al duizend keer dood gewenst.' Joyce schudde haar jack van haar schouders, rolde het stevig op en propte het in de rugzak. 'Het is donker. Er is geen beweging. Ik denk dat ik het er maar op ga wagen.'

Maier legde zijn voorhoofd tegen het hout. Staarde door het gat naar het pand aan de overzijde van de straat. In het souterrain had hij zich nog zorgen gemaakt over het geluid. Alleen zijn Sig was uitgerust met een demper, Joyce' Walther zou een behoorlijk aantal decibellen produceren. Een onacceptabel hoog aantal zelfs, als er mensen in de buurt woonden. Zij had zich er niet druk om gemaakt en nu begreep hij waarom. Rechts van het bordeel was een muur met een poort erin, de rechterzijgevel grensde niet aan een andere woning. Bovendien stonden aan weerszijden van het bordeel panden die als garage en opslagruimte werden gebruikt. Het pand waarin ze nu waren, werd al lang niet meer bewoond. Pas halverwege de straat begon de bewoonde wereld.

Ondanks dat was het hier allesbehalve stil. Het onafgebroken geruis van verkeer en het getik van honderdduizenden regendruppels stonden aan hun kant.

'Ben je er klaar voor?' hoorde hij haar vragen. De spanning had bezit genomen van haar stem.

Hij keek naar de gevel, donker en dreigend, licht glinsterend van de regen. Zijn hart begon sneller te slaan. 'En of ik er klaar voor ben.'

58

Susan kon zich niet voorstellen dat ze zich kortgeleden nog druk had gemaakt over haar zus. Over triviale zaken zoals dat ze uit elkaar waren gegroeid, en er daar in Illinois achter waren gekomen dat ze ondanks de nauwe familieband nooit heel dik waren geweest en dat ook nooit zouden worden.

Dat ze zich zorgen had gemaakt over onbetaalde rekeningen.

Over Reno, die haar appartement als liefdesnest gebruikte.

Nieuwe foto-opdrachten.

Het weer.

Sil Maier.

Het waren geen belangrijke dingen.

Ze kwamen niet eens in de buurt van belangrijke dingen.

Op deze twintig vierkante meter was alles teruggeschroefd tot de kale, rauwe essentie. Echt belangrijk was of je maag zo nu en dan werd gevuld, je geen pijn had of ziek was, zodat je lichaam kon functioneren. Dat, en veiligheid.

De rest was bijzaak. Ook liefde.

Ze wist niet hoe, maar wel dat hier een einde aan moest komen. Dit moest ophouden. Op wat voor wijze dan ook.

Ze had alles geprobeerd wat in haar beperkte bereik lag. Nu kon ze niets meer doen. Ze was uitgevochten, leeg, opgebruikt, kapot.

Gisteren nog was die gedachte door haar heen gegaan: Sil, die als een engel der wrake dit pand binnenviel en iedereen neermaaide, haar van het matras plukte en meenam. Ze had nog even de angst gevoeld dat hij daarbij het leven zou laten. Dat een actie om haar te bevrijden zijn eigen dood zou betekenen.

Maar nu, vandaag voor het eerst, was die angst er niet meer.

Als Sil zou sterven, als ze hem zouden doodschieten, neersteken of wat dan ook, dan zou ze daar vrede mee hebben.

Het betekende namelijk dat het eindigde.

Die gasten hadden dan wat ze wilden en zij werd van lokvogel tot overbodige ballast. Te oud om te werken, dat hadden die twee kerels haar zojuist wel duidelijk gemaakt. Daarom zouden ze haar afmaken.

Doodgaan was echt zo erg niet, bedacht ze, en ze schrok er niet eens meer van dat ze dat dacht.

59

'Staat je mobiel op trilstand?'

Hij knikte.

Joyce kon Maier amper zien in het donker. 'We controleren het nog eens,' fluisterde ze. 'Voor de zekerheid. Goed?' Ze diepte haar mobiele telefoon op uit haar zak en drukte een toets in om het laatstgekozen nummer te bellen. Na een paar seconden kwam er een zacht gezoem uit de zijzak van Maiers broek.

'Gerustgesteld?' mompelde hij.

'Nu jij mij.'

Zijn schermpje lichtte blauw op in de donkere kamer. Joyce' Nokia begon in haar hand te snorren. Ze stopte het ding weg in haar tactisch vest.

'Hoe laat heb jij het?' fluisterde hij.

'Tien voor zes.'

Hij controleerde zijn horloge en bromde iets instemmends.

'Ik sms je binnen een halfuur. Zorg dat je klaarstaat.' In een impuls boog ze zich naar hem toe en streek over zijn wang. Zijn stoppels schuurden haar vingertoppen. 'Wens me sterkte.'

Daarna draaide ze zich om en liep naar de achterzijde van de kamer, schoof het houten schot opzij en sprong tussen het onkruid en achtergelaten vuil de achtertuin in.

Achter haar hoorde ze hoe Maier het houten schot terugbracht in zijn oude positie.

Als een kat klom ze over de muur, liet zich voorzichtig op het plaveisel zakken en liep naar voren toe. Er was geen beweging op straat. Vanuit haar positie was op één uur de voordeur van Maksims bordeel.

Vanaf nu moest ze in de schaduw blijven, wegduiken voor alles en iedereen. Geruisloos zijn. Elke voorbijganger die haar zou opmerken, zou de politie bellen. Ze droeg een zwarte bivakmuts die alleen haar ogen vrijliet, zwarte kleding en hoge gympen die met zorg waren geselecteerd. Het materiaal kraakte, ritselde en piepte niet, de zolen maakten amper geluid, zelfs niet op een gladde ondergrond. Over haar zwarte kleding zat een tactisch vest gegespt, het enige dat ze had – Maier moest het zonder doen. Het bood naast de Walther P5 ruimte aan een busje traangas voor binnengebruik, een kleine Maglite waarvan het glas grotendeels met zwarte tape was afgeplakt, zodat de lichtbundel niet uitwaaierde, extra munitie, en een mes. Tegen haar onderbeen zat de TPH in de enkelholster en een paar dunne neopreen handschoenen omsloten haar handen.

Voorovergebogen bewoog ze zich over het trottoir, geparkeerde auto's als schild gebruikend. Net voor ze wilde oversteken, ging bij Maksim de voordeur open.

Een hoogblonde vrouw kwam naar buiten. Ze leek Joyce begin twintig, en ze had getoupeerd, opgestoken haar. De vrouw droeg een trenchcoat van glanzende stof en haar hakken tikten luidruchtig op de trottoirtegels terwijl ze naar een kleine Japanse auto liep. Ze stapte in, startte en reed in een wolk uitlaatgassen weg.

Joyce wachtte nog een minuut om er zeker van te zijn dat alles weer rustig was. Kroop vervolgens tussen twee auto's door naar de straatkant. Keek links en rechts. Niemand.

Ze stak de straat over, waarbij ze ervoor zorgde dat ze uit het bereik bleef van de bewakingscamera. Die hing, vrijwel onzichtbaar, net boven de toegangsdeur. De kans was niet zo groot dat daarbinnen continu iemand naar de opnames van de camera zat te turen – daarvoor was er te weinig personeel en de dreiging waarschijnlijk te klein –, maar ze wilde het zekere voor het onzekere nemen.

Met een zwaar kloppend hart bereikte ze de rechterzijde van het pand en drukte zich tegen een poort die daar in een nis in de muur zat. Ze bleef stilstaan, ademde in via haar mond en vervolgens weer langzaam uit. Ze trilde van spanning. Er was zoveel dat verkeerd kon gaan. Zo ontzettend veel.

Niet aan denken.

De poort en muur vormden een buffer naar de achterliggende tuin van het bordeel en verbond het pand met zijn buurman aan de rechterzijde. Tegen beter weten in probeerde ze de klink. Die liet zich gewillig naar beneden drukken, maar de poort bleef potdicht.

Ze gebruikte de aanzet van de klink als opstapje, zette zich af, klemde de bovenrand vast en trok zich aan de muur op. Boven gooide ze haar benen over de rand en liet zichzelf rustig zakken.

Haar hoge sneakers raakten de grond. Die was zacht en veerkrachtig – gras.

Ze dook in elkaar en zocht steun bij de rechtergevel van het bordeel. Haar mond was kurkdroog, ze slikte moeizaam. Nerveus keek ze op haar horloge. De wijzers lichtten zachtgroen op. Tien over zes.

Ze liep naar de achterzijde en keek omhoog. Pas als ze haar hoofd in haar nek legde, zag ze de witte dakrand afsteken tegen de donkergrijze hemel, en het was alsof de gevel bewoog, langzaam overhelde en naar haar toe viel. De dakrand leek kilometers ver verwijderd van de grond. Daarachter, nog boven die dakgoot, was de zolderetage. De vertrekken waar Maksim woonde en waar straks, als iedereen zat te eten, niemand zou moeten zijn.

Ze zette zich af op een raamdorpel en begon naar boven te klimmen.

Het viel vies tegen. Ze deed haar uiterste best om niet naar beneden te kijken. Elke keer als ze uitademde, kristalliseerde de door haar longen verwarmde lucht als witte condens in de koude novemberavond. Haar spieren waren tot het uiterste gespannen en achter haar bivakmuts was haar gezicht een strakgetrokken masker van concentratie.

Tegen de tijd dat ze haar voeten op de krakende dakrand plaatste en het op een kier staande dakraam in het vizier kreeg, was er meer dan een halfuur verstreken. Langer dan ze had gepland. Het was tien over halfzeven. De dakrand was smal, maar ze kon niet in de goot gaan staan zonder tot aan haar enkels in de nattigheid en herfstbladeren weg te zakken. Ze plaatste haar andere voet op de rand en liet zich langzaam voorover zakken, totdat haar hele lichaam op het schuine pannendak rustte. Vervolgens probeerde ze zo geluidloos mogelijk, met haar voeten, knieën en ellebogen als aandrijving, in de richting van het dakraam te kruipen. Het stond op een kier. De informatie klopte in elk geval.

Onbeweeglijk bleef ze hangen – een gehandschoende hand bij het raam, en ze luisterde of ze daarbinnen iemand hoorde.

Het was en bleef stil.

De spanning op haar gezicht maakte plaats voor een trillerige glimlach. Nu moest ze naar binnen.

Ze haakte haar vingers achter de Velux, trok zich op en klapte het raam verder open. Het kraakte licht, maar gaf mee. De opening was zo'n halve meter breed en hoog genoeg om erdoor te kunnen kruipen. Ze legde haar armen op de rand en keek naar beneden, de kamer in.

Het was een slaapvertrek, een luxe ruimte die schaars werd verlicht door een bedlamp. Lichtbeige vloerbedekking. Schuine wanden die haar sterk aan origami deden denken en witgeschilderde balken in het zicht. Meteen onder het raam, pal onder haar, stond een groot tweepersoonsbed, met dikke rode kussens en verfrommeld aan het voeteneind lag een glanzend, auberginekleurig dekbedovertrek.

Maksim kon vanuit zijn comfortabele nest rechtstreeks naar de sterrenhemel kijken. Het matras lag hooguit anderhalve meter onder het dakraam. Ze zou een zachte landing maken.

Een tactisch vest was handig om alles wat je maar nodig kon hebben, bij je te steken, maar het was een crime om er vloeiend mee over randen te kunnen klauteren. Op de klim naar boven was het vest steeds ergens aan blijven hangen, en ook nu moest ze zich wegduwen van het kozijn om voldoende ruimte te maken. Ze balanceerde op de rand, liet eerst het ene, daarna het andere been zakken.

Het volgende moment verloor ze haar evenwicht. Ze tuimelde door het gat naar beneden en kwam met een klap op het bed terecht, dat gemeen hard aanvoelde. Het veerde niet zoals een matras zou moeten doen.

Voor ze goed en wel besefte dat het een waterbed was, werd ze aan haar schouders beetgepakt en van het bed getrokken. Ze wilde haar belager afweren, maar reageerde vertraagd door de schok en werd met kracht tegen de muur geslingerd. Haar rug en achterhoofd knalden hard tegen de wand. Alle lucht werd uit haar longen geperst. Ze kreeg niet de kans zich te herstellen. Een misselijkmakende stomp in haar maag deed haar dubbel klappen.

Een sterke hand greep haar keel beet, trok haar rechtop en drukte haar tegen de wand aan. Een andere doorzocht razendsnel haar tactisch vest. Het traangas, de P5, het mes, ze kwamen in een hoek van de kamer op het tapijt terecht, ver buiten haar bereik.

60

De avond bracht een klamme kou met zich mee die door zijn kleding heen kroop en zich geleidelijk in zijn spieren nestelde. Maier voelde het amper. Hij stond als een standbeeld door het gat in het houten schot te kijken, en maakte zich met de seconde meer zorgen.

Het was bijna tien over halfzeven en nog had hij geen sms van Joyce ontvangen. Geen teken van leven. Niets.

Zo-even was er een jonge griet naar buiten gekomen, blond en gehuld in werkkleding, wat in haar geval inhield dat ze hoge hakken droeg en een korte rok. Daaroverheen wapperde een dunne, glanzende trenchcoat. Ze was in een Japans autootje gestapt, hij dacht een Cuore, en de straat uitgereden.

Daarna was er niets meer gebeurd. Op een enkele fietser na heerste er volledige rust in de straat. Maar dat kon alleen maar schijn zijn.

Moest hij hier blijven staan, wachtend op een sms die mogelijk niet zou komen? Stel dat Joyce was uitgegleden en met haar vingertoppen aan de dakgoot hing, hopend en biddend dat hij tegen hun afspraak in tóch poolshoogte kwam nemen, en haar te hulp kon schieten? Of erger: dat ze was onderschept en ergens daarbinnen hardhandig werd ondervraagd door dat tuig?

En er was nog een mogelijkheid, een die hij niet mocht negeren: stel dat ze hem tegen alle verwachtingen in ordinair erin wilde luizen? In dat geval was het al helemaal geen goed idee om hier te blijven rondhangen, als de eerste de beste sukkel.

Kwart voor zeven. Hij kauwde onrustig op zijn wang. Nee, verdomme. Hij was er klaar mee, met dit gedoe.

Maier trok zijn jack uit, rolde het stevig op en propte het in het grote vak van zijn rugzak. Haalde vervolgens zijn bivakmuts uit de zijzak van zijn broek en trok hem over zijn hoofd, plukte er net zolang aan tot zijn ogen vrij waren. Controleerde of zijn P226 nog in de schouderholster zat. Dat was zo. Ten slotte gespte hij de rugzak om.

Hij was binnen enkele minuten op straat en liet zich op zijn hurken zakken tussen twee geparkeerde auto's in. Tuurde naar de voorgevel van het bordeel. Daar kon hij niets uit opmaken. Hij kon niet eens zien of er daarbinnen licht brandde, vanwege die zwartgeschilderde schotten die voor de ramen waren geplaatst.

Behoedzaam kwam hij tussen de auto's vandaan en stak de straat over. Rechts van het pand was een muur met een poort, die iets terug van de weg lag. Afgaand op het onkruid dat ervoor groeide, werd die nauwelijks gebruikt. Hij drukte zich ruggelings tegen de poort en hield zijn adem in. Probeerde een teken van leven uit het bordeel op te vangen.

Wat hij hoorde kwam niet uit het huis, maar van enkele straten verderop. Hij spitste zijn oren en hield zijn adem in. Het licht ratelende geluid van een driecilinder benzinemotor kwam in rap tempo dichterbij. Hij herkende het meteen. Het was de blondine die hij zeker een halfuur geleden weg had zien rijden.

Net voor de auto de straat in draaide, trok hij een korte sprint en dook weg tussen de voorkant van een Opel Astra en de trekhaak van een Audi station. Bleef op zijn hurken zitten en boog zijn hoofd, ademde uit via zijn neusgaten, zodat de condens van zijn adem hem niet kon verraden.

De Cuore stopte zo'n twaalf meter van hem vandaan. De motor verstomde en prompt werd een portier geopend en weer gesloten. Hij hoorde het tikken van hakken op het plaveisel. Ze was alleen.

Hij hield zijn adem in terwijl ze dichterbij kwam. De panden van haar jas flapperden om haar lange, slanke benen. Er kwam een sterke geur uit de witte plastic zakken, waarvan ze er in elke hand twee droeg. Chinese afhaalmaaltijden.

Hij nam de beslissing in een tel voor ze de deur had bereikt, greep zijn P226 uit de holster en was in een paar passen bij haar. Geschrokken draaide ze zich om. Hij legde zijn hand over haar mond en zorgde ervoor dat ze het pistool zag. De ogen van de blondine werden groter en flitsten van het wapen naar zijn gezicht en terug.

Hij wilde haar niet bang maken, maar hij had geen keus. Ze moest meewerken en hij had geen tijd om haar op haar gemak te stellen.

'Spreek je Nederlands?'

Ze bewoog niet. Stond daar maar, als verstijfd, met de volle plastic hemdtassen nog steeds in haar vuisten geklemd.

'*Do you speak English?*'

Ze knikte, nauwelijks zichtbaar, maar wel voelbaar onder zijn hand.

'*You keep quiet, okay*? Ik wil je geen pijn doen. Ik zoek Susan Staal.'

Ze reageerde niet.

'Er wordt een vrouw bij jullie vastgehouden. Een Nederlandse. Bruin haar. Susan heet ze. Zegt je dat iets?' Hij haalde zijn hand voor haar mond weg.

Haar ogen schoten alle kanten op. Ze zei niets.

'Nou?' maande hij.

'*She is here.*'

'Waar?'

'Boven.'

'Waar boven?'

'Eerste deur rechts.'

'Ik kom haar weghalen. Jij gaat me helpen.'

Ze schudde bijna onzichtbaar haar hoofd. 'Kan niet. Dat durf ik niet, ik –'

'Dat weet ik. Je hoeft niet bang te zijn. Hoeveel mannen zijn er binnen?'

'Eén.'

Joyce had drie gezegd. Ze was er vrijwel zeker van geweest: Maksim Kaloyev zelf, ene Ilya – een vent met zwart haar – en een jongen die zijn schedel aan weerszijden geschoren had, een slangentatoeage droeg en Pavel heette.

Drie, niet één.

'Weet je het zeker?'

Ze knikte angstig.

'Hoe heet je?'

'Lana.'

'Oké, Lana. Heb je een sleutel?'

'Nee.'

'Hoe kom je binnen?'

'Ik bel aan.'

'Wie doet de deur open?'

Hij zag haar nadenken. Ze had een fijn gezicht met een dunne huid, bedekt door een laagje poeder. Haar lichte ogen waren kunstig opgemaakt, met dunne zwarte lijntjes, onder en boven. Ze leek op een porseleinen popje.

'Je hoeft niet bang te zijn,' fluisterde hij. 'Hierna ben je vrij.

Ik weet dat je me nu niet gelooft, maar daar kom je straks wel achter. Je kunt me vertrouwen, Lana... Zeg op. Wie doet de deur open?'

'Pavel,' zei ze zacht.

'De vent met de tatoeage op zijn arm, een slang?'

Ze knikte.

'Waar zijn Maksim en Ilya?'

Er ontstonden diepe rimpels tussen haar wenkbrauwen. Ze staarde langs hem heen. Slikte zichtbaar.

'Ik vroeg je wat.'

Na lang zwijgen sloeg ze haar ogen neer. 'Ik kan niets zeggen.'

Het was overduidelijk dat ze doodsbang was. Hij had niets aan haar. Hij kon haar slechts gebruiken om binnen te komen.

'Hoeveel vrouwen zijn er?'

'Vijf.'

'Inclusief jijzelf en Susan?'

'Ja.'

'Honden? Hebben jullie honden?'

Ze schudde gedecideerd haar hoofd.

'Oké, Lana. Je loopt naar de deur. Ik blijf bij je. Doe geen rare dingen.'

Ze draaide zich om en liep traag naar de voordeur. Maier maakte van de gelegenheid gebruik om de demper uit zijn zak te halen en hem op de loop te draaien. Hij voelde zijn hart in zijn keel kloppen.

Susan was binnen. Op de eerste etage, eerste deur aan de rechterkant.

Hij moest daar zo snel mogelijk zien te komen. Susan veiligstellen, bij haar zijn.

Dat was het enige dat telde.

Hij drukte zich tegen de muur en knikte naar de blondine. 'Bel aan,' fluisterde hij.

Ze hief haar arm en drukte met een trillerige vinger op de bel. Ze had lange nagels, viel Maier op. Lang en donker gelakt. Binnen klonk een zoemer.

De deur werd vrijwel meteen opengetrokken. De blondine bleef twijfelend voor de deuropening staan, de tassen in haar vuisten.

Maier sprong naar voren, greep haar middel vast en gebruikte de vrouw als schild. Strekte zijn rechterarm, richtte de Sig en haalde de trekker over.

Een 9mm boorde zich met een snelheid van driehonderd meter per seconde tussen de schouderbladen van Pavel Radostin, die prompt in elkaar zakte. Bloed spatte achter hem tegen de lambrisering omhoog.

De demper verminderde het geluid, maar onvoldoende. Omwonenden konden het schot hebben gehoord.

Maier stampte de deur achter zich dicht, trok de vrouw als een lappenpop met zich mee, richtte nogmaals en loste een tweede schot.

De kogel rukte aan Pavels gezicht, als een onzichtbare, vlijmscherpe klauw. Zijn jukbeen kwam bloot te liggen en onthulde witte botsplinters met flarden rauw vlees eromheen. Zijn lichaam schokte licht omhoog door de inslag en zakte vervolgens opzij als in een langzaam afgespeelde film, tegen de met bloed besmeurde houten lambrisering.

61

Het was Maksim Kaloyev. Hij droeg een zwart satijnen badjas, zijn korte, blonde haar was vochtig en hij rook sterk naar shampoo en aftershave, alsof hij net had gedoucht.

Ze herkende hem uit duizenden. Hoewel ze hem in april afgelopen jaar niet zelf had ondervraagd, had ze hem verschillende keren voorbij zien lopen door de gangen van het bureau – steevast met een of twee gewapende collega's van haar in zijn kielzog.

Ze zou zijn gezicht nooit vergeten, omdat er een hardheid uit zijn trekken sprak die ze maar zelden zag, en er een sinistere glans in zijn ogen had gelegen die deed vermoeden dat hij nog vele malen gevaarlijker was dan zij toch al dachten.

Die kille ogen waren nu op haar gericht. 'Wat is dit, godverdomme?' Hij sprak Nederlands met een Slavisch accent. Snoof luidruchtig in haar gezicht. Stompte haar vervolgens zo hard in haar maag dat ze opnieuw dubbel klapte. Gal slingerde uit haar mond.

Hij rukte de bivakmuts van haar hoofd en trok daarbij een pluk haar uit haar schedel. Haalde opnieuw uit, sloeg met vlakke hand in haar gezicht. 'Nou, trut? Wat moet je hier?'

Bloed. Het bloedde. *Iets* bloedde.

Dit soort situaties hadden ze zo vaak geoefend. Tijdens de

opleiding, op talloze opfriscursussen. Ze was er goed in geweest, in confrontaties. Heel goed zelfs. *Het beste meisje van de klas.* Waarom lukte het haar dan niet om helder na te denken? Om zich die grepen te herinneren en ze toe te passen?

Misschien omdat er toen, tijdens de lessen in die klinische lokalen, geen sprake was geweest van pure doodsangst en er geen excessief geweld was gebruikt. De lompe kracht van Maksims klappen en de snelheid waarmee ze elkaar opvolgden, hadden een verdovende werking. Haar zenuwuiteinden gonsden en ze snakte naar adem.

'Práát, stom wijf!'

Ze hoorde alleen nog maar een snerpende fluittoon. Haalde adem door haar mond, hijgend. Spetters bloed kwamen op de lichte vloerbedekking terecht.

'Wie bén je, verdomme? Wie heeft je gestuurd?'

Hij liet haar los en ze viel op de grond. Rolde van hem weg. Probeerde naar de gang te kruipen.

Hij zette een voet op haar rug.

Toen klonk het schot.

62

'*No! Don't!*' Met een verbeten gezicht werkte de blondine zich los uit zijn greep. Ze haalde fel uit met de volle plastic tassen, probeerde zijn gezicht te raken.

Haar reactie kwam volslagen onverwacht. Maier weerde haar af door zijn linkerarm horizontaal voor zijn gezicht te houden. Forceerde zichzelf om zijn wapen, dat klemvast in zijn rechtervuist zat, laag te houden, zodat hij haar niet in een reflex zou neerschieten.

Hij mocht haar niet raken, geen pijn doen, de blondine kwam amper tot zijn schouders en hij kon haar taille zo'n beetje met twee handen omvatten. Hij voelde de klappen die ze hem toediende niet eens. Ze was alleen verdomd hinderlijk.

Een van de plastic zakken scheurde open en de inhoud – bakjes lauwwarme satésaus en talloze plakkerige vleesspiesjes – viel op het terrazzo.

'*Calm down*, rustig!' schreeuwde hij.

Door alle consternatie heen zag hij een stevig gebouwde, donkere vent op hem afkomen. Hij had een fanatieke blik in zijn ogen en hield een honkbalknuppel in beide handen geklemd.

Maier hief zijn pistool. De blondine wrong zich vloekend en tierend tussen beide mannen in, klauwde naar zijn schietarm als een hondsdolle kat. Beet vervolgens hard in zijn pols terwijl hij de trekker overhaalde.

Hij gaf een brul van de plotselinge pijn. Met een razende vaart verliet de 9mm de loop en demper, schampte de tussendeur en boorde zich een fractie van een seconde later meters verderop in de muur, naast het zalmroze bankstel. De kogel had op zijn ziedende tocht geen menselijk weefsel geraakt.

In een reflex trok Maier zijn arm terug. Hij gaf de vrouw een duw, deed een paar passen naar achteren en struikelde over Pavels voeten. Klapte met zijn volle gewicht achterwaarts op de terrazzovloer. De achterkant van zijn schedel smakte tegen de lambrisering.

Zwarte vlekken en lichtflitsen wisselden elkaar af in zijn blikveld. Een fluittoon vulde zijn oren. Hij probeerde zich te herpakken, zijn coördinatie terug te vinden. Instinctief klemde hij zijn vuist vaster om de Sig.

Niet loslaten. Wat er ook gebeurt.

De blondine had zich niet laten afschrikken. Ze stortte zich op hem, gilde onverstaanbare woorden en krabde vinnig de huid van zijn arm en hand tot bloedens toe open. Haar kleine, witte tanden boorden zich in zijn onderarm.

Maier vloekte en gaf haar een harde hoek met zijn linkerelleboog. Het tengere lichaam verslapte onmiddellijk en zakte kreunend op de vloer in elkaar.

In de twee seconden die hij nodig had gehad om de vrouw van zich af te slaan, was de kerel angstwekkend dichtbij gekomen. Hij stond wijdbeens voor hem, briesend en vastbesloten, en haalde uit met de honkbalknuppel.

Maier maakte een schijnbeweging en dook opzij, ondernam verwoede pogingen om overeind te komen, maar was niet snel genoeg. Het stugge essenhout trof zijn schouder.

Hij kon zijn wapen niet meer vasthouden. De Sig werd uit zijn hand geslingerd.

De knuppel trof opnieuw doel, kwam neer op zijn rug, waar zijn jas en die van Joyce in zijn rugzak de grootste klap opvingen.

In een flits kreeg hij mee dat Ilya naar hem schopte, zijn been naar achteren zwaaide en het met een verbeten uitdrukking op zijn gezicht naar voren bracht. Maier draaide zich razendsnel om en trapte uit alle macht tegen zijn standbeen.

Ilya slaakte een kreet en klapte zijdelings tegen de lambrisering.

Koortsachtig kroop Maier over het lijk van Pavel heen en kreeg het uiteinde van de demper te pakken, haalde zijn wapen grabbelend dichter naar zich toe. Greep de Sig beet in zijn linkerhand, draaide zich een kwartslag en spande de trekker.

Schoot. Schoot nogmaals.

De kerel liet de knuppel vallen, bleef staan, verschrikt, met grote ogen, zijn handen voor zich uit. Zijn gezicht vertrok in een angstige grimas, hij was overduidelijk in zijn schouder en buik geraakt, maar hij ging niet neer. Steunde tegen de muur en wankelde.

Het derde schot klonk harder. Vele malen harder. Zijn oren suisden ervan, deuren trilden in hun sponningen.

Het kwam niet uit zijn eigen wapen.

Ilya tolde als een dronkenman langs de muur en klapte uiteindelijk voorover, zijn hoofd landde op de borst van Pavel.

De stilte daarna werd enkel overstemd door het gonzen en fluiten in zijn hoofd.

Ongeloof. Hij keek naar zijn wapen. Hij had niet geschoten.

Nog beduusd duwde hij zichzelf omhoog. De zool van zijn sneaker gleed uit over saté of bami, of wat het ook was. Er hing een misselijkmakende geur in de hal, een krankzinnige mengeling van warm vet, goedkope parfum, kruit en bloed.

'Maier! Hierboven! Alles goed?'

Halverwege de trap stond Joyce, de Walther P5 stevig in haar gehandschoende vuist geklemd. De bivakmuts zat scheef over haar hoofd. 'Snel, naar boven,' riep ze.

Sil strompelde tussen de lichamen en verpakkingen afhaaleten door naar de trap en keek in het voorbijgaan door de openstaande deur de woonkamer in.

Drie jonge vrouwen zaten doodsbang tegen elkaar aan gedrukt op de bank. Ze hielden elkaars hand vast en keken hem schichtig en vol ontzag aan. Verroerden zich niet.

Hij stapte de kamer in, de Sig voor zich uit wijzend, keek naar links, naar rechts, trapte zo hard tegen de deur dat die met een klap via de muur terugkaatste. Er stond niemand achter. Ging daarna in looppas terug de gang op, schoof langs de lijken en met zijn rug tegen de muur de keuken in. Knipte het licht aan. Er was niemand.

'De derde?' riep hij naar boven. 'Waar is nummer drie?'

'Dood.'

Hij greep de trapleuning beet en hees zich omhoog. Boven aangekomen zag hij dat Joyce tegen de muur leunde. Ze had klappen gehad, zoveel was duidelijk. Er zat bloed bij haar neus.

Hij keek haar onderzoekend aan. 'Gaat het?'

Joyce knikte en drukte zich van de muur weg. 'Het valt wel mee.'

'Drie kerels?'

Ze knikte nog eens. 'Ja. Kaloyev ligt boven. Heb je de schoten niet gehoord?'

'Schoten?'

'Vijf. Hij was al dood bij het eerste schot, vermoed ik.' Ze haalde oppervlakkig adem en wees naar een deur. 'We moeten opschieten. Binnen een kwartier staat hier een team binnen.'

'Is ze daar?'

Joyce knikte. Sloeg haar ogen neer. 'Sorry.'

Maier was in een paar passen bij de deur. Hij drukte de klink naar beneden en duwde de deur met zijn schouder open. De pijn die de lichte druk veroorzaakte verdween op slag toen hij Susan zag liggen.

63

Maksim Kaloyev had hem allang moeten bellen. Het was zeven uur en de politie moest uren geleden al bij hem zijn opgestapt. Dat Maksim nog steeds niets van zich had laten horen, was een slecht teken.

Vadim vroeg zich af of het te maken had met het politiebezoek van vanmiddag. Er was slechts één auto geweest en twee man, genoeg voor een gesprekje over Robby Faro, te weinig om de boel daarbinnen eens flink op z'n kop te zetten.

Geen huiszoekingsbevel dus.

Toch was er wel degelijk stront aan de knikker. Lag het aan Maksim? Had hij het verkloot? Hij was behoorlijk gestrest geweest, de laatste keren dat hij hem had gesproken. Kaloyev was bang en tegen het paranoïde aan geweest. Had Maksim rare sprongen gemaakt? Was hij doorgeslagen?

De telefoon ging. Daar zou je hem hebben. Vadim drukte een toets in en hield het mobieltje aan zijn oor. '*Da?*'

'*Zdraste.*'

Het was Maksim niet. Het was de Düsseldorfer. Een diepe zucht begeleidde de begroeting. 'Waar zit je?'

'Nederland,' antwoordde Vadim.

'Onderweg hierheen?'

'Nog niet.'

Gevloek aan de andere kant. 'We hadden zeven uur afgesproken, dat is het nu.'

'Overmacht,' verklaarde Vadim. 'Ik meld me als ik onderweg ben.' Hij drukte de verbinding weg, en tikte meteen het nummer van Maksim in.

De telefoon ging drie keer over. Vier keer, zes keer, acht.

Daarna kreeg hij de voicemail.

64

De Subaru schokte over een verkeersdrempel. Susan kreunde. Ze lag op de achterbank, haar hoofd op Maiers schoot. Hij wreef steeds over haar haren, dwangmatig, alsof ze een kat was. Ze had zijn hand al twee keer weggeduwd.

Ze kon hem niet velen. Zijn aanrakingen niet, zijn geur niet, zijn stem niet, zijn adem niet, en zelfs zijn bewegingen en hartslag riepen alleen maar aversie in haar op. Dat ze bleef liggen was voornamelijk omdat ze geen energie meer over had.

Achter het stuur zat een zwarte vrouw van eind twintig of begin dertig. Knap en slank en evenals Maier geheel in het zwart gekleed. Ze sprak met een licht Surinaams accent.

Sil bleek haar goed te kennen. Hij ging tenminste vertrouwelijk met haar om.

'We moeten naar een ziekenhuis,' hoorde ze hem zeggen, met meer emotie in zijn stem dan hij ooit in haar bijzijn had getoond. 'Ik geloof nooit dat het... dat het goed komt als je het –'

'Dit soort gevallen wordt geregistreerd. Mijn collega's zouden het wel erg toevallig kunnen vinden als een vrouw met zulke typische verwondingen op de EHBO verschijnt op dezelfde avond dat er een slachting heeft plaatsgevonden bij Maksim.'

'Kun jij dat niet opvangen in dat ziekenhuis? Zwaaien met je badge en zeggen dat het onder de pet moet worden gehouden?'

'Jij kijkt te veel films.'

Hij wreef weer over Susans haar. 'Je ziet toch hoe ze –'

'Sorry, je hebt gelijk.' De auto draaide naar rechts. 'Ik verzin wel iets.'

Susan greep Maiers hand – warm en sterk, licht vochtig van de spanning – en duwde hem van zich weg.

Ze had geen woord gesproken sinds ze was gevonden en uit dat gruwelhuis was weggehaald. Het was niet zo dat ze niet meer *kon* praten, ze *wilde* niet meer praten. Nee, het was nog erger, het zat nog vele malen dieper dan dat: ze wilde niet meer *zijn*.

Niets meer horen. Niets meer zien. Niets meer voelen of zich herinneren. Niet meer reageren op prikkels om haar heen. Ze wilde zich alleen nog maar een donkere leegte voorstellen waarin ze als een opgekrulde foetus rondzweefde, gewichtloos, doelloos, volledig autonoom.

Maar nu moest ze wel reageren. Een onderzoek in een ziekenhuis hield in dat er mensen aan haar lijf zouden gaan zitten. Dat haar kleren moesten worden uitgetrokken. Ze zou op haar knieën moeten steunen, vooroverbuigen, vreemde handen op zich voelen, koude ogen, steriele instrumenten. Naalden...

Niet daar. Ze wilde ze niet daar.

Dat kon ze niet aan.

'Ik wil het niet,' fluisterde ze. Haar stem klonk verstikt en rauw.

Maier reageerde prompt. 'Ik ben bang dat je een dokter nodig –'

'Ik-wíl-het-níét!'

'Dan gaan we gewoon naar huis, schat. Klaar.'

'Nee.' Ze hoestte. Huis betekende het appartement in de

Bossche binnenstad, waar ze op die ene, inktzwarte plaats in tijd en ruimte, toen ze nog zorgeloos was en enkel maar dácht dat ze zich ellendig voelde, was onderschept door die Rus.

Het was besmet. Het was onveilig. Vijandelijk gebied.

'Ik wil niet naar huis,' mompelde ze.

'Heb jij ergens nog een pied-à-terre?' hoorde ze de zwarte vrouw aan Maier vragen.

Zo goed kennen ze elkaar dus niet.

'Nee. Is jouw flat een optie?'

'Beter van niet. Ze moet de auto uit, over de parkeerplaats worden gedragen, de lift in en de hele galerij over. De kans is groot dat we gezien worden.'

'Wat dan?'

'Ik weet een motel, naar Amerikaans voorbeeld. Binnen bij de receptie betalen, maar de kamers liggen rondom een plein aan de achterkant van het gebouw. Prima plek. Als ik me niet vergis, hebben ze zelfs complete appartementen met meerdere bedden.'

'Je bent goed op de hoogte.'

'Dat hoor ik te zijn. Zulke kamers worden weleens gebruikt door dezelfde soort klootzakken als die we vanavond hebben bezocht, als dependance van hun bordeel, zeg maar. Als de grond te heet wordt onder hun voeten, of ze hebben meer vrouwen dan ruimte, dan huren ze voor een dag zo'n kamer en dumpen er een of twee grieten en een pooier die op hen past. En het personeel stelt geen vragen. Dat weet officieel niets, want de klanten komen niet eens in het gebouw zelf. Die parkeren hun auto pal voor de betreffende deur.'

'Is het ver?'

'Tien minuten. Ik ben al onderweg.'

65

Vadim keek toe hoe de eens zo rustige straat was getransformeerd in een scène uit een regelrechte nachtmerrie.

Plastic afzetlinten wapperden in de wind. Politie in felgele vesten hield de toegestroomde kijkers op afstand. Agenten spraken in hun portofoons, keken er serieus bij. Zwaailichten – blauw en oranje – flitsten langs de sombere gevels.

Na de eerste poging had hij de Oekraïner elk halfuur gebeld. Maksim had zijn mobiel niet opgenomen. Toen hij om elf uur nog geen sjoege had gegeven, was Vadim in de auto gesprongen en naar het bordeel gereden.

Hij telde drie gewone politieauto's, drie onopvallende Vitobusjes en een ambulance. De smalle straat bood amper plaats voor al die voertuigen. Tussen de rijen geparkeerde auto's in was al nauwelijks ruimte geweest om twee auto's elkaar te laten passeren. Nu was de chaos compleet. Het enige dat er nog aan ontbrak, waren rondcirkelende heli's met zoeklichten en blaffende Mechelse herders.

Hij trok de capuchon van zijn vest zo ver mogelijk naar voren, boog zijn schouders lichtjes en mengde zich onopvallend onder een groep buurtbewoners. Achter hem werd Pools gesproken, naast hem stond een kerel met een gegroefd gezicht en rastahaar een stickie te roken. Een paar oudjes in regenjas hielden elkaars arm vast. Schuin voor hem stond een clubje meiden van een jaar of zestien met hun fietsen; ze droegen lange, gebreide dassen, praatten te hard en giechelden nerveus.

Hun gesprekken verstomden en ze keken allemaal even gebiologeerd toe toen er een lijkzak naar buiten werd gebracht, die in een van de gereedstaande Vito's verdween. De bestuurder sloot de portieren en probeerde weg te rijden. Het ging maar net, een politieauto moest aan de kant worden gezet.

Een tweede zak werd uit het pand gehaald. De toeschouwers rekten hun halzen, bang om iets van het spektakel te missen.

'Ik heb schoten gehoord,' hoorde hij een vrouwenstem achter zich zeggen. Ze klonk erg opgetogen. 'Een stuk of vier, vijf.'

'Er hing altijd al zo'n illegaal sfeertje,' reageerde een ander.

Vadim glimlachte. Er was een tijd geweest dat hij Nederlands voor ongeveer zestig procent kon verstaan, maar nu begreep hij vrijwel elk woord. Dat Lingo-programma en het veelvuldig in cafés naar gesprekken luisteren hadden hun vruchten afgeworpen.

Dat was dan ook het enige positieve.

Lijkzak nummer drie kwam tevoorschijn.

Drie zakken, drie kerels, dacht hij: Maksim, Pavel en Ilya. Maar honderd procent zeker kon hij er niet van zijn. Verdomme, wat zou hij graag over die linten springen en die zakken openritsen.

Nog belangrijker was: wie had dit op zijn geweten? De eerste aan wie hij dacht was Sil Maier, maar dat kwam waarschijnlijk doordat hij vrijwel continu met zijn hoofd bij Maier was. Logisch was het namelijk geenszins. Deze slachting zou te veel eer zijn voor de moordenaar van zijn broer. Maier kende Maksim Kaloyev niet, hij kon niet weten dat zijn vriendin juist hier werd vastgehouden. Dat was eenvoudigweg niet mogelijk.

Dus moest er iets anders aan de hand zijn. Iets wat hij in alle commotie over het hoofd zag.

Misschien was Maksim wel door het lint gegaan en had hij die politieagenten afgeschoten. Of een paar grieten. Of zijn medewerkers. Of zij hém... Mogelijk had er eerder vanavond, nadat de politie was vertrokken, een roofoverval plaatsgevonden, waarbij ze Maksim van zijn leven en van zijn meiden hadden beroofd. Die jonge grieten deden op de vrije markt toch al gauw tussen de zeven en vijftien mille per stuk. Er werden mensen gelyncht voor minder.

Het stoorde hem dat hij niet wist wat er zich achter die gevel had afgespeeld en dat hij daar misschien wel nooit achter zou komen.

Hoe dan ook, Maksims tent was afgeschreven. En daarmee waarschijnlijk ook Susan Staal als lokaas. Ze kon dood zijn, meegenomen of gevlucht.

Alles kon.

Wat hem restte was afwachten, en blijven controleren of de vogel braaf terugvloog naar het nest.

66

De motelkamer was absurd groot en leek inderdaad eerder op een appartement, met zijn eenvoudig ingerichte keuken en badkamer. In het midden van de rechthoekige kamer stond een wand met aan weerszijden ervan twee dubbele bedden. Er was één grote tv, die op een salontafel in een hoek was neergezet, en rond een ovale eetkamertafel stonden vier met bloemdessin gestoffeerde houten stoelen. De bruine gordijnen glommen en op de vloer lag licht versleten beige bouclé.

Joyce zat aan de tafel, haar blote voeten rustten op het blad en ze nam een slok thee. Maier had ook een mok vast, maar had er nog niets uit gedronken. Na uren ijsberen was hij uiteindelijk op het voeteneind van een van de bedden gaan zitten. Hij draaide de mok in zijn handen rond en was in gedachten verzonken.

'Is lastiger dan het lijkt, hè?' hoorde hij Joyce zeggen. 'Met stokjes eten.'

Maier volgde Joyce' blik en begreep wat traag waarop ze doelde. Er zat uitgedroogde satésaus op zijn shirt en broek. En stukjes bami. En plakkerig roerei. Nu pas, terwijl de nacht was gevallen en ze voor het eerst tijd kregen om de gebeurtenissen te reconstrueren, rook hij zichzelf ook. 'Shit. Ik heb mijn kleren nog in de Carrera liggen. En die staat bij jou thuis.'

'Ga je tas even halen dan, zo ver is het niet.'

'Ik word liever niet door je collega's naar de kant gehaald terwijl de bloedspatten nog op mijn kleren zitten.'

'Ze hebben echt niet heel Eindhoven afgezet. Als je je gewoon aan de verkeersregels houdt en uit de buurt blijft van die wijk, hoef je je nergens druk om te maken.'

Maier keek met een half oog naar Susan, die in het achterste bed lag, achter de wand. Ze had zich in laten stoppen, zich zo klein mogelijk opgerold en was, met de dekens hoog opgetrokken, vrijwel meteen in slaap gevallen. Het licht was gedempt en hij zag niet meer van haar dan een verhoging onder de dunne sprei. 'Ik wil bij Susan blijven.'

'Wat je wilt. Maar doe iets aan die lucht. Ik kan verdorie de rest van mijn leven geen chinees eten meer ruiken zonder aan vannacht terug te moeten denken. Laat staan dat ik het ooit nog kan eten.'

Dat heb ik nou met barbecues, dacht Maier, maar hij wist de mededeling voor zich te houden. Joyce was een corrupte rechercheur, geen biechtmoeder. Bovendien had de actie waaraan hij spontaan moest terugdenken al geruime tijd geleden plaatsgevonden. De geur van verbrand mensenvlees, die hem nu nog kon laten kokhalzen als hij die uit zijn geheugen terughaalde, had hij leren kennen voordat hij bij Susan was ingetrokken. Hij had er de laatste weken vaak aan teruggedacht, ook omdat die hachelijke actie zich in dezelfde periode had afgespeeld als de confrontatie met de Russische broers. Hij zou er graag met Joyce over praten, maar dat was onverstandig.

Hij moest zichzelf er steeds toe zetten om niet te vertrouwelijk met haar om te gaan, zich te blijven realiseren dat hij deze vrouw amper kende en dat haar drijfveren hem nog niet helemaal duidelijk waren. Het was moeilijk om niet wat meer van zichzelf bloot te geven. Ze voelde namelijk wel steeds vertrouwder.

'Zou je iets voor me willen doen?' vroeg hij.

Joyce keek op. 'Of ik je tas wil gaan halen, zeker?'

Hij knikte. 'Deze kleren zal ik sowieso moeten wassen. Die zijn morgen niet droog, en ik kan ze niet bij de stomerij afgeven.'

Ze sprong op. 'Heb je de sleutel?'

Maier diepte de sleutel uit zijn broekzak op en wierp hem Joyce onderhands toe. 'Je bent een engel.'

Ze wilde iets zeggen, maar scheen zich te bedenken en liep zwijgend naar buiten. Sloot de deur zorgvuldig.

Hij wachtte tot hij de auto hoorde wegrijden, zette de hete badkraan aan, trok zijn stinkende kleren uit en wierp ze in de badkuip. Kneep een plastic flesje shampoo leeg boven het bulderende water en draaide na enige tijd de kraan weer dicht.

De etensgeur verdween langzaam uit zijn neusgaten en maakte plaats voor die van synthetische jasmijn.

In boxershort en op zijn sokken liep hij terug naar het bed. Susan sliep nog steeds, haar knieën tegen haar borst opgetrokken als een ongeboren kind.

Hij sloeg zijn armen om zijn bovenlichaam en bleef bewegingloos staan kijken. Naar haar haren. Haar gesloten ogen. Haar diepe ademhaling. De lichte spiertrekkingen rond haar mond. De rechtermondhoek was gescheurd en er zat geronnen bloed op haar kin en wang.

Hij voelde een sterke drang opkomen om dat bloed voorzichtig weg te vegen, en daarna bij Susan in bed te kruipen en haar tegen zich aan te drukken. Met zijn lichaam een buffer te vormen die haar beschermde tegen alle klootzakken van de wereld. Maar hij durfde haar niet eens aan te raken, bang dat ze er heftig op zou reageren.

Hij kon er niet over uit dat het zover had kunnen komen. Dat hij ooit zo naïef en kortzichtig had kunnen zijn om te denken dat hij zo'n destructief leven kon leiden zonder de mensen van wie hij hield ermee te infecteren. Dat hij hardnekkig had geloofd in een sprookje, waarin sprake was geweest van twee gescheiden werelden: enerzijds een die hij kon opzoeken wanneer hij maar wilde, als een duister, maar stevig ommuurd pretpark, en anderzijds de dagelijkse realiteit waarin hij met Susan had geleefd; twee parallelle werelden die zonder raakvlakken naast elkaar bestonden – en alleen hij kon ongestraft van de ene naar de andere springen.

Die gedachtegang alleen al getuigde van een stuitende infantiliteit.

Voor zijn kinderlijke zucht naar avontuur had Susan een volwassen prijs betaald. Hij haatte zichzelf erom.

Zijn nagels drukten hard in zijn huid, maar hij voelde het niet eens. Hij bleef roerloos in de kamer staan, zichzelf pijnigend door naar Susan te blijven kijken, het hartverscheurende eindproduct van zijn daden.

Voor het eerst in zijn leven wist hij zeker dat hij deze vrouw als het meest waardevolle in zijn leven beschouwde. Tegelijkertijd drong het kille besef tot hem door dat hij daar te laat was achter gekomen.

67

'Je kunt toch wel lezen? Er hangt niet voor niets een kaart met "niet storen".'

'Die heb ik gezien, mevrouw, maar dit is nu al de derde keer dat ik er niet in kan. Ik zal toch een keer moeten schoonmaken.'

'Doe dat maar als wij weg zijn.'

'Neemt u dan in elk geval de schone handdoeken aan.' Het kamermeisje wachtte de reactie niet af en greep een flinke stapel spierwitte handdoeken van haar karretje. Ze deed niet eens moeite haar nieuwsgierigheid te verbergen. Reikhalzend keek ze langs Joyce naar binnen.

De motelkamer bood haar een weinig spectaculaire aanblik. Op tv stond een ochtendprogramma aan, het geluid gedempt. Maier was in trainingspak in de keuken aan het rommelen en Susan lag nog steeds in bed, verscholen achter de muur. Wat het kamermeisje wel kon zien, was dat de boxsprings aan de voorzijde van de kamer uit elkaar waren gezet. Er stonden nu twee losse bedden met een armlengte tussenruimte tegen de wand.

Joyce griste de bundel uit de armen van het kamermeisje en sloot de deur voor haar neus.

'De arme griet,' merkte Maier op. 'Ze wordt nerveus van ons.'

'Jammer dan. Ze zijn hier dwangmatig bezig met die stomme handdoeken.' Ze liep naar de badkamer en legde de stapel op de vloer naast twee andere stapels die nog niet waren gebruikt. In elk hotel van de wereld moesten gasten stevig doorzeuren om extra textiel te krijgen, in dit motel was het precies andersom.

Haar mobiele telefoon ging. Ze zette het ding aan haar oor. 'Ja?'

'Met Nancy. Hoe voel je je?'

Het was de eerste keer sinds ze zich had ziek gemeld, dat een collega haar belde. Ze liep naar de keuken en ging met haar rug naar Sil staan. 'Het gaat wel,' antwoordde ze. 'Hoezo?'

'Ik mocht je eigenlijk niet lastigvallen van Thieu, maar we zitten te springen om extra mensen. Ik sta verdorie stijf van de cafeïne. Iedereen loopt hier op zijn tandvlees.'

'Waarom?'

'Heb je dat niet meegekregen dan?'

'Wat? Ik heb geen idee waar je op doelt,' loog ze. Vanochtend nog had ze naar een persbijeenkomst op tv zitten kijken, waarin de korpsleiding een korte uiteenzetting gaf van de schietpartij. Ze had elke ochtend de krant uitgespeld en zich behoorlijk moeten inhouden om niet met een rotsmoes een collega te bellen om die uit te horen over het onderzoek.

'Maksim Kaloyev,' zei Nancy opgetogen. 'Hartstikke dood. Gatenkaas, evenals twee kerels die bij hem werkten.'

'Een afrekening?'

'Niet waarschijnlijk.'

'Wat dan wel?'

'Daar zitten we dus al een paar dagen op te puzzelen. Maar eh... zeg me nou niet dat je dat niet al wist?'

Joyce schrok, maar herstelde zich snel en de woorden verlieten gecontroleerd haar mond. 'Hoe zou ik dat moeten weten dan?'

'Omdat het in alle kranten heeft gestaan én het landelijke journaal heeft gehaald, misschien? Jezus Joyce, ben je in een grot ondergedoken of zo?'

'Ik heb de tv niet aangehad, Nancy. Ik zit niet thuis vanwege een verstuikte enkel.'

'Eh, ja. Sorry.'

'Drie mannen, zei je?'

'Hm-hm.'

'Kaloyev zei je al, wie nog meer?'

'Pavel Radostin en Ilya Makarov. Twee fijne jongens.'

'Ik ken ze. Ik heb ze in het voorjaar nog gesproken. Hoe is het met de vrouwen?'

'Geen idee. Er was geen levende ziel meer binnen.'

'Goh,' haastte Joyce zich te zeggen. 'Wat lastig. Geen getuigen?'

'Niet een. Zelfs geen buurtbewoner. Maar dat is niet alles. Door dit gedoe komt die moord op Robby Faro in een ander daglicht te staan. Het zou met elkaar verband kunnen houden.'

Joyce slikte. De moord had plaatsgevonden nadat ze zich had ziekgemeld.

Uiteindelijk zei ze aarzelend: 'Is die dood dan?'

'Behoorlijk...' Even was het stil. Daarna vervolgde Nancy: 'Ik vind het lullig om te vragen, want ik weet hoe klote je je voelt, maar ik doe het toch: kun je echt niet bijspringen? Misschien alleen voor de ochtenden of zo? Thieu was ermee akkoord, als —'

'Nee, Nancy. Hou maar op. Sorry. Echt niet. Hoe graag ik het ook zou willen. Ik kan het nog niet aan. Geef me nog een paar weken. Ik moet echt even bijtanken.'

'Oké,' klonk het, de teleurstelling was hoorbaar. 'Sterkte ermee.'

'Jullie ook.' Joyce drukte de verbinding weg.

'Mijn collega's zijn met de zaak bezig,' verklaarde ze aan Sil, die tijdens het gesprek muisstil had staan luisteren.

'En?'

'Het slechte nieuws is dat ze niet per se denken aan een afrekening. Daarvoor zijn we te slordig te werk gegaan, vermoed ik. En ze gaan de moord op Robby Faro opnieuw tegen het licht houden. Daar zit ik niet op te wachten.'

'Robby Faro?'

'De informant die ik heb doodgeschoten.'

'Je zei dat je het goed had gedaan.'

'Heb ik ook. Maar dan nog.'

'Is er ook goed nieuws?'

Joyce hief haar kin. Haar ogen glansden. 'De vrouwen waren al weg voor mijn collega's ter plaatse waren. Ik hoop dat ze onderweg naar huis zijn, liefst met een dik pak geld.'

Joyce liep naar het raam achter in de kamer en schoof een gordijn open. Grauw licht stroomde door de dikke vitrage naar binnen en over Susans bed.

Susan lag op haar zij, de dekens strak om zich heen getrokken. Ze staarde naar de tv. Als ze al iets van het telefoongesprek had meegekregen, liet ze dat niet merken.

Oppervlakkig gezien leek het hopeloos, dacht Joyce, maar ze vermoedde dat Susan met sprongen was vooruitgegaan sinds de avond waarop ze was bevrijd. Ze liet het alleen niet merken, ze had zich afgesloten en deed haar mond niet open, alsof ze Maier ermee wilde straffen. Susan wilde niet worden verzorgd – niemand mocht haar lijf of gezicht aanraken – maar ze dronk wel het versgeperste vruchtensap dat Joyce voor haar maakte en ook de bouillon. Voor de rest sliep ze.

Vanochtend vroeg echter was Joyce wakker geschrokken van een onbekend geluid. Vanuit haar bed had ze toegekeken hoe Susan voetje voor voetje naar de badkamer schuifelde en voorovergebogen water uit de kraan dronk. Vervolgens het licht bij de spiegel aanknipte, een washandje vochtig maakte en voorzichtig de opgedroogde bloedvlekken van haar gezicht en armen depte. Ten slotte het licht uitdeed en op het toilet plaatsnam.

Susan had er minstens drie kwartier op doorgebracht. Joyce had elke minuut ervan ingespannen liggen luisteren, klaar om in te grijpen als ze bijvoorbeeld zou vallen. Er waren alleen wat buikgeluiden uit de badkamer gekomen, en zo nu en dan een onderdrukte kreun of een snik. Zachte, nauwelijks hoorbare geluiden in het duister die door merg en been gingen.

Terwijl Susan terugschuifelde naar bed – trillerig, zwak en steunend op alles wat ze als steun kon gebruiken – had Joyce haar ogen neergeslagen en gedaan alsof ze sliep.

Ze had nog niet de kans gekregen het Maier te vertellen. Dat wilde ze zo doen, buiten, als de kamermeisjes een ander blok bestookten met hun poetsdrift en schone handdoeken.

Maier zette een mok koffie voor haar neer en ging op een van de eetkamerstoelen zitten. 'Kan ik even gebruikmaken van je laptop? Misschien heeft die Rus nog gemaild.'

Joyce liep terug naar de tafel, pakte de laptop van de vloer en zette hem op het tafelblad. Maakte verbinding met internet en draaide het apparaat een slag, zodat Maier zijn gegevens kon intoetsen.

Na enkele minuten schudde hij zijn hoofd. 'Het blijft bij die ene mail.'

'Ik weet dat we het er al vaker over hebben gehad, maar heb je enig idee waarom die Vadim dit gedaan zou kunnen hebben?'

Maier sloot zijn e-mail af en schoof de laptop terug naar Joyce. 'Hij zal boos zijn,' zei hij quasi-ongeïnteresseerd.

'Geef me minstens aan waarom.'

Hij nam nadrukkelijk de tijd om een slok van zijn koffie te nemen. Keek Joyce daarna recht aan. 'Als het waar is dat hij huurmoordenaar is en een tweelingbroer heeft gehad die in Frankrijk is omgekomen... dan had hijzelf ook dood moeten zijn. Nu hij dat blijkbaar niet is, kan dat twee dingen betekenen, die uiteindelijk op hetzelfde neerkomen: ofwel hij is link vanwege zijn broer en komt zijn gram halen, of hij houdt niet van losse eindjes en wil zijn karwei alsnog afmaken.'

'De broers hadden opdracht om jou te vermoorden,' concludeerde Joyce, 'maar jij vermoordde een van hén.'

Hij keek haar zwijgend aan.

Ze schrok terug van de intensiteit die in zijn blik besloten lag. Die zei haar meer dan hij met woorden had kunnen uitdrukken.

Hij wendde zijn hoofd af en nam nog een slok koffie. 'De vraag is nu: hoe kom ik erachter waar die vent uithangt? En hoe lang zal hij nodig hebben om te achterhalen dat ik hier zit?'

'Sil?'

Maier schoof de mok abrupt van zich af, sprong op en haastte zich naar Susans bed. Hij zakte op zijn hurken en keek haar onderzoekend aan. 'Riep je me?'

Ze fluisterde: 'Ik mis van alles.'

'Wat dan?'

'Mijn eigen spullen.'

Joyce voegde zich bij Maier en ging schuin achter hem staan.

'Ben je er klaar voor om naar huis te gaan?' vroeg Maier.

Susan schudde geërgerd haar hoofd. 'Ik ga daar niet meer heen. Ik wil alleen mijn eigen kleren.'

'Dan haal ik die voor je op.' Hij ging rechtop staan. 'Je badjas, neem ik aan? En je joggingpak? Ondergoed?'

'Ja, doe maar. En mijn parfum en nachtcrème, die staan onder in het kastje in de badkamer.' Zacht voegde ze eraan toe: 'Ik wil weer naar mezelf ruiken.'

68

Het appartement was kil en het rook lichtelijk muf en vochtig, het gevolg van een paar koude, natte weken waarin er binnen de muren niet was gestookt. Susans fotografiespullen stonden in de gang. De metalen koffers met extra body's en lenzen en de fototas waren op elkaar gestapeld, de statieven en paraplu's leunden ernaast tegen de muur. Hoewel het voor een onbekende waarschijnlijk een normale en zelfs geordende indruk maakte, zag Maier meteen dat er iets niet klopte. Susan liet haar spullen nooit in de gang slingeren, en al helemaal niet op deze manier.

Vadim had haar hier overvallen, in haar eigen huis, of bij thuiskomst in het portiek. Hij of een handlanger had haar spullen hier neergezet. Hier was haar nachtmerrie begonnen. Dat was het meest logische en het verklaarde ook waarom Susan niet meer naar huis wilde.

Hij kon alleen maar hopen dat ze zich snel iets beter zou voelen, en hem meer zou kunnen – en willen – vertellen over wat haar was overkomen. Mogelijk kon hij daaruit opmaken waar de aanstichter van deze nachtmerrie uithing. Want zolang die Rus vrij rondliep, was het nog niet voorbij.

Daarvan was hij zich sterk bewust. Hij zou geen minuut meer rustig kunnen ademhalen, geen seconde zijn aandacht kunnen laten verslappen.

Het was ongeveer een jaar geleden dat hij met de Russische broers was geconfronteerd, maar hij kon zich hen nog goed voor de geest halen. Ultrakort haar hadden ze gehad, asblond of grijs. Ze waren niet zo groot geweest, kleiner dan hij in elk geval. Onopvallend uiterlijk, pezig en gespierd, indrukwekkend soepel en snel, gedreven, geroutineerd, uitstekend op elkaar ingespeeld.

Dat hij nog leefde, was meer geluk dan wijsheid.

Hij sloot de voordeur achter zich, schoof de ketting erop en liep de woonkamer in. De ruiten van de openslaande deuren naar het dakterras waren voor een deel beslagen. Hij controleerde meteen het slot. Dat leek onaangeroerd, evenals dat van de voordeur. Hij liet zijn ogen over de meubels dwalen. Zo snel kon dat dus gaan, dacht hij. Dit stadsappartement had hij als zijn thuis beschouwd, hij had er graag gewoond en het was er altijd warm geweest en prettig. Nu was het slechts een nietszeggende verzameling hout, glas en stenen, waarvan de hele atmosfeer hem juist tegenstond. Het voelde bijna vijandig.

Misschien was dat gevoel wel extra sterk omdat in deze hoek van het huizenblok niemand meer woonde. Ook het aangrenzende appartement stond leeg. Die gedachte herinnerde hem eraan dat hij het daarbinnen nog wilde controleren voor hij terugging naar Susan en Joyce.

Onwillekeurig gleed zijn hand onder zijn shirt en bevoelde het geruststellende, harde staal en titanium van de AMT Backup. De .22 zat stevig achter zijn broekband tegen zijn onderrug aan geklemd. In zijn linkerbroekzak stak een klein, maar vlijmscherp vlindermes – een cadeautje van Joyce.

Hij vroeg zich af waar Jeanny, Susans moeder, was. Hij ging ervan uit dat ze nog in de Verenigde Staten logeerde en weigerde resoluut al te lang stil te staan bij die ene, meest donkere optie die zijn geest hem voorspiegelde, en dat was dat zowel Susan als Jeanny was ontvoerd.

Er was zoveel dat hij nog niet wist. De stand was overtuigend één-één, desondanks leek de Rus de touwtjes wat steviger in handen te hebben dan hij.

Het zou verstandig zijn om naar een ander hotel te verkassen, liefst vanmiddag nog. Joyce, Susan en hij mochten niet te lang op één en dezelfde plek blijven: een bewegend doelwit is moeilijker raken. Ze zouden van hotel naar hotel moeten blijven zwerven, vasthouden aan de gouden regel om nergens langer te zijn dan twee, drie dagen. En dat zouden ze moeten volhouden totdat hij Vadim had kunnen traceren – en uitschakelen. Of andersom.

Dat kon een dag in beslag nemen. Een week. Een maand. Jaren... Hij werd al moedeloos als hij eraan dacht.

Maier wilde er niet eens bij stilstaan. Nog niet.

First things first.

Hij liep naar de badkamer, vond Susans toilettas en controleerde of de parfum en nachtcrème erin zaten. Ging daarna naar de slaapkamer en trok haar kledingkast open. Pakte haar koffer van de vloer, legde hem op het bed en ritste hem open. Graaide wat ondergoed bij elkaar en stapelde het in de koffer.

Terwijl hij daarmee bezig was, begon de telefoon te rinkelen. Een snerpende, ouderwetse rinkeltoon. Hij wilde het eerst negeren, totdat hij bedacht dat het Vadim zou kunnen zijn.

Die gedachte maakte hem nog scherper. Maier was niet bepaald onnadenkend te werk gegaan. Hij had om te beginnen Joyce' auto meegenomen, die hij even verderop in de binnenstad had geparkeerd. Vervolgens was hij vier keer door de straat gelopen, gespitst op alles en iedereen, voor hij het uiteindelijk veilig had bevonden en naar binnen was gegaan.

Hij liep de kamer in en nam de hoorn op.

'Hallo?' zei hij, niet erg vriendelijk.

Een vrouwenstem reageerde snibbig: 'Wie is dat?'

'Jij belt dit nummer, niet ik,' snauwde hij terug.

'Sil? Sil Maier? O, mijn god, eindelijk heb ik eens iemand te pakken! Wat is daar allemaal aan de hand? Ik heb zo ontzettend vaak gebeld. Ook naar Susans mobiele nummer, ik stond op het punt om...'

Jeanny.

Ze leefde.

En ze wist van niets.

'Goed om je te horen,' zei hij, naar waarheid.

'Jij was toch weggegaan? Voorgoed?'

'Ik ben teruggekomen.'

'Mooi is dat.' Even was het stil. Daarna vroeg ze: 'Is Susan daar?'

'Nee.'

'Waar is ze?'

Maier zweeg. Hij wist niet goed wat hij moest zeggen.

'Hallo? Ben je daar nog?'

'Ja.'

'Kan ik haar ergens bereiken?'*

Zijn hersenen werkten op volle toeren. Hoe hij het ook wendde of keerde: Susan zou erg geholpen zijn met de zorg en aandacht van haar moeder. Zijn aanwezigheid werkte alleen maar averechts. Hij merkte het aan de manier waarop ze hem aankeek, aan haar veelzeggende zwijgen: ze verweet hem elke verwonding aan haar lichaam en ziel, elke krankzinnige herinnering. Ze verweet hem alles wat haar was overkomen.

En terecht.

'Waar ben je?' vroeg hij.

'In Illinois, waar jij ook had kunnen zijn als je je woord had gehouden... Waarom vraag je dat?' Plotseling brak er paniek door in haar stem. 'Er is iets. Ja, toch? Er is iets met Susan.'

'Kun je op korte termijn een vlucht krijgen, denk je?'
'Natuurlijk kan dat! Wat is er in 's hemelsnaam aan de hand?'
'Je bent hier nodig. Susan heeft je nodig. Het... het gaat niet goed met haar.'

Jeanny schreeuwde nu bijna. 'Wat is er met Susan?'
'Niet door de telefoon.'
'Je kunt toch wel vertellen hoe het met haar is?'
'Ze is stabiel,' zei hij, en toen hij begreep dat dit voor een ongeruste moeder zou klinken alsof haar dochter op sterven na dood op een ic lag, voegde hij eraan toe: 'Ze kan lopen, praten, ze komt er wel weer bovenop. Maar... ze heeft het zwaar te verduren gehad. Ze heeft alle steun nodig.'

Op nog geen zes meter afstand van Sil Maier zat Vadim ingespannen te luisteren naar het telefoongesprek, zijn handen op een ouderwetse koptelefoon. Vadims ogen stonden wazig, hij had alle andere zintuigen buiten zijn gehoor uitgeschakeld om zich te kunnen concentreren op het lastige Nederlands.

Geordend langs de muur was zijn ontvangstapparatuur uitgestald, spullen die hij bij calamiteiten snel in kon laden. Oud, krakerig spul waar menig moderne soldaat niet meer mee op pad gestuurd wilde worden, maar Vadim werkte er al jaren mee en het had ook nu weer zijn nut bewezen.

Hij gebruikte dit appartement vanaf Susans verdwijning. Een betere uitvalsbasis was nauwelijks te wensen. Vanaf hier kon hij prima bijhouden of er beweging was bij de buren, wat er werd gezegd en door wie. Het appartement stond leeg en was zeer schaars gemeubileerd, waarschijnlijk met spullen die de vorige eigenaar de moeite niet waard had gevonden om mee te nemen. Een paarse bedbank stond tegen een muur met groen psychedelisch behang en ernaast was een ouderwetse lamp geplaatst, met een stoffen kap. Voor het raam in de woonkamer hing een scheefgetrokken, blauw rolgordijn en er lag vuile vloerbedekking op de grond.

Achter hem, in de open keuken, staarden twee paar ogen levenloos naar het plafond. Het ene behoorde toe aan een puisterige jongen van zo'n een meter negentig lang, met geel geverfd haar. Het andere paar, lichter van kleur, maar al net zo gebroken en doods, was verzonken in een lijkbleek meisjesgezicht, omrand met zwarte mascara en eyeliner.

De twee lagen keurig naast elkaar op de rug. Een opengesneden vuilniszak onder hun hoofden ving voor een groot deel het bloed op dat uit hun doorgesneden kelen droop.

Vadim was ze alweer vergeten. Susans huisjunk en zijn vriendinnetje waren niet belangrijk. Tegen de tijd dat hun lichamen gingen stinken en buurtbewoners bij de gemeente zouden gaan klagen, had hij zijn hielen hier alweer gelicht.

Vadim had Maier gespot terwijl die voor de eerste keer zijn kop had laten zien in de straat, half weggedoken onder zijn capuchon en met ogen die alle kanten op schoten, gespitst op elke beweging.

Hij wist meteen dat het Maier was. De herkenning voelde hij fysiek: de spieren in zijn buik en borst hadden zich samengetrokken op het moment dat hij hem zag.

Vadim had zich ertoe moeten zetten niet meteen naar zijn snipergeweer te grijpen en de klootzak op lange afstand neer te leggen. Een, twee keer de trekker overhalen en Maier zou nooit meer opstaan. Maar dat ging hij niet doen. Het zou te gemakkelijk zijn, te weinig voldoening geven.

Krap een kwartier later was Maier teruggekomen, maar nu via de andere kant, en hij had nogmaals in rustig tempo de straat verkend. Vadim had zich opgemaakt voor een confrontatie. Maier zou nu elk moment naar boven kunnen komen. Maar het doelwit had zijn hielen nog niet gelicht of deze twee junks hadden de buitentrap beklommen en dom giechelend aan elkaar staan plukken aan Susans voordeur.

Een gevalletje verkeerde plaats op het verkeerde tijdstip.

Vadim sloot zijn ogen. Hij luisterde ingespannen, absorbeerde elk woord, elke zucht en ademteug die zijn apparatuur registreerde.

Susan heeft je nodig.
Het gaat niet goed met haar.

Het was Maier geweest, die die slachtpartij had aangericht bij Maksim. Het was uiteindelijk toch weer Maier. De drie lijkzakken die Vadim naar buiten had zien dragen hadden de lichamen bevat van Maksim Kaloyev, Ilya en Pavel.

Grote kans dat ook Robby Faro door Maier om zeep was geholpen. En dat betekende dat Maier hen al langer op het spoor moest zijn geweest. Veel langer. Knap. Als Vadim hem niet tot in zijn diepste wezen had gehaat, zou hij nu respect voor zijn tegenstander hebben kunnen opbrengen.

Hoe dan ook, zijn vragen zouden nu snel genoeg worden beantwoord.

Het telefoongesprek was beëindigd.

Maier legde de hoorn neer en floot geluidloos tussen zijn tanden. Jeanny zou proberen om vandaag of morgen een vlucht naar Amsterdam te krijgen. Hij had haar zijn mobiele nummer gegeven. Zodra ze meer wist, zou ze hem bellen en konden ze afspreken wanneer en hoe laat ze van Schiphol kon worden opgehaald.

Het was goed nieuws dat Susans moeder terug naar Nederland kwam. Susan zou er beslist van opknappen.

Bovendien kreeg hij nu snel zijn handen en hoofd vrij. Hij had dagenlang in die motelkamer rondgehangen, onmachtig om constructief na te denken. Zolang hij Susan niet hoefde te zien, kon hij zijn hoofd er beter bij houden. Dan knaagde het schuldgevoel minder dwingend.

Terwijl hij terugliep naar haar slaapkamer bedacht hij dat hij was vergeten te vragen of de baby van Sabine al was geboren. Dat kwam later wel.

Hij greep Susans jas, een paar broeken en truien, een vest en wat T-shirts bij elkaar, vergat in de haast haar sokken, maar wist zich nog wel te herinneren dat ze haar badjas wilde hebben, vouwde die dubbel en duwde alles goed aan.

De Delsey ging nog maar net dicht.

Met de koffer in één hand geklemd en het draagkoord van Susans toilettas aan een vinger gehaakt liep hij naar de gang en trok de voordeur open.

69

'Waar ken jij Sil eigenlijk van? Misschien vergis ik me, maar ik kan me niet herinneren dat hij het ooit over jou heeft gehad.'

'Ik ken hem in feite amper.' Joyce had een van de gestoffeerde eetkamerstoelen bij het bed gezet. Ze zat er met opgetrokken knieën op en nam een hap van haar boterham met chocoladepasta. Spoelde die weg met een slok sterke koffie.

'Amper? Jullie wekken anders de indruk dat jullie elkaar al heel lang kennen.'

Het was oprechte interesse van Susan, constateerde Joyce. Haar vele vragen werden niet ingegeven door jaloezie of argwaan, maar door een heldere intelligentie in combinatie met een sterke wil om enigszins controle te krijgen over de situatie. Dat sprak voor haar karakter. Als ze nu al zo opmerkzaam en scherp was, dan zou het op termijn zeker goed komen.

Susan lag nog steeds op haar zij in bed – rechtop zitten deed te veel pijn, zei ze – en ze at voor het eerst wat vast voedsel. Een stuk jonge kaas op een snee volkorenbrood met veel boter. Ze kauwde bedachtzaam, alsof ze zo meteen de smaak ervan tot in detail zou moeten omschrijven. Haar ogen bleven onafgebroken op Joyce gericht. 'En zo'n dossier begin je toch ook niet zomaar?' vroeg ze.

'Nee. Je hebt gelijk. Maar het is een opmerkelijk verhaal, ben ik bang.'

'Nog meer aparte verhalen?'

Joyce haalde verontschuldigend haar schouders op. Het afgelopen halfuur had ze geprobeerd Susan uit te leggen wie ze was en waarom ze bij de recherche was gaan werken, gesproken over haar frustraties met betrekking tot seksslavernij en meer specifiek Maksims bordeel, en verteld over het geheime dossier dat ze over Sil had bijgehouden. Dat ze op het bureau foto's had onderschept waarin ze Susan had herkend, waarna alles in een stroomversnelling was geraakt en ze dingen had gedaan die haar niet alleen haar baan zouden kosten, maar haar tevens voor jaren in de gevangenis zouden doen belanden als haar superieuren er lucht van kregen.

Ze had zich behoorlijk kwetsbaar opgesteld, maar ze vond dat openheid hier op zijn plaats was. Als iemand in deze krankzinnige toestand een eerlijk, ongecensureerd verhaal verdiende, dan was het wel Susan Staal.

'Ben je een vriendin van hem?'

Joyce schudde haar hoofd.

'Wanneer hebben jullie elkaar dan leren kennen?'

'Leren kennen is een groot woord... Ik heb hem vorige week pas voor het eerst ontmoet. Ik ben hem gaan opsporen nadat ik erachter kwam dat jij werd vastgehouden. Hij zat in Zuid-Frankrijk. Daar heb ik hem voor het eerst van mijn leven gesproken.'

'In Frankrijk?'

Joyce knikte afwezig. Zou ze Susan nu al vertellen over Flint? Moest Maier dit niet eerst weten?

Susan nam een hap en kauwde nadrukkelijk. 'Je loopt een behoorlijk risico voor iemand die je pas een week geleden hebt ontmoet. En mij ken je helemaal niet. Tegelijkertijd hou je een dossier over hem en mij bij.' Ze keek op. 'Mag ik dit vreemd vinden?'

Joyce balde een vuist en drukte die tegen haar mond, kneep haar lippen zo hard samen dat ze wit werden. Ze had het zo lang verzwegen dat het een tweede natuur was geworden om er glashard over te liegen. Tegen iedereen: haar collega's, Jim, zelfs tegen Maier. Of misschien juist vooral tegen Maier.

Puur lijfsbehoud had haar ervan weerhouden ermee naar buiten te komen, angst dat hij in werkelijkheid echt *slecht* zou zijn. Ze had te veel met verknipte, duistere zielen te maken gehad om van het beste scenario te durven uitgaan. Flint had dat wantrouwen alleen maar versterkt.

Nadat ze Maier had gevonden, twee jaar geleden, had ze Flint meteen opgezocht, in de naïeve veronderstelling dat die verheugd zou zijn met het nieuws. Zijn reactie was echter onderkoeld en terughoudend geweest: 'Wees voorzichtig, je kent hem niet. Het is een volwassen vent, Joyce. Je weet niet wat voor keuzes hij heeft gemaakt in zijn leven.'

Hij had een punt. Maiers dossier bevatte een aaneenschakeling van strafbare feiten. Zware delicten zelfs. Hij had makkelijk een gevaarlijke gek kunnen zijn. Een moordlustige psychopaat. Dan had ze zichzelf en Flint in gevaar gebracht als ze zich aan hem kenbaar had gemaakt. Dat Maier een vriendin had om wie hij leek te geven, zei namelijk geen moer. Zoveel beulen, seriemoordenaars en verkrachters leefden een op het eerste gezicht normaal leven, waren bijvoorbeeld keurig getrouwd en hadden soms kinderen.

Als je dit werk zo lang deed, werd het steeds moeilijker om nog het goede in mensen te kunnen zien. Dat er nog zoiets bestond als goedheid werd gaandeweg eerder een geloof, zoals je kon geloven in vorige levens of in de heilzame kracht van bomen knuffelen.

Nu wist ze dat ze zich druk hadden gemaakt om niets. Dat Sil Maier wel degelijk empathische vermogens had. Ze had de afschuw, angst en pijn in zijn ogen gezien toen ze Susan aantroffen op dat smerige matras, vastgebonden, ineengedoken en met vegen vers bloed op haar naakte lichaam. De liefde en zachtheid die hij ten opzichte van haar toonde kon hij niet hebben gespeeld. Die waren echt.

En hij was niet gek. Sil Maier had zijn grenzen een stuk verder liggen dan de gemiddelde mens, maar ergens deugde hij. Diep vanbinnen en op een verwrongen manier misschien, maar dat was voor Joyce genoeg.

Het werd tijd om open kaart te spelen.

'Sil Maier is mijn broer,' zei ze uiteindelijk. Toen Susan niet reageerde, haar alleen maar ademloos aanstaarde, voegde ze eraan toe: 'Maar dat weet hij nog niet. Ik heb het hem nog niet verteld.'

'Ongelooflijk,' fluisterde Susan. Ze keek Joyce fronsend aan. 'Je lijkt niet eens... Ik bedoel, jij bent...'

'Zwart. Ja, dat was mij ook al opgevallen.' Joyce kon een glimlachje niet onderdrukken. 'Mijn moeder is Surinaamse.'

'Sil heeft een zus,' fluisterde Susan, alsof de strekking van die woorden pas nu tot haar begon door te dringen.

'Strikt genomen zijn we halfbroer en -zus. We hebben dezelfde vader. Maier lijkt in uiterlijk wel veel op hem, trouwens.'

'En hij weet nog van niets?'

'Wie?'

'Sil.'

'Nee. Ik heb het hem nog niet verteld.'

'Waarom niet?'

'Omdat...' Joyce wreef over haar mond, probeerde de juiste formulering te vinden. 'Omdat ik nog niet wist wat ik aan hem had. Zijn cv sprak op z'n zachtst gezegd tegen hem.'

'En nu weet je dat wel?'

'Ik denk van wel, ja.'

'Wat weet je over Sil? Wat staat er eigenlijk allemaal in dat dossier?'

'Vast niet alles. Maar genoeg om te weten hoe hij aan zijn geld komt. Op een manier die verklaart waarom heel gevaarlijke mensen heel boos op hem zijn.'

Susan schudde haar hoofd en haar hele gezicht straalde afkeuring uit. 'Dan vergis je je. Hij heeft zijn bedrijf verkocht, jaren terug al. Daarmee is hij binnengelopen. Dat kun je zo navragen.'

'Dát geld bedoelde ik niet.'

Susan reageerde door van Joyce weg te kijken. Zei niets.

Als Joyce geen jarenlange ervaring had opgedaan met het verhoren van allerlei soorten criminelen en hun partners, dan had ze nog kunnen denken dat Susan van niets wist, dat ze niet op de hoogte was van de activiteiten van Sil Maier. Maar Joyce had wel degelijk ervaring.

Susans loyaliteit was bijna aandoenlijk. Ze nam het voor Maier op. Ondanks alles.

'Je moet veel van hem houden,' zei ze, zacht.

'Van hem houden?' reageerde Susan kregel. 'Ik heb hem dood gewenst, daar in dat bordeel.'

'En nu?'

'Gewoon. Niks. Je doet net alsof we een stel zijn, maar dat waren we al niet meer voordat deze ellende begon. Hij is weggegaan en hij heeft niks meer van zich laten horen.'

'Hij heeft je daar weggehaald.'

'Ja, en?'

'Je had hem moeten zien toen hij hoorde dat je in gevaar was. Je bent zijn alles, hij houdt van je. Ik ben gewoon jaloers op de manier waarop hij naar je kijkt. Het is mij nooit gelukt om een man emotioneel zo sterk aan me te binden.'

'Joyce, jij kent hem een week. Ik iets langer. Houden van is niet genoeg. Niet op de manier waarop Sil liefheeft.' Er ontstond een cynische trek om haar lippen, die licht begonnen te trillen. 'Er is altijd nog iemand van wie hij meer houdt en tegen wie je nooit op kunt, en dat is die kerel die hij dagelijks in de spiegel ziet. Geloof me. Ik ken hem te goed. Ik ken hem verdomme beter dan hij zichzelf kent. Zijn prioriteiten liggen niet bij een normaal liefdesleven, niet eens bij een normaal léven, de prioriteiten van Sil Maier liggen bij Sil Maier. Hij zal me nu misschien het tegenovergestelde willen bewijzen, maar ik ben weg zodra ik kan. Want als hij blijft, is het uit medelijden of schuldgevoel. Dat ebt op een gegeven moment wel weer weg, en dan vertrekt hij alsnog, als hij voor die tijd al niet is neergeschoten door een of andere rancuneuze griezel. Ik wil niet zo'n leven. Ik ga eraan kapot.' Haar ogen schoten vuur. 'Hoor je nou wat voor onzin ik uitkraam? "Ik gá eraan kapot"? Ik bén verdomme al kapot. Hoeveel kapotter moet ik nog gaan voor ik dat besef, stomme trut die ik ben?' Gefrustreerd sloeg ze haar ogen neer en gromde: 'En ik was zo goed bezig, verdomme.'

Joyce' handen omsloten het laatste stuk sponzig brood en knepen er afwezig in.

'Ik haat hem,' fluisterde Susan voor zich uit. 'Ik haat hem echt.'

Joyce keek zwijgend toe.

'Zodra het kan, ga ik weg, terug naar Amerika. Naar mijn zus en mijn moeder. Ik wil hem echt nooit meer zien.'

Joyce had er moeite mee Susan aan te horen. Het was zo ontzettend triest, wetende hoezeer Maier op haar was gesteld, en vice versa. 'Het heeft tijd nodig,' probeerde ze. 'Misschien denk je er later anders over, over een paar maanden, of een jaar.'

'Nee,' reageerde Susan resoluut. 'Vergeet het maar.'

Even zei geen van beiden iets. Joyce wilde Susan de ruimte geven haar frustraties te spuien, maar ze maakte er geen gebruik van. De tijd verstreek.

Ze stond op om haar lege mok in het keukentje weg te zetten. Haalde haar mobiele telefoon uit haar zak en keek erop. Vol bereik. Geen bericht of oproep gemist.

Hoe lang was Maier nu weg? Toch al minstens een uur.

Misschien duurde het langer omdat hij moest tanken, of was er file, of kon hij moeilijk zijn auto kwijt in de stad. Er waren zoveel plausibele, volstrekt onschuldige redenen te bedenken waarom hij verlaat was.

Om zichzelf gerust te stellen toetste ze een sms-bericht in.

WAAR ZIT JE? J.

Ze verstuurde het en liep terug naar de zit-slaapkamer. Ze had verwacht dat Susan in slaap was gevallen, maar ze lag voor zich uit te staren, met een lege blik in haar roodomrande ogen.

Joyce wilde haar graag opvrolijken, al had ze geen idee hoe. De hele toestand was nu eenmaal niet bepaald opbeurend. Het enige goede nieuws was dat Susan levend bij Maksim was weggehaald, en dat ze een grote kans had om haar leven weer op te kunnen pakken, als Maier en zij het tenminste voor elkaar zouden krijgen het gevaar dat Vadim heette te elimineren.

Susan draaide in Joyce' richting. Soepel ging het niet, eerder schokkerig en bedachtzaam. Ze had duidelijk nog steeds pijn.

'Zal ik nog een pijnstiller voor je pakken?'

Susan schudde haar hoofd. 'Het gaat wel, als ik niet te veel beweeg.'

Joyce ging naast het bed zitten en zocht Susans hand. Die voelde klam en zwakjes. 'Wil je erover praten?'

'Waarover?'

'Over wat ze hebben gedaan.'

Susan verstarde. 'Ik wil het liever vergeten.'

'Wie heeft dit gedaan, Susan?'

Susan keek langs Joyce heen. 'Maksim, de baas,' zei ze toonloos. 'En een vent die Ilya heet… Samen.' Haar lippen begonnen opnieuw te trillen en het getril verspreidde zich over de rest van haar gezicht en hals en lichaam, tot ook de hand die Joyce vasthad lichtjes beefde.

'Ze zijn hartstikke dood, schat,' fluisterde Joyce. 'Jij leeft. Denk daar maar aan. Jij hebt het overleefd. En die twee kunnen jou niets meer aandoen. Jou niet, niemand niet. Nooit meer.'

'Hij was er al toen ik thuiskwam,' fluisterde ze. 'Ik had het echt niet in de gaten… Hij stond er ineens. Binnen, in de hal. Achter me.'

'Wie?' Joyce ging ervan uit dat Robby op dit punt niet had gelogen, maar ze vroeg het toch. Het was belangrijk.

'Hij zei dat hij Vadim heette.'

Joyce knikte bijna onmerkbaar. 'Dat klopt. Hij zoekt Sil.'

'Zoekt?'

Joyce knikte nog eens, nu duidelijker.

'Is hij niet dood dan?'

'We hebben geen idee waar hij is.' Omdat ze niet wilde dat Susan zich nog meer zorgen ging maken, haastte ze zich om er meteen achteraan te zeggen: 'Maar Maksim Kaloyev en Ilya Makarov zijn dood.'

'Ik heb de schoten gehoord,' zei Susan, met trillende stem. 'Ik heb er geen moment bij stilgestaan dat het Sil kon zijn geweest. Ik had geen hoop meer. Ik was helemaal… leeg. Op.'

Joyce kneep zacht in haar hand. Ze dacht terug aan het heikele moment dat ze op de grond lag, met Maksims voet op haar rug, en ze het eerste schot hoorde vallen. Ze was ervan overtuigd geweest dat ze ter plekke zou worden doodgeschoten. Dat Maksim ergens een pistool vandaan had getrokken en zonder aarzelen een kogel door haar achterhoofd zou jagen. Een volle seconde later begreep ze pas dat ze ongedeerd was en dat het schot van beneden was gekomen. Een enorme commotie volgde, die als een drukgolf van geluid de trap op werd gestuwd: krijsende vrouwen, een boze brul, gestommel. Maksim trok in een reactie zijn voet van haar rug en plotseling besefte ze dat Maier haar teken niet had afgewacht. Ze had naar haar enkelholster gegrepen en haar vingers om de kleine Walther geklemd. Maksim had niet meer de kans gekregen om zich om te draaien. In een laatste krachtsinspanning had ze in het wilde weg vijf kogels op hem afgevuurd.

'Ilya is gepakt door Sil,' zei ze, zo rustig mogelijk. 'Ik heb Maksim gedaan. Vier gaten in zijn lijf, één in zijn kop. Hij doet niemand kwaad meer.'

'Er was een vrouw. Olga. Ze had rood haar. Ze heeft me verzorgd. Heb je haar gezien?'

Joyce dacht na. Ze hadden vier vrouwen geteld. Een blonde, twee donkere en inderdaad een meisje met tamelijk kort, roodgeverfd haar.

'Had ze vrij kort haar?'

'Ja.'

'Die was beneden, bij de andere vrouwen.'

'Wat gaat er met hen gebeuren?'

'Dat bepalen ze nu waarschijnlijk zelf. Toen mijn collega's er later die avond binnenvielen, waren ze weg. Ze zijn gevlucht.'

Voor de eerste keer zag Joyce een glimlach op Susans gezicht.

Ze peuterde haar gsm uit haar zak en keek op het schermpje. Niets. Ze stopte het ding terug.

'Wil je nog wat drinken, Susan?'
'Nee, dank je.'
'Iets te eten?'
Ze schudde haar hoofd. 'Ik heb genoeg gegeten.'
'Zal ik je laten slapen? De gordijnen dichtdoen?'
'Hoeft niet, ik doe nu toch geen oog dicht.' Ze pauzeerde even. Zei daarna: 'Leeft jullie vader eigenlijk nog?'
'Ja.'
'Waar woont hij?'
'In Zuid-Frankrijk, de Provence. Maier was bij hem toen ik hem vorige week opzocht.'

Die informatie had tijd nodig om in te dalen. Susan bleef enkele minuten stil. Daarna fluisterde ze: 'Dus hij heeft zijn vader gevonden.'

Het was een hardop uitgesproken gedachte, een inkijkje in wat er in haar omging. Een deel van Susan was oprecht blij voor hem, wist Joyce nu. Een ander deel deed haar uiterste best het als een droog feit te zien.

'Wat is het voor man?'
'Hij heet Silvester Flint. Maier is zijn eerste kind, ik zijn tweede. En ik mag hopen dat hij het daarbij heeft gelaten.'
'Is hij Frans?'
'Nee, Amerikaan van geboorte, maar hij woont vanaf de jaren zestig in Europa. Hij is hier gekomen als dienstplichtig soldaat in het Amerikaanse leger en is nooit meer vertrokken.'
'Wat doet hij in de Provence? Is hij rijk?'
'Niet bepaald. Hij woont in de *retraite* van het vreemdelingenlegioen. Daar heeft hij de laatste twintig jaar gediend.'

Susan schudde verbaasd haar hoofd. '*Wow*,' was haar eerste reactie. 'Het vreemdelingenlegioen...' Ze zocht oogcontact. 'Is het niet zo dat er mannen naartoe gaan die gezocht worden in hun eigen land, omdat ze daar een andere identiteit krijgen?

Joyce grinnikte. 'Niet iedereen krijgt een andere identiteit. [...]n heeft er een verleden. Waarschijnlijk zocht [...]ur. Het leven bood hem te veel keuzes, en hij had een uitgesp[...] talent om uit talloze mogelijkheden steeds de [...]st beroerde te kiezen. Dus koos hij uiteindelijk voor een [...]ing die hem geen keus meer liet. Die het denkwerk voor [...]

[...] contact met hem?'

'We bellen elkaar zo nu en dan, ik ga er een paar keer per jaar [n]aarto[e]. We dragen elkaar niets na, tenminste ik hem niet. Het is bij mij nu eenmaal anders gegaan dan bij Maier. Mijn moeder leeft nog, en mijn ouders hebben geen hekel aan elkaar.'

'Waar hebben ze elkaar leren kennen?'

'In Amsterdam, in de jaren zeventig.'

'Was hij toen ook militair?'

Joyce glimlachte breed. 'Niet bepaald, hoewel hij vast wel [h]andigheidjes uit het leger in de praktijk zal hebben toe[gep]ast. Hij handelde in hasj, dat was in die tijd *booming busi[ne]ss*. Mijn moeder kwam vers uit Paramaribo en ze werkte in [...]enhuis in Amsterdam. Flint werd er gewond binnengebracht na een of andere uit de hand gelopen ruzie. Hij had geen woonruimte en trok bij mijn moeder en mijn twee tantes in. Hij heeft mij verwekt, is drie jaar bij ons gebleven en toen [w]aren we hem weer een poosje kwijt.'

'Want...?'

'Hij heeft gezeten. Toen hij vrijkwam, is hij zijn spullen komen halen en daarna hebben we lang niets meer van hem gehoord. We gingen ervan uit dat hij dood was. Tegen de tijd dat hij weer boven water kwam, omdat hij wilde weten hoe het met mij ging, bleek hij in het vreemdelingenlegioen te zitten. Hij is gewoon niet geschikt voor een gesetteld leven.'

Joyce haalde nogmaals haar telefoon uit haar broekzak. Nog

steeds geen reactie. Maier was nu bijna twee uur weg.

'Weet jij eigenlijk waarom hij nooit contact heeft opgenomen met Sil?' hoorde ze Susan vragen. 'Sil wist niet eens wie zijn vader was.'

'Wat ik weet van Flint is dat hij na het overlijden van Maiers moeder vaak genoeg heeft geprobeerd om contact te zoeken. Het schijnt dat Maiers oma daarop tegen was, dus die zal Flints brieven wel hebben weggemoffeld. Maar nu we het toch over Maier hebben... Hij is twee uur weg, het bevalt me niet.'

Ze toetste zijn nummer in. De telefoon ging vijf keer over en daarna somde een elektronisch aandoende stem het gekozen nummer op, gevolgd door de mededeling dat het nummer momenteel niet bereikbaar was.

Ze drukte de verbinding weg. 'Ik vertrouw het niet, Susan.'

'Is hij echt al twee uur weg?'

'Ja, bijna.'

'Waar is hij naartoe?'

'Hij zou alleen naar jouw huis gaan om je spullen te pakken... verder niets. Dit bevalt me niet. Dit bevalt me helemaal niet.' Joyce stond op en greep haar jas. 'Sorry dat ik je alleen laat. Zal ik de tv voor je aanzetten? Ik kan hier niet blijven stilzitten en afwachten, ik moet erheen.'

70

Glanzend vocht droop in transparante, grillige banen van Maiers hoofdhuid, vanwaar het langs zijn slapen verder liep, en via zijn nek en langs zijn wangen de weg van de zwaartekracht volgde en met zachte, vrijwel onhoorbare tikjes op de houten vloer terechtkwam. Het blauwe shirt dat hij droeg had donkere plekken op de borst, was drijfnat onder de oksels en de stof kleefde aan zijn rug in de vorm van een grote, donkere T.

Zijn spieren waren tot het uiterste gespannen. Ze bolden op onder zijn bezwete onderkleding en beefden zichtbaar. Aderen lagen er als kronkelende netwerken overheen, gezwollen lijnen op zijn voorhoofd en onderarmen. Ze waren op verschillende plaatsen opengebarsten door de klappen en hun helderrode inhoud gutste in een traag, maar gestaag tempo naar buiten.

Hij staarde recht voor zich uit, keek onveranderlijk naar een plek in de verte, een plek die er niet was – niet kón zijn – maar die hij zelf had gecreëerd in zijn gedachten, een plaats waar hij alleen over heerste, en waar hij in was gaan geloven.

Zijn hoofd klapte zijwaarts. Een vuistslag.

En nog een. Nu van rechts.

De Rus stond schuin boven hem, gebruikte zijn hoofd als boksbal, stompte hem met beide vuisten. Links. *Een, twee, drie...* Rechts. *Een, twee, drie...* Links.

De klappen werden gedoseerd gegeven, mechanisch, ze kwamen aan als mokerslagen en leken allemaal evenveel impact te hebben. Door de kracht ervan draaiden zijn ogen ongecontroleerd weg, zijn hoofd sloeg opzij – *links, rechts* – en uit zijn longen ontsnapte een holle kreun.

Toen stopte het.

Zijn oren suisden, als een stereo-installatie die onrustig stond te brommen. Maier trok zijn hoofd terug naar voren, kneep zijn oogleden samen en probeerde zich weg te laten zakken in die kleine wereld, die mooie droom die zich op de muur van Susans appartement afspeelde, ergens tussen de deur van haar slaapkamer en het schilderij met de koikarpers.

Het was mooi en warm op die plaats.

Susan leefde. Ze was veilig.

Haar rinkelende lach werkte aanstekelijk.

De pijn was te verdragen.

De pijn raakte hem niet.

Hij wilde in die wereld blijven, zich afsluiten voor de realiteit, niet luisteren naar wat de Rus hem in gebroken Engels toefluisterde, met een vastberadenheid en fanatisme in zijn stem die hem duidelijk maakten dat hij dit niet zou overleven.

'Laten we ervoor zorgen dat je niet meer weg kunt lopen. Dat je hier blijft,' hoorde hij Vadim zeggen.

Vanuit zijn ooghoeken zag hij de Rus naar een weekendtas lopen, het ding openritsen.

Zweet stroomde over Maiers gezicht, baande zich een weg tussen zijn schouderbladen naar beneden, hij rook zijn eigen angstzweet. Hij wilde niet zien wat Vadim tevoorschijn haalde en voorspellen wat hij ermee ging doen, maar iets in hem wat sterker was registreerde het toch.

Vadim pakte de honkbalknuppel met beide handen beet,

was in een paar passen bij hem, zwaaide het ding naar achteren als een volleerd honkbalspeler, hij bracht zijn gewicht op één voet, zette een stap naar voren en draaide zijn bovenlichaam mee. Het harde aluminium raakte Maiers onderbenen met een misselijkmakende kracht.

'Homerun,' was de zacht uitgesproken constatering.

Eerst was er geen pijn. Het was eerder doof, alsof de zenuwbanen door de klap waren uitgeschakeld.

Daarna bereikte een zacht, krakend geluid zijn gehoorgang.

De vlammende pijn kwam samen met het besef dat de lange, dunne botten in zijn scheenbenen nu bestonden uit scherpe, kartelige helften die langs elkaar schuurden en over zijn zenuwuiteinden schraapten.

Hij wilde de Rus het plezier van zijn doodsangst en pijn niet gunnen, hij *wilde* het niet, maar hij kon niet voorkomen dat zijn hele lichaam schokte en trilde, zijn gezicht in talloze, lijkbleke plooien samentrok en er een dierlijke brul uit zijn keel ontsnapte, effectief gedempt door de dikke kleefband die in lagen over zijn mond en wangen was geplakt. Achter zijn rug drukten zijn nagels diep in zijn handpalmen.

'Mooi,' hoorde hij de Rus zeggen, zonder een spoor van emotie. 'Nu je duidelijk is geworden waarom je hier zit, zou ik graag nog een antwoord hebben op de volgende vraag…' Vadim zakte op zijn hurken voor hem neer. 'Wie heeft je geholpen?'

Maier richtte zijn hoofd op. Oriënteerde zich op de muur tegenover hem, zocht het schilderij, zoomde in naar links. Ze was er nog.

Ze was veilig. Ze lachte zelfs naar hem.

Als hij hier en nu zijn laatste adem zou uitblazen, in dit appartement, waar hij de beste momenten van zijn leven had doorgemaakt, maar te stom was geweest om dat te begrijpen en te koesteren, dan was dit zijn verdiende loon. Dit was zelfs de enige mogelijke oplossing, de optelsom van zijn talloze acties, het eindstation waar al zijn ontspoorde treinen onbewust op waren afgestevend, met razende snelheid.

Het scheen hem logisch toe. Vadim kon met hem doen wat hij wilde. Hij *moest* dit zelfs doen, er een einde aan maken. Het klopte. Het maakte de cirkel rond.

'Luister, vriend, dood ga je toch, misschien wordt het een minder pijnlijke en langdurige aangelegenheid als je me vertelt hoe je erachter bent gekomen waar Susan was weggezet. Wie heeft je getipt?'

Susan was veilig bij Joyce.

Haar moeder was onderweg.

Ze zouden voor haar zorgen.

Allebei.

Alles zou goed komen als hij er niet meer was.

Na de ontmoeting met zijn vader waren zoveel puzzelstukken op hun plek gevallen. Teruglopend naar de parkeerplaats, waar Joyce hem had onderschept, was hij vast van plan geweest om zijn leven om te gooien, die tomeloze energie van hem in te zetten om het kwade bloed dat door zijn aderen stroomde te bevechten, doelbewust te kiezen voor een positief leven.

Met Susan.

Nu begreep hij dat het nooit zo was bedoeld. Niet voor hem. Het inzicht was te laat gekomen.

'Wie?' hoorde hij de Rus schreeuwen. Zijn adem blies langs zijn gezicht.

Maier grijnsde. Hij begon te schokken, zijn schouders begonnen te schudden, hij keek een sliert slijm na die uit zijn neus ontsnapte, een mengeling van bloed en snot, en hij begon hardop te lachen, verstikt achter de zilverkleurige tape. Tranen sprongen in zijn ogen.

Ineens sprong de Rus op, zo abrupt dat Maier stilhield. Vadim bleef stil staan luisteren, liep daarna naar het raam bij de eetkamertafel en kwam weer teruggelopen. 'Wat interessant,' fleemde hij in Maiers oor. 'We krijgen bezoek.'

Vadim had deze vrouw nooit eerder gezien, maar één blik op haar rusteloze oogopslag was voldoende om haar in perspectief te plaatsen. Dit was geen inbreker.

Ze hoorde bij Maier.

Zwarte huid, gestoken in zwarte kleding, een kleine rugzak op haar rug. De wijze waarop ze over het balkonhek zwaaide, zorgvuldig en beheerst haar voeten neerzette en soepel in elkaar dook, haar blik gericht op de openslaande deuren, liet geen andere mogelijkheid over: de hulptroepen waren gearriveerd.

Terwijl ze haar spullen begon te controleren, haastte Vadim zich naar de voordeur, hij tuurde door het spionnetje, snelde daarna in een ruk door naar de keuken en keek naar buiten, naar de straat aan de voorzijde. Geen beweging. Het was rustig, de parkeerplaatsen waren grotendeels leeg, de rest was bezet door auto's van bewoners.

Was ze alleen?

Hij liep terug naar de terrasdeuren, drukte zich tegen de muur en dacht na. Als ze zo meteen naar binnen keek, kon ze hem hier niet zien staan, maar door de spleet van de dichtgetrokken gordijnen was Maier waarschijnlijk wel zichtbaar.

Die zat met zijn enkels en knieën vastgebonden aan een houten keukenstoel, daartussenin waren zijn benen paars opgezwollen, met glinsterende, donkerrode schaafwonden waar de honkbalknuppel doel had getroffen. Zijn polsen zaten stevig achter zijn rug gebonden, vastgesjord aan de stoelpoten en de rugleuning. Maiers blote voeten rustten evenals de stoelpoten in het bloed dat uit zijn lichaam droop. Vlekken, strepen, druppels, vegen, plasjes, in alle tinten rood.

Een volwassen vent met het gewicht van Sil Maier had er vijf liter van in zijn lichaam, bedacht Vadim, en het leek misschien wel alsof hij daarvan al de helft was verloren, maar in werkelijkheid was hij nog geen tiende kwijtgeraakt. Zijn huid was opengebarsten op plaatsen waar hij hem hard had geraakt. Hij bloedde uit zijn neus en uit talloze kleine wonden, maar het stelde niet veel voor. Beurs, gezwollen vlees. Vadim wist precies wat hij deed. Te veel bloedverlies en Maier zou wegzakken in een comateuze roes die hij hem niet gunde.

Nog meer anatomieles: mensen hadden meer dan tweehonderd botten en botjes in hun lijf. Bij Maier waren er daarvan slechts vier gebroken. Twee scheenbenen en twee ribben.

In feite was Vadim pas begonnen.

Maar nu was er bezoek in de vorm van een zwarte vrouw. Ze was zo'n een meter vijfenzestig, redelijk slank en ze zat op haar hurken aan de andere kant van het glas naar binnen te loeren.

Het volgende moment ramde Vadim de terrasdeur tegen haar gezicht aan, greep haar in één beweging bij haar haren. Eén enkele stoot tegen haar slaap, achteloos bijna, en ze zakte slap in elkaar op de vloer.

Hij sleepte haar lichaam over de drempel, sloot de deur nauwkeurig achter zich en trok het gordijn er weer voor. Bond de vrouw vast zoals hij dat had geleerd en al jaren deed, en bleef daarna zeker een halfuur rusteloos van de voordeur naar de terrasdeuren lopen, van het ene raam naar het andere, wachtend op meer mensen, gespitst op elk geluid, maar er kwam geen geluid meer. Er kwam niemand.

Geen tactisch team. Geen reddingsploeg. Slechts een reddingsboei.

Dit kon interessant worden.

Tegen de tijd dat de zwarte bundel bij kennis kwam, zat ze vastgebonden op een keukenstoel, recht tegenover Maier, met ongeveer anderhalve meter ertussen. Ze had moeite met focussen, viel Vadim op. Ze keek alsof ze extreem bijziend was. Besefte amper wat haar was overkomen, was mogelijk nog aan het bepalen of ze droomde, of niet.

Hij zou haar zo meteen uit de droom helpen.

Vadim pakte een derde stoel en zette die met de rug naar voren bij Maier en de vrouw. Hij ging er wijdbeens op zitten, zijn ellebogen steunden op de rugleuning en zijn vingers grepen losjes in elkaar.

Hij keek van de een naar de ander. Maiers gezichtsuitdrukking had in de afgelopen dertig minuten alle gradaties doorlopen tussen rauwe ontzetting en geveinsde onverschilligheid, steeds opnieuw. Het was overduidelijk dat de vrouw hem niet koud liet.

De inhoud van haar rugzak was opmerkelijk: onder meer een Walther P5 met volledig geladen magazijn, een busje traangas, schijnwerper, divers klein gereedschap, tape en handboeien. Op haar lichaam had ze een mes gedragen en een klein pistool, waarvan het magazijn was geladen met .22's, een kaliber dat hijzelf graag gebruikte als hij van tevoren wist dat hij heel dicht bij het doelwit kon komen.

Wie was deze vrouw?

Hij stak zijn arm uit en tikte niet zachtzinnig tegen haar gezicht. Zijn benige vingers porden in haar wang.

Ze reageerde vertraagd, richtte haar hoofd op en keek verward om zich heen. Vadim signaleerde meteen hoe haar lichaam verstrakte op het moment dat ze Maier zag zitten. Ze keek naar zijn verwondingen, het bloed dat aan zijn lichaam kleefde en op de vloer onder hem lag, zijn met transpiratievocht doorweekte T-shirt. Haar ogen flitsten over hem heen, maakten een razendsnelle inventaris op, en daarna draaide ze haar hoofd in een ruk om naar Vadim.

Haar ogen schoten vuur. '*You make a big mistake.*'

'*Of course.* Natuurlijk.'

'Ik ben van de politie, recherche. Hier kom je niet mee weg.'

'Ah. Politie,' reageerde Vadim, weinig onder de indruk.

'Je maakt een grote fout,' herhaalde ze. 'Als je me nu niet meteen losmaakt, en hem erbij.' Ze deed haar best om weinig emotie door te laten schemeren, maar dat lukte maar half.

'Een agent helpt Sil Maier,' concludeerde Vadim zacht. 'Interessant.'

'Mijn collega's kunnen elk moment binnenvallen.'

Vadim deed alsof hij niet luisterde. Hij graaide Joyce' mes van de grond en speelde ermee. Het was geen kinderachtig ding, met een lemmet van zo'n vijftien centimeter en een zwaar metalen handvat. Je kon er heel wat schade mee aanrichten. Hij liet het tussen zijn vingers door bewegen, van de ene naar de andere hand, zoals een straatgoochelaar speelde met munten, en hij dacht na.

Had hij al die tijd de verkeerde laten opsluiten? Had het daarom zo lang geduurd voordat Maier eindelijk eens actie had ondernomen? Susan Staal had hem gezegd dat het uit was met Maier. Misschien was deze zwarte griet wel zijn nieuwe vriendin. Of minnares.

Hij keek op. 'Was één vriendin niet genoeg voor je?'

Maier reageerde niet. Hij concentreerde zich op de muur tegenover hem, achter de vrouw, met een vreemd serene gezichtsuitdrukking. Hij had zich weer afgesloten, zich teruggetrokken in zijn eigen luchtbel, waar nu niet veel meer te lachen viel.

'Zeg, Rambo, ik vroeg je iets.' Vadim pakte het mes bij de punt tussen duim en wijsvinger, liet zijn arm slap naar beneden over de rugleuning hangen en begon ermee te zwaaien alsof het de slinger van een klok was.

Onverwachts haalde hij uit. Het massief metalen uiteinde van het handvat sloeg tegen een van de wonden op Maiers onderbenen. Het was slechts een tik, kort en bestraffend, maar het gaf een maximaal effect.

Maier gooide zijn hoofd in zijn nek en stootte een verstikte brul uit. Pezen trokken zich samen in zijn nek en borst. Hij snoof luidruchtig langs de kleefband. In en uit. In en uit. Zijn ogen rolden in hun kassen en het zweet brak hem uit.

'Aangezien je niet kunt spreken,' zei Vadim, onbewogen, 'volstaat het om te knikken. Is dit hier je vriendinnetje?'

Maiers ogen vernauwden zich. Druppels zweet kropen over zijn voorhoofd en langs zijn slapen en hij haalde hoorbaar adem door zijn neusgaten. Hij zocht opnieuw oogcontact met Joyce en sloeg daarna zijn ogen neer. Keek naar de vloer. Hij wist dat het hopeloos was, zag Vadim. Er was geen ontkomen meer aan en Maier wist het.

'Nou?' Vadim maakte een schijnbeweging met het mes.

Maier schudde kort en nijdig zijn hoofd.

'Niet dus.'

Hij herhaalde de beweging.

'Oké,' zei Vadim, en hij richtte zich weer tot Joyce. 'Je bent dus blijkbaar niet zijn vriendinnetje.' Hij grinnikte. 'Wie ben je dan wel? Zijn fucking beschermengel?'

Ze wierp hem een minachtende blik toe.

Hij sprong op, trapte zijn stoel weg en haalde uit met de rug van zijn hand. Raakte haar vol op de wang. Greep in bijna dezelfde beweging haar haren beet, trok haar hoofd ruw naar achteren en liet haar het mes zien. Draaide het rond in zijn hand, bewoog de punt heen en weer voor haar ogen.

Het viel hem op hoe snel ze zich herstelde, hem direct weer

aankeek. Niet angstig, niet provocerend, maar koel. Uiterst professioneel.

'Mijn naam is Joyce Landveld,' klonk het, licht vervormd omdat hij haar keel in een onhandige hoek dwong. 'Ik ben rechercheur, politiekorps Brabant Zuid-Oost. Je begaat een grote fout.'

Vadim bleef haar vasthouden. 'O, ja?'

'Luister,' ging ze door. Ze probeerde te slikken, maar dat lukte niet. Haar stem klonk rauw. 'We hebben Susan Staal kunnen bevrijden uit een bordeel in Eindhoven, nadat we een tip hadden gekregen van een informant... Robby. Robby Faro.'

'Robby,' herhaalde Vadim.

'Ja, Robby... Hij stuurde ons een foto. Vertelde ons later dat ene Vadim, een huurmoordenaar, haar daar had geparkeerd. Luister Vadim, geef het op, we weten te veel. Dit leidt nergens toe. Mijn collega's kunnen hier elk moment zijn. Er zijn geen doden gevallen. Nu kan het nog. Maak dit niet erger dan het al is.'

Hij liet haar haren los en begon te ijsberen. Een agente – rechercheur zelfs – hij sloot het niet uit. Het zou haar voorkeur voor Walthers verklaren. Het was een feit dat mensen hun leugens samenstelden uit stukjes van de waarheid, zeker wanneer die leugens snel en onder grote druk moesten worden opgedist. Dan werd uit al die stukjes waarheid een leugen gecomponeerd die voldoende raakvlakken met de werkelijkheid had om hem geloofwaardig te maken. Voor even maar, toereikend om iemand die minder getraind was dan hij het bos in te sturen.

Was ze agente? Ja, dat geloofde hij.

Had ze Robby gesproken? Ja.

Was Robby fout geweest, een verrader, een vuile informant? O, ja, waarom niet.

Hadden ze Susan bevrijd? Ja.

Waren haar collega's op komst...? *Nee.*

Er was bijna een uur verstreken sinds hij Joyce Landveld van het dakterras had geplukt. Er kwam niemand.

Verdomme, het werd hem langzaam duidelijk. Robby had Susans identiteit aan de politie doorgegeven. Die klote-Robby was de enige in dat klotebordeel die haar naam kende, hij had geholpen met haar gsm. Robby moest met Joyce hebben gepraat.

Maar op een of andere manier moest ze ervoor hebben gekozen om Sil Maier te informeren, en met hém Susan Staal te ontzetten – niet met haar collega's. Dat was tegennatuurlijk gedrag voor een politieagente, en daarom was nu alles toegespitst op één enkele vraag, waarvan het antwoord hem alles zou vertellen wat hij nog wilde weten voor hij ging uitvoeren wat hij zijn broer had gezworen: *waarom?*

Hij moest het weten.

'Geef het op, Vadim,' hoorde hij haar zeggen, een onderdrukte snik in haar stem. 'Laat me los, leg dat mes neer. Mijn collega's zullen –'

Haar hoofd schoot net wat verder door naar achteren toen hij haar op precies dezelfde plek raakte, opnieuw met de rug van zijn hand, maar nu met gebalde vuist. 'Beledig me niet met je kletsverhalen,' zei hij, en hij draaide zich van haar weg. 'Je bent hier alleen.'

Hij pakte Joyce' kleine Walther van de eetkamertafel en was in een paar passen bij Maier.

Die bewoog niet. De uiteinden van de natte T op zijn rug waren naar elkaar toe gekropen, en vormden nu een donkere vlek die bijna zijn hele rug bedekte.

Vadim ging achter hem staan en controleerde automatisch Maiers provisorische boeien. Zo te zien had hij geprobeerd om los te komen. Zijn polsen waren ingesneden en ze bloedden. Het had geen resultaat opgeleverd.

Vadim wachtte tot Joyce haar hoofd oprichtte voor hij langzaam op haar afliep. 'Een jaar, twee weken en drie dagen geleden heb ik gezworen dat deze dag zou komen. Dit moment. Ik heb ervan gedroomd, ik heb er keihard voor gewerkt, ik heb er kosten voor gemaakt. Vandaag maak ik Sil Maier af. De vraag is alleen nog: hoe?'

In een paar passen stond hij naast Joyce. 'Vertel me waarom jij hier zit en...' Hij richtte het pistool op Maiers hoofd, knikte zijn pols omhoog. 'Béng...' Hij bracht zijn gezicht dicht bij het hare en rook de angst in haar adem, zag de paniek uit haar poriën druipen. 'Maar nog een leugen uit jouw strot,' zei hij, 'en ik snij zijn buik open, leg zijn darmen op zijn knieën... En dan duurt het lang, liefje. Heel, heel erg lang. Het is geen prettig gezicht. Aan jou de keus.'

Vadim stak het pistool achter zijn broekband en liep terug naar Maier. Hij nam het mes over in zijn linkerhand, drukte de punt tegen Maiers buik – links van zijn navel, net onder de onderste rib – en hield hem daar, terwijl hij om hem heen liep en achter hem ging staan. Legde vervolgens zijn vrije arm over Maiers borst, een ongepast amicaal gebaar, en streek met gespreide hand over zijn maag.

Keek over zijn schouder recht in Joyce' ogen. 'Dus, schat. Zeg het maar.' Hij porde met de mespunt in Maiers huid. 'We weten nu waarom ík hier ben en we weten waarom deze man hier is. Maar... waarom ben jíj hier?'

Joyce' ogen flitsten van het mes naar Maiers buik. 'Maier is mijn broer,' stootte ze uit. 'Ik ben zijn zus, smerige, gore klootzak. *Zijn zus!*'

Onder hem schokte Maiers lichaam. Vadim hoorde hem briesen en snuiven en zag hem bewegen, zijn hoofd schudden.

Hij had nog geen twee seconden nodig om die informatie te verwerken. Alles werd hem duidelijk, als in een visioen zag hij voor zich hoe hij en Yuri een jaar geleden door de Organisatie erop uit waren gestuurd om Maier te elimineren. Iedereen was ervan uitgegaan dat Sil Maier alleen werkte.

Maar hij was nooit alleen geweest. Al die tijd had hij samengewerkt met zijn zus, de politieagente.

Dat zag Vadim nu in, terwijl hij van de een naar de ander keek. Andere huidskleur, dezelfde streken.

Broer en zus.

Over het getergde gezicht van Yuri, dat Vadim continu op zijn netvlies met zich had meegedragen, trok een spoor van rust. Een goedkeuring, voor het passende besluit dat hij nam.

Hij ging het anders doen.

'Je had me vorig jaar moeten pakken,' zei Vadim tegen Maier, zijn woorden zorgvuldig kiezend. 'Maar dat deed je niet, omdat je slordig was, je jezelf overschatte... Mijn broer is in mijn armen gestorven die dag, mijn enige familielid, het enige waar ik waarde aan hechtte. Hij heette Yuri. En ik zal de rest van mijn leven verder moeten met dat beeld van hem, van Yuri, mijn alles, mijn broer, stervende, bloed ophoestend, naar me opkijkend, als een creperende hond godverdomme, en ik stond machteloos. Ik kon niets voor hem doen.'

Met een paar halen van het mes maakte hij Maier los van zijn stoel. Gaf de stoel een zetje en trapte Maier in zijn rug, zodat hij, zijn handen nog steeds achter zijn rug gebonden, voorover op de vloer viel, bij Joyce' voeten.

'Er is iets wat erger is dan doodgaan,' fluisterde Vadim zacht, met verstikte stem. 'En dat is doorleven met herinneringen die te pijnlijk zijn om te dragen.'

Hij greep Joyce' hoofd vast, zette de punt van het mes net onder haar oor in haar vlees, duwde door tot de leerachtige tegendruk was overwonnen en sneed daarna zonder al te veel weerstand te ondervinden in één beweging haar keel volledig open. Trapte haar stoel naar voren, zodat ze hevig bloedend, en schokkend over haar hele lichaam, naast Maier op de vloer terechtkwam.

'Dit is voor Yuri, arrogante klootzak. Met terugwerkende kracht.'

Maier probeerde zich om te draaien, bij haar te komen. Zijn onderbenen maakten misselijkmakende, zacht krakende geluiden en hij snoof nog harder door zijn neusgaten, draaide zich op zijn zij, onhandig, zijn romp heen en weer schuddend, en keek vol afgrijzen naar Joyce, uit wie het leven gestaag weg stroomde.

Vadim zag dat Maier probeerde te praten, maar het kleefband verhinderde het en hij bleef steken in onsamenhangende buik- en keelgeluiden.

Hij bleef even staan kijken naar de worstelende lichamen op de grond, wendde zich toen af om de zenders weg te halen en zijn spullen op te bergen. Hij sjorde zijn tassen dicht, greep zijn koffers en opende de deur naar de gang.

Een laatste blik op een wanhopige Sil Maier, die zijn bebloede gezicht dicht bij dat van zijn zus had gebracht, haar probeerde te steunen, tevergeefs bescherming te bieden, deed hem onwillekeurig glimlachen.

Drie maanden later

De hele week was de atmosfeer droog geweest. Een frisse, prikkende berglucht was vanuit het zuidelijk gelegen Alpengebied over de *Altstadt* en de buitenwijken van München gestroomd, had de laatste dorre bladeren van de bomen getrokken en het begin van de winter ingeluid. De hemel kleurde zachtblauw, met alleen heel hoog in de lucht wat mistige flarden, waar de bleke winterzon zijn stralen moeiteloos doorheen zond.

Sinds vanochtend had de zon zich niet meer laten zien. Sneeuwvlokken dwarrelden omlaag, als vederlichte proppen katoen, geluidloos, zwierig en wervelend, tot ze de grond raakten en in elkaar grepen, samen versmolten tot een wit tapijt dat al het grauwe eronder bedekte.

Maier stond beweginloos voor zich uit te kijken. Zijn vuisten omklemden de krukken, waar hij zwaar op steunde.

Een van zijn onderbenen zat nog in het gips. Metalen pinnen staken er ter hoogte van zijn enkel en knie uit. Hij moest nog wekelijks naar de revalidatie, maar de afgelopen weken was hij niet meer in het Brabantse ziekenhuis komen opdagen.

Er waren belangrijkere zaken geweest dan een helend been.

Hij duwde met het rubberen uiteinde van een van de krukken tegen de laag sneeuw die zich op de langwerpige steen aan zijn voeten had verzameld, maakte voorzichtig voren, en schoof de watachtige laag opzij. Geleidelijk werd de tekst, die met uiterste precisie in het kostbare graniet was gegraveerd, weer leesbaar.

MARIA MAIER
MÜNCHEN 1948 – MÜNCHEN 1977
&
SILVESTER HAROLD FLINT
PHOENIX 1948 – PUYLOUBIER 2004

Hij kwam hier elke dag sinds de begrafenis vorige week, voornamelijk omdat er geen andere plaats meer over was om naartoe te gaan. Geen plek waar hij rust vond, zich thuis mocht voelen, welkom was of alleen maar gewenst. Wat daar het dichtste bij kwam strekte zich hier uit voor zijn voeten, op het Nordfriedhof en op een steenworp afstand van Hasenbergl, de lelijkste wijk van heel Europa, *zijn* wijk. Hij was hier geboren, en nu lagen zijn ouders hier, de mensen die aan de basis van zijn leven hadden gestaan.

Zomaar twee mensen die fouten hadden gemaakt.

Fouten, en een kind.

De gladde steen begon geleidelijk weer dicht te sneeuwen. Hij verstevigde de grip om zijn krukken, legde zijn hoofd in zijn nek en keek naar de sneeuwvlokken. Het waren er miljoenen, miljarden, en ze dwarrelden en dansten massaal naar beneden, stil en vredig. Ze wisten precies waar ze heen moesten, dacht Maier, want ze hadden geen keus; ze gingen eenvoudigweg naar beneden, steeds verder en dieper, zwierend en buitelend, tot ze op hun eindbestemming aankwamen en uiteindelijk smolten, en ophielden te bestaan.

Misschien hadden ze daarom geen enkele haast. Na hen kwamen er weer nieuwe vlokken, en daarna weer, steeds weer nieuwe, elke winter opnieuw, die de oude deden vergeten.

Hij verplaatste de krukken, draaide zich om, zette zijn goede been naar voren en begon aan de tocht, terug naar de uitgang.

In de verte zag hij iemand bij de poort staan. Een licht gebogen silhouet, dat donker afstak tegen de witte wereld. Hij nam aan dat het iemand was die stond te wachten op een taxi, daar leek het tenminste op, een gestalte die stilletjes voor zich uit stond te kijken, het hoofd verscholen achter een grote, met bont bezette capuchon. Hij registreerde het, maar deed er verder niets mee.

Hij concentreerde zich op de plaatsen waar hij zijn krukken neerzette, zorgde dat ze niet onder hem vandaan gleden als hij er met zijn gewicht op leunde. Bij elke stap drukte zijn bergschoen de verse sneeuw knarsend in elkaar en liet een duidelijke, diepe reliëfafdruk achter.

Hij was nu bijna bij de uitgang. De taxistandplaats was van daar niet ver meer.

De gestalte kwam los van de muur bij de poort en liep op hem af. Ze versperde hem de weg, ging recht voor hem staan, haar voeten stevig in de sneeuw, haar donkere ogen warm en helder in het bleke, door de kou rood aangelopen gezicht.

Hij stopte. Perste zijn lippen op elkaar en kon amper geloven wat zijn zintuigen hem duidelijk wilden maken. Hij keek om zich heen, en weer terug.

Ze was er nog, en ze nam hem onderzoekend op. 'Ze zeiden me al dat ik je hier kon vinden.'

'Er is geen andere plaats meer over, Susan.'

'Dat weet ik.' Ze kwam naast hem staan en schoof haar arm onder de zijne. 'Kom.'

Dank

De auteurs willen de volgende mensen bedanken voor hun hulp. Zonder hen was *Ongenade* (werktitel: *Loose ends*) een stuk minder gaan leven:

De legionairs die we spraken in Puyloubier, met respect; de taxichauffeur, gemeentefunctionarissen en talloze andere Müncheners die we op straat hebben aangeklampt en ondervraagd; Simon de Waal, rechercheur moordzaken en schrijver van o.a. de topthrillers *Cop vs Killer* en *Pentito*; rechercheur en wapenexpert Ton Hartink, schrijver van talloze (vuur)wapenencyclopedieën; Leo, Jeanine, José en Annelies; alle mensen van Anthos.

Ook dank aan Stone Sour, Alter Bridge, 3 Doors Down, Bush/Institute (Gavin Rossdale) en System of a Down voor de muzikale begeleiding tijdens het schrijven.

Internetbronnen en boeken die we hebben geraadpleegd plus de foto's die we maakten op locatie zijn te vinden op www.escober.nl.